Maria Schober

Leonie

Bis die Morgenröte kommt

Maria Schober

Leonie

Bis die Morgenröte kommt

Bernardus-Verlag 2023

Impressum

1. Auflage 2023
© Bernardus-Verlag
In der Verlagsgruppe Mainz
Alle Rechte vorbehalten
Printed in Germany

Bernardus-Verlag
Verlagsgruppe Mainz
Süsterfeldstraße 83
52072 Aachen
www.bernardus-verlag.de

Gestaltung, Druck und Vertrieb:
Druck & Verlagshaus Mainz
Süsterfeldstraße 83
52072 Aachen
www.verlag-mainz.de

Abbildungsnachweis (Umschlag):
© MaverickMedia – stock.adobe.com

ISBN-10: 3-8107-0384-2
ISBN-13: 978-3-8107-0384-2

Für Maria

Prolog

»*Dieser elende Personalmangel! Ich begreife es nicht! Warum gibt es in der Betreuung von alten Menschen so wenig Ressourcen?*«, dachte Schwester Laura und radelte in Richtung Pflegeheim. Seit einigen Tagen half sie im Nachtdienst bei den Demenzkranken aus. Das einzige darauf spezialisierte Pflegeheim war schäbig und längst renovierungsbedürftig. Aber die Stadt hatte einfach kein Geld.

Laura liebte ihre Arbeit im Hospiz. Es trug sie jenes Motto, das einmal ein Kardinal im Zuge der aufkommenden Euthanasiedebatte formuliert hatte: »Der Mensch soll an der Hand eines Menschen sterben, nicht *durch* die Hand eines Menschen.« Jetzt als Krankenschwester auf der Demenzstation zu arbeiten, war für die engagierte Frau jedoch eine neue Herausforderung, vor allem, weil sie sich nicht ausreichend informiert fühlte. Sie kannte weder den Familienhintergrund der Patienten, noch hatte sie andere nützliche Informationen. Aber wenigstens waren die medizinischen Fakten vollständig aufgezeichnet … Nur zu einer Patientin hatte ihr die Vorgesetzte einige weitere Stichwörter in die Hand gedrückt: »Gertrud, 1943 geboren, wohnhaft in Salzburg, nach einem Schlaganfall dauerhaft verwirrt, Verschiebung des Tag- und Nachtrhythmus. In der Nacht aktiv und schreibt stundenlang. Beobachtung wichtig.« – Die anderen Patienten waren in der Nacht offenbar ruhig, deswegen hatte ihr die Chefin nur die nachtaktive Gertrud ans Herz gelegt.

Die letzten zwei Nächte hatte Laura die alte Dame beobachtet, die immer einige Stunden damit verbrachte, zu schreiben. Laura hatte einige Male versucht, mit ihr ins Gespräch zu kommen, aber vergeblich. Auch als die Krankenschwester einmal länger neben Gertrud gestanden hatte, hatte die alte Dame sie scheinbar nicht wahrgenommen. Der Text, den Laura währenddessen über ihre Schulter hin gelesen hatte, begann mit ›Liebe Leonie‹. Berührt von der persönlichen Anrede hatte die Schwester unwillkürlich weitergelesen und war überrascht von der klaren Sprache, in der der Brief verfasst gewesen war.

Als sie heute Nacht das Zimmer der alten Dame betrat, saß Gertrud wie immer ganz versunken an ihrem Schreibtisch.

»Guten Abend.« Der Raum war dunkel, nur schwach erleuchtet von einer Tischlampe. Gertrud drehte sich nicht um, murmelte aber eine kurze Begrüßung.

»Liebe Leonie«, stand auf dem weißen Blatt Papier. Laura nahm einen Stuhl und setzte sich Gertrud gegenüber. »Schreiben Sie einen Brief?« – Gertrud reagierte nicht.

»Wer ist Leonie?«, fragte Laura und um der Frage Nachdruck zu verleihen, tippte sie kurz auf den Namen. Gertrud schrak auf, und auf einmal kam Leben in die alte Dame. »Leonie?« Mit einem herzlichen Lächeln ging sie zu ihrem Schrank, um daraus einen großen Stapel abgegriffener Blätter zu holen. »Leonie ist meine Enkelin!« Mit fühlbarer Freude legte Gertrud die Blätter vor Laura hin. »Ich schreibe ihr Briefe, um sie zu stärken. In diesem Brief schreibe ich gerade«, Gertrud deutete auf den Text, »dass es besser wäre, wenn sie Andreas heiraten würde. Ich schreibe ihr, dass ein Vater für seine Kinder so viel mehr ist, als nur ein Erzieher.« Sie zeigte auf den Stapel: »Wollen Sie einige Briefe sehen?«

Laura zögerte: »Wenn Sie mögen...?«

Eifrig suchte Gertrud ein Blatt nach dem anderen und legte es Laura vor: »In diesem Brief habe ich über die Würde des Menschen geschrieben, und in dem habe ich ihr erzählt, dass die Liebe so wertvoll ist. Hier geht es um One-Night-Stands und in diesem Brief schrieb ich über die tiefe Dimension der menschlichen Sexualität.«

Plötzlich schien Gertrud erschöpft. Ihre Bewegungen wurden fahrig und aufgeregt. Eines der Briefblätter segelte zu Boden. Laura hob das Blatt auf und las halblaut, ohne dass sie es eigentlich wollte, das Ende des Briefes vor – und erstarrte: »Liebe Leonie, bitte verzeih mir, dass du nicht leben darfst. Deine Omi, die dich immer vermissen wird!«

Gertrud hatte es gehört. Mühsam und mit heiserer Stimme sagte sie: »Das ist immer das Ende des Briefes.«

Ihre Augen waren unruhig geworden. Sie deutete auf eine seltsame, fast unheimliche, aber kleine Zeichnung, die sich ebenfalls auf jedem Briefbogen befand: »Sehen Sie die Schlange? Sie hat gewonnen!«

Kapitel 1

»Freiheit!« Das Zauberwort dieser Zeit! Welch ein wunderbares Gefühl! Endlich fertig mit all dem Pauken und Büffeln. Leonie war überglücklich. Im Salzburger Café *Tomaselli* freute sich Leonie über ihren Abschluss in Jura. Sie genoss den Cappuccino; ihre Arbeit im Salzburger Anwaltsbüro, wo sie schon im Sommer als Praktikantin gearbeitet hatte, schien noch in angenehm weiter Ferne. Wie eine Königin thronte Leonie auf einem schwarzen Thonetsessel an dem kleinen runden Tisch und genoss die betriebsame Stille im Salzburger Café *Tomaselli*. Plötzlich hörte sie ein Zischen und blickte um sich: der Kellner bediente die Kaffeemaschine. Aus ihren Träumen gerissen, fiel Leonies Blick auf die Zeitung, die jemand am Nebentisch liegengelassen hatte, und eine Schlagzeile, die augenblicklich ihr Interesse weckte: »*Mann gibt Schwangerer heimlich Abtreibungspille!*« Zisch! Ein kalter Schauer lief ihr über den Rücken. Sie nahm die Zeitung: »*Er wollte nicht Vater werden, darum mischte ein Mann seiner Freundin heimlich eine Abtreibungspille in das Essen*«, las sie dort.

Ärger stieg in Leonie auf. »*Geht's noch …?! Natürlich darf der junge Mann das nicht tun, natürlich ist es verboten, jemanden etwas ins Essen zu mischen!*«, dachte die junge Frau und merkte, wie sich ihr Ärger in Zorn wandelte. Verblüfft legte sie die Zeitung zurück und rührte heftig in ihrem ungezuckerten Kaffee. »*Ich verstehe nur zu gut, dass es verboten ist, einem anderen so etwas anzutun! Der Punkt ist die Übergriffigkeit und Heimtücke. Das geht natürlich in gar keinem Fall. Andererseits, kann man hier von Töten sprechen? – In dem frühen Schwangerschaftsstadium kann man ja noch gar nicht von einem Kind reden …*«

In Leonie stieg eine Frage auf, die sie selbst überraschte: »*Und ich – will ich überhaupt Kinder?*« Sie wunderte sich, wie einige Zeilen aus der Zeitung sie verunsichern konnten. »*Ist es nicht mein gutes Recht, nach meinem schweren Jurastudium mein Leben zu genießen und Karriere zu machen? Und zum Genießen gehört es nun mal frei zu sein! Ohne Verpflichtungen! Den einen oder anderen Mann kennenzulernen und wer weiß …*« Wieder ließ sie das Zischen zusammenzucken. Etwas Kaltes strich ihr über den Rücken.

»*Wäre es nicht dumm, auf das alles zu verzichten?*« Zisch! Nun schreckte sie das laute Geräusch nicht mehr. »Die alten Anschauungen können mir gestohlen bleiben!« Sie hörte die Ermahnungen ihrer Mutter und das ließ Trotz in ihr hochsteigen.

Von ihrer plötzlichen Erbitterung überfordert, sprang Leonie auf, legte das Geld auf den Tisch und marschierte zum Ausgang. Beim Verlassen des Cafés stieß sie mit einem Unbekannten zusammen. Zornentbrannt richtete sie sich auf … und blickte in strahlende, blaugraue Augen. »Entschuldigung«, hauchte sie, und stürmte an dem jungen Mann vorbei ins Freie.

Als Leonie zu Hause ankam, hörten die seltsamen Gedanken nicht auf. Sie grübelte und es kam ihr vor, als drehe sie sich im Kreis. Sie kochte heiße Milch und rührte ihre sanfteste Trinkschokolade hinein, legte sich auf die Couch und Leo, ihr Kater, schmiegte sich an sie. Doch ihre sonst so gemütliche Wohnung war heute nicht der gewohnte Zufluchtsort; die zwei kleinen Zimmer in der Salzburger Gstättengasse wirkten plötzlich fremd auf sie und auf ihrem hellgrauen Sofa kam sie nicht zur Ruhe. Sie fragte sich, was diese Gedanken sollten und warum sie sie so aufwühlten.

Als sie beim Schnurren ihres Katers die Augen schloss, begann Leonie leise zu träumen. Vor sich sah sie diese strahlenden blauen Augen. Kein Gesicht, keine Kleidung, kein Körper. Nur ein sanfter Blick. Im Hintergrund schlängelte sich etwas Mächtiges in die Höhe. Erschrocken fuhr sie auf und bemerkte, dass sie geschlafen hatte. Leonie brauchte frische Luft!

Aufgewühlt schlenderte Leonie durch die nächtlichen Gassen Salzburgs. »Was macht mich als Frau aus?«, fragte sie sich. Sie erreichte den kleinen Platz, auf dem ein schmiedeeiserner Papageno in ruhiger Gelassenheit residierte. Die zierliche Schmiedeeisenfigur mit ihren verspielten Federn schenkte ihr immer wieder einen Hauch von Leichtigkeit. Auf dem Platz befand sich ein kleines Lokal, wo es die besten italienischen Antipasti und Weine gab. Mit der liebenswerten Wirtin Angelika verband sie eine Freundschaft. Die beiden Frauen konnten sich stundenlang über Gott und die Welt unterhalten. Leonie setzte sich an einen der kleinen Tische. »Na, Leonie, was machst denn du heute bei mir?«, wollte Angelika wissen, denn ein Besuch an diesem Wochentag war ungewöhnlich für die ehrgeizige junge Frau. »Bringst du mir bitte ein großes Glas Rotwein? Die letzten Stunden waren so skurril!« Leonie erzählte Angelika von ihrem Nachmittag und von dem Unbekannten.

»Weißt du, Leonie, solche Augenblicke sind sehr wertvoll, denn genau solche Blicke in die Augen eines Menschen sind oft eine Brücke zu fremden Herzen – und auch eine Berührung mit dem eigenen!« Mit leuchtenden Augen erklärte die Freundin ihre Sicht der Dinge. »Ich glaube, du hast diese geheimnisvolle Berührung gefühlt. Wie mir scheint, hat dich dieser Mann ins Herz getroffen, gerade in dem Moment, in dem Fragen auf dich einströmten, die für dich neu und ungewohnt sind.« Angelika, die von vielen scherzhaft »Hobbypsychologin« genannt wurde, war wieder einmal in ihrem Element!

»Ja, du hast sicherlich recht, ich wurde im Herzen erwischt. Vielleicht war es ja Amors Pfeil?« Lachend schlug Leonie ihre Hände über ihrem Herzen zusammen. Doch plötzlich sah sie erschrocken aus: »Aber ehrlich, eine Liebe brauche ich jetzt nicht …«

Angelika brachte Leonie noch ein Glas Wein und sie plauderten weiter. Nach zwei Stunden ging es Leonie schon wieder erheblich besser und sie verabschiedete sich gutgelaunt von ihrer Freundin. An der Tür hielt Angelika sie nochmal zurück: »Vergiss diese blauen Augen nicht! Träume von dem Blick dieses Unbekannten!«, riet sie Leonie und lächelte sie liebevoll an. »Dieses Verlangen nach einem anderen Menschen nennt man ›Wohlgefallen‹. Ich weiß, das ist ein etwas veralteter Begriff, aber klingt er nicht wunderbar!?« Völlig entzückt stand Angelika vor Leonie und breitete ihre Arme aus: »Wohlgefallen …«, wiederholte sie und ließ das Wort wie ein köstliches Schokoladenstück auf ihrer Zunge zergehen. »Wohlgefallen. Du fühlst dich mit dem anderen wohl.« Sie stockte kurz: »Das ist der erste Schritt in die Liebe!« Mit einem verschmitzten Lächeln umarmte Angelika ihre Freundin.

»Schlaf gut!«

»Gute Nacht! Schlaf auch du gut und träum was Schönes!« Ein bisschen beschwipst lachte Leonie in sich hinein. Sie grüßte Papageno mit einem Knicks und ging frohgemut durch die nächtliche Stadt zurück nach Hause.

Kapitel 2

Zu Hause legte sich Leonie ins Bett. Sie hoffte, durch ihren Schwips schnell einschlafen zu können, aber die Gedanken, die sie seit dem Nachmittag bedrängten, ließen sie nicht in den ersehnten Schlaf sinken. Leonie holte ein Glas Milch und gab ein wenig Honig hinein. Ihre Mutter behauptete immer, dass das ein unfehlbares Mittel sei, um einschlafen zu können. Doch nichts dergleichen geschah. Unruhig wälzte sie sich in ihren Kissen. Um 2:34 Uhr stand sie auf, öffnete ihren Laptop, tippte »Schlafstörungen« ein und lauschte dem Vortrag eines Schlafforschers. Dieser riet, sich die quälenden Gedanken von der Seele zu schreiben. Am nächsten Tag wäre noch genug Zeit, sie zu lösen.

Sie schnappte sich ihren Notizblock und begann zu schreiben, während ihr Kater Leo schnurrend neben ihr lag:

»Soll ich überhaupt Kinder bekommen? Ist das nicht mühsam? Keine meiner Freundinnen denkt ernsthaft darüber nach! Julia hat erzählt, dass sie nie Mama sein möchte, von Marlene mit ihrer verkorksten Geschichte ganz zu schweigen. Die fühlt sich noch immer schuldig wegen ihrer Abtreibung und hat seitdem Angst vor allem, was sich auf der Erde schlängelt! Arme Marlene! Ich sollte mit Omi sprechen, denn mit Mama kann man ja nicht über solche Themen reden – sie ist immer so kleinkariert und rückständig. Ich frage mich, ob Mama wirklich die Tochter von Omi ist. Omi hat so etwas Weltgewandtes an sich, sie hat immer von Paris geschwärmt! Da muss ich auch bald wieder hin, was für eine herrliche Stadt! Mama kann ich auf jeden Fall nicht fragen, die kommt mir dann wieder mit Lilly. Meine Schwester ist ja lieb, aber immer geht es nur um ihre Kinder ... Ich kann wirklich nur Omi fragen, die hat den Weitblick, der den meisten Frauen fehlt, und Tante Susanne könnte ich in Wien besuchen! Was für ein beneidenswertes Leben sich diese Frau aufgebaut hat ...«

Das Bild von Gertrud erschien vor ihr. Ein Lächeln umspielte ihre Mundwinkel, denn ihre Großmutter war durch ihre freie und ungezwungene Art schon immer Leonies großes Vorbild gewesen. Im Gegensatz zu ihrer Mutter. Wahrscheinlich lag es an den völlig konträren Weltanschauungen der beiden Frauen: Die Großmutter frei, großzügig und weltgewandt. Die Mutter hingegen empfand Leonie als streng, moralisierend und traditionell.

Wie durch Nebel getrübt, zeichneten sich die verschwommenen Linien des Mannes mit den strahlenden Augen vor ihr ab.

Leonie glitt auf ihrem Fahrrad durch die Landschaft und dachte über die Lebensgeschichten ihrer Familienmitglieder nach. Als sie am Morgen aufgewacht war, hatte sie ihre Großmutter angerufen, um sich bei ihr zum Frühstück einzuladen. Nun fuhr sie durch die Kaigasse zum Kajetanerplatz und ein kurzes Stück auf der Nonntaler Hauptstraße, weiter am Gerichtsgebäude vorbei, um dann am Freisaalweg Richtung Gneis nach Grödig zu ihrer Oma zu radeln. Das Holzhäuschen der Großmutter wurde von einem herrlichen Garten mit zahllosen Blumen umgeben, in dem Gertrud oft tagelang arbeitete. Mit ihrem ›grünen Daumen‹ hegte und pflegte sie ihre Pracht. Lilien, Orchideen und eine atemberaubende Magnolie tauchten das Grundstück in ein weißlich strahlendes Rosa – ein Zaubergarten! Als sie Kinder waren, hatte Omi immer wunderbare Geschichten über Feen, Kobolde und andere Gestalten erzählt, die in dem kleinen Paradies leben sollten. Leonie hatte diese Phantasiewelt immer geliebt.

In der Küche deckte Gertrud den Tisch für das gemeinsame Frühstück. Auf dem Tisch standen vier Gläser mit selbstgemachten Marmeladen. Es gab Erdbeere mit Lavendelblüten, Johannisbeere, Himbeermarmelade und natürlich die klassische Marillenmarmelade. Auf den

Gläsern klebten Etiketten, auf denen handschriftlich das Jahr und der Inhalt vermerkt waren. Der Duft im Haus war vertraut. »*Kann man Gemütlichkeit riechen?*«, überlegte Leonie. Im selben Moment umarmte ihre Großmutter sie mit der unverwechselbaren Herzlichkeit, die zu ihrer Omi gehörte.

»Omi, kann man Gemütlichkeit riechen?«
»Ja, vielleicht.«
»Ich glaube, ich habe die Gemütlichkeit jetzt gerade hier gerochen!«

Gertrud schmunzelte und ihre Augen blitzten: »Ich weiß nur eines, dass man sich Gerüche sehr lange merken kann.« Sie schob Leonie von sich und wandte sich dem Herd zu: »Du verbindest diesen besonderen Geruch wahrscheinlich mit deinen Kinderjahren.«

»Ein Hauch von Nostalgie!« Leonie war gutgelaunt.

Die beiden Frauen setzten sich an den Tisch und Kaffeeduft stieg ihnen in die Nase. Leonie fühlte sich rundherum wohl und sie war glücklich, mit Omi Kaffee und frische Kipferl mit Marillenmarmelade genießen zu können.

»Omi, was hältst du vom freien Sex?«, platzte es plötzlich aus Leonie heraus.

So verdutzt hatte Leonie ihre Großmutter nur selten gesehen.

»Was fragst du mich da?« Die alte Lady war perplex.

»Omi, was hältst du von freiem Sex?«, wiederholte Leonie.

»Also habe ich mich nicht verhört?« Ungläubig blickte die alte Dame ihre Enkelin an.

»Omi, du bist die Einzige, mit der ich darüber sprechen kann«, erwiderte Leonie. »Ich weiß, dass du das nicht so eng siehst! Mit Mama und Papa will ich nicht darüber reden.« Leonie holte kurz Luft und fuhr fort: »Und mit meinen Freundinnen darüber zu reden, bringt nichts, denn die sind ja ebenso jung wie ich. Lilly kann ich auch nicht fragen, denn die hat sowieso keine Nerven wegen der Kinder.«

Fassungslos starrte Gertrud ihre Enkelin an.

»Laut Mama hast du ja recht wilde Jahre erlebt – ich glaube, du warst damals so alt wie ich!« Aufmunternd sah sie ihre Großmutter an und fuhr unbekümmert fort: »Du hast doch die Achtundsechziger miterlebt, und hast du nicht erzählt, du hättest diese Zeit genossen!?«

Gertrud überlegte, wie sie mit diesen Fragen umgehen sollte. »Warum willst du das alles wissen?«, fragte sie.

Da berichtete Leonie vom vergangenen Nachmittag im Kaffeehaus, dem Zeitungsartikel und den Fragen, die ihr seither im Herzen brannten.

»Wie lange hast du Zeit?«, wollte die Großmutter nun wissen.

»Lange«, lächelte Leonie: »Ich habe viel Zeit!«

»Dann werde ich dir meine Geschichte erzählen.«

Gertrud hatte zuerst Mühe die Vergangenheit hervorzuholen. Stockend und mit viel Schweigen dazwischen begann sie zu erzählen: von Maria, ihrer Mutter, von Johann, ihrem Vater, dem Bauernhof in dem einsamen Tal … Die Bilder wurden immer stärker vor ihrem inneren Auge und auf einmal war Gertrud gedanklich wieder ganz in ihrer Jugend …

Kapitel 3

»Beeile dich und höre auf, diese Schriften über irgendeine Revolution zu lesen! Das bringt ja doch nichts«, schimpfte Maria mit ihrer Tochter.

»Ich bin ja schon fertig mit dem Stall …«, nörgelte das Mädchen leise vor sich hin. Ihre Mutter sollte ihr Gemaule nicht mitbekommen, ansonsten bekam sie wieder einen ihrer endlosen Vorträge über Werte, Fleiß und Hilfeleistung zu hören. »*Immer ist irgendetwas auf diesem alten, blöden Bauernhof zu tun. Mir geht das schon so auf die Nerven! Wenn ich alt genug bin, dann gehe ich weg! Ich will endlich frei sein und die Welt erkunden!*«

Gertrud war das vierte und jüngste Kind und wuchs mit ihren Eltern in einem kleinen Ort im Salzburger Land auf. Dort besaßen sie einen Bauernhof, der ihnen während des Krieges über die schlimmsten Zeiten hinweggeholfen hatte. Doch das Leben war damals alles andere als einfach gewesen, denn Maria, die Mutter, hatte den Hof allein bewirtschaften müssen: Johann, Gertruds Vater und gläubiger Christ, hatte den ortsansässigen Priester, der in seinen Predigten ganz offen gegen den Nationalsozialismus gewettert hatte, verteidigt und damit den Unmut der NS-Gemeindevorsteher auf sich gezogen. Drei Tage nach seinem Verhör hatte er den Einberufungsbefehl erhalten und wurde im Russland-Feldzug an die vorderste Front eingezogen. Maria war nun allein zuständig, für die vier Kinder zu sorgen. Doch sie hatte immer wieder ihren Hoffnungsanker auf Gott geworfen und gewusst, dass ihr Leid in seiner großen Liebe geborgen war. Das erzählte sie ihren Kindern jeden Abend und gab damit sich und den Kleinen Zuversicht.

Gertrud musste, wie alle anderen Kinder auch, von klein an mitarbeiten. Sie versorgte die Hühner und arbeitete im Stall, denn sie liebte die Tiere. Wenn sie nach der Arbeit auf dem Hof und ihren Hausaufgaben nicht zu erschöpft war, widmete sie sich ihrem größten Hobby: dem Lesen.

    Nach ihrer Schneiderlehre begann Gertrud sich zunehmend für fremde Länder und Städte zu begeistern. Sie nahm sich das Wort Goethes zu Herzen, wonach Reisen die beste Bildung sei. Den Anfang machte sie mit gelegentlichen Besuchen in der Stadt Salzburg. In der Auslage einer Buchhandlung sah sie einen Titel von Simone de Beauvoir: »Das andere Geschlecht«. Eigentlich hatte sie sich vorgenommen, kein Geld für solchen Luxus auszugeben, doch die Begeisterung für diese Schriftstellerin und ihre Ideen rief lauter. Prompt war das Buch gekauft. »*Was für eine mutige Frau! Ich möchte auch so sein wie sie und endlich frei leben und meine eigenen Entscheidungen treffen! Wir sind so abhängig, von den Männern, von der Kirche und überhaupt … Wenn ich mir Mama und Papa ansehe, dann leben die ihre Rollen perfekt! Aber so möchte ich nicht leben: gefangen in diesem starren Rollenbildern! Darin kann ich meine Weiblichkeit nur passiv leben, wie Simone schreibt!*«

    Gertrud schlenderte nachdenklich, ihr neu erworbenes Buch in den Händen, durch die Straßen der Stadt.

Die Großmutter hob ihren Kopf und nahm einen Schluck des inzwischen kalten Kaffees. Sie stand auf, verließ die Küche und kam mit einem zerfledderten Buch zurück. Man sah, dass dieses Werk viele Male gelesen worden war. Sie legte es vor Leonie hin und tippte darauf: »Dieses Buch hat mich auf meinen Weg gebracht!« Die Augen der Großmutter strahlten nicht im gewohnten Glanz. Es lag etwas Trauriges in diesem Blick.

    »Weißt du, das Leben meiner Mutter bestätigte genau das, was ich hier las. Deine Urgroßmutter war alles andere als frei oder selbstbestimmt! Für mich stand fest, dass sich die ganze Gesellschaft ändern sollte und dass die Frauen befreit werden müssten, insbesondere von der Mutterschaft, denn laut Beauvoir ist Mutterschaft eine Knechtschaft«, erklärte die Großmutter nachdenklich.

Gertrud und ihr Vater hatten viel Zeit damit verbracht, über die Themen der sexuellen Revolution zu diskutieren. Leidenschaftlich versuchte er, die Position der Kirche zu vertreten, Empfängnisverhütung würde die Würde der Frau beschädigen.

»So ein Blödsinn! Nur jene Frau ist frei, die über ihren Körper selbst bestimmen kann«, schimpfte das junge Mädchen aufgebracht. »Vater, es kann doch nicht sein, dass wir als Frauen nicht über unseren eigenen Körper bestimmen dürfen! Schau, du machst ja auch das, was du willst, oder etwa nicht?«

Johann blickte bestürzt von seiner Arbeit hoch. Wieder huschte der ihr schon bekannte Schatten über sein hageres Gesicht: »Glaubst du wirklich, dass ich nur das mache, was mir gefällt? Dass ich nur meinem Vergnügen folge, ohne je an das Notwendige zu denken?«, wollte er ungläubig von seiner Jüngsten wissen. Doch den Schmerz, der ihm dieser Vorwurf bereitete, konnte er vor Gertrud gut verbergen. Darin war er schon ein Meister geworden.

»Nein Vater, natürlich nicht. Aber ich will frei sein! Denn nur wenn ich frei bin, kann ich glücklich werden«, verteidigte Gertud ihre Ansichten. »Nicht wie Mutter, die doch nur arbeitet und nur für andere lebt!«

»Mädchen, wenn du deine Mutter so siehst: heißt das, dass du glaubst, sie sei unglücklich?«, fragte er bestürzt und nahm seine Arbeit wieder auf.

»Ich weiß es nicht, Papa. Aber kann so ein Leben glücklich sein?«

»Ja, genau so ein Leben macht glücklich!«, versicherte Johann.

Gertrud stockte und hörte mit einem Mal auf zu erzählen. Sie schaute an Leonie vorbei und war in Gedanken weit weg.

»Omi, was ist los?«

Gertrud lächelte kurz, für einen Augenblick. Dann wandte sie ihren Blick ab. Tränen standen ihr in den Augen.

»Omi, was ist los, warum weinst du?«

»Ach, weißt du, als mein Vater behauptete, es mache glücklich, für andere da zu sein, lachte ich ihn aus!« Traurig berichtete die Großmutter weiter: »Nein, Vater, ich glaube, um mein Glück finden zu können, muss es mir gut gehen, für mich selbst bin ich doch der wichtigste Mensch«, zitierte Gertrud ihr junges Ich.

Stille im Raum. Schließlich begann die Enkelin zaghaft, das Gespräch wieder aufzunehmen.

»Omi, für mich ist das wirklich entscheidend. – Wie denkst *du* darüber: Soll ich für mich der wichtigste Mensch sein, oder ist das doch anders?«

Gertrud betrachtete ihre Enkeltochter lange, dann schmunzelte sie und sagte: »Das, mein Schatz, musst du selbst herausfinden, genauso wie ich es herausfinden musste…«

Gertrud lehnte sich in ihrem Sessel zurück und machte innerlich wieder die Tür zu ihrer Vergangenheit auf:

Als sie 21 Jahre alt war, zog sie von zu Hause weg. Sie ging nach Salzburg und nach kurzer Zeit übersiedelte sie nach Wien. Doch auch diese Stadt war ihr zu klein und schließlich erreichte sie ihren Sehnsuchtsort, die »Cité de l'amour«: Paris! In kürzester Zeit erlernte sie die Sprache und die landesüblichen Gepflogenheiten. Gertrud schmeckte die Luft der Freiheit, der Unabhängigkeit – ja, sie hatte den Eindruck, den Esprit jener Revolution zu atmen, die einst von dieser Stadt aus das ganze Land und schließlich die ganze Welt erobert hatte! Gertrud war offen für alles und folgte dem Geist dieser Zeit, der vieles umbrach, nicht zuletzt in Bezug auf die weibliche Sexualität. Durch die »Pille« fühlte sich Gertrud frei und lebte ein wildes, intensives Leben mit wechselnden Männerbekanntschaften.

Um die Erzählung ihrer Großmutter nicht abbrechen zu lassen, startete Leonie von neuem: »Und Omi, wie hast du dann Mama bekommen? War Opa deine große Liebe?«

»Nein! Opa war nicht meine große Liebe, aber er war der Mann, den ich am meisten liebte.«

»Wie jetzt, war er nun deine große Liebe oder nicht?«

»Weißt du, die große Liebe muss nicht immer der Mensch sein, den man sein Leben lang liebt.«

Eine nachdenkliche Pause entstand.

»Mein Engel, können wir morgen weiterreden? Ich bin jetzt doch etwas müde und mich an das alles zu erinnern, ist sehr anstrengend.« Ausgelaugt saß die Großmutter auf ihrem Sessel. Leonie stand auf und umarmte die alte Frau.

»Darf ich morgen wiederkommen?«

»Die Tür und mein Herz stehen dir immer offen!«

Kapitel 4

Freiheit! Unbändige Freiheit durchströmte Gertrud, als sie am *Gare du Nord* ankam. Der Bahnhof, unweit vom Montmartre und von Sacré-Cœur, begrüßte sie mit Nichtbeachtung. Endlich! Atemlos tauchte sie ein in ein unbekanntes, nach Unabhängigkeit schmeckendes Lebensgefühl. Niemand sah sie, niemand nahm Kenntnis von ihr. Diese wohltuende Gleichgültigkeit! Menschen über Menschen quollen aus den Zügen und begaben sich schnellen Schrittes Richtung Ausgang. Sie reihte sich ein in die anonyme Menschenmasse und wurde vom Strom durch die riesige Ankunftshalle ins Freie mitgerissen. Sie fühlte sich durch das allumfassende Desinteresse aufgenommen und endlich angekommen. Nicht einmal die Sprache war ihr vertraut, doch schon nach einigen Minuten war sie eins mit dem Lebewesen »Stadt«. Gedankenlos, ziellos ließ sich die junge Frau in die neue Heimat treiben.

Geschäfte, Schaufenster, Restaurants, Hotels, Menschen und Straßen wechselten sich dynamisch ab. Eine logische Abfolge, die ihr entsprach. Leichtigkeit und Ausgelassenheit begleiteten sie. In allen Gassen saßen Menschen vor Restaurants oder Bars. Viele Bilder, die sie in Reiseführern inhaliert hatte, stiegen in ihr auf. Sie durchwanderte das Pigalle, das in diesen Jahren immer mehr zum Vergnügungsviertel wurde. Hier lebten um das Jahr 1900 Größen der Malerei wie Pablo Picasso, Henri Toulouse-Lautrec und Vincent van Gogh. Gertrud sog die Luft der Künste ein. Sie spazierte am Grand Guignol vorbei, doch die schwere, hohe Holztüre würde sich nicht mehr öffnen. Das einzigartige Theater, welches vor langer Zeit eine Kapelle gewesen war, hatte seine Pforten leider für immer geschlossen. Auf seiner Bühne waren Horrorstücke und Krimis aufgeführt worden und gleichermaßen beliebte wie derbe Komödien. Gertrud hätte gerne eines der frivolen Stücke gesehen!

Sie flanierte vorbei an der neuesten Mode, vorbei an Buchhandlungen, in denen auch das Buch von Simone Beauvoir ausgestellt war, vorbei an kleinen Friseur- und Delikatessenläden, vorbei an Kirchen und herrschaftlichen Häusern, vorbei an all den wunderbaren Kompositionen dieser herrlichen Stadt! In jeder Straße erlebte sie eine fremdartige Vielfalt. Straßenbahnen schlitterten über Geleise und zahllose Autos kämpften um den besten Platz. Die eleganten Metroeingänge mit ihren geflochtenen Eisenträgern im Stil des Art Nouveau waren zum Symbol für Paris geworden. Benzin, Essen, Menschen und Tiere vermengten sich zu einem lebendigen Parfüm. Dieser Duft verkörperte für Gertrud Freiheit. Diese Stadt war die Stadt von Liberté, Egalité, Fraternité. Es war die Stadt der Revolution. Es war *ihre* Stadt und es war *ihre* Revolution!

Neben dem Studium der Kunstgeschichte arbeitete sie als Kellnerin in einem Bistro und jobbte am Abend in einer Bar. Gertrud zog die Anonymität und Gesichtslosigkeit der Großstadt dem Leben auf dem Land, wo man ständig beobachtet und beurteilt wurde, entschieden vor.

Eines Abends betrat ein Mann das Lokal und Gertrud schien es, als ob die Zeit stehen bliebe … Hochgewachsen, athletisch und mit einer Anziehungskraft, die sie noch bei keinem Menschen so intensiv wahrgenommen hatte, stand er in der Bar und füllte den gesamten Raum mit seiner Präsenz. Es war pure Anziehung! Alles zog Gertrud zu ihm hin: die Augen, der Geruch, das Lächeln …

An diesem Abend nahm er keine Notiz von ihr und so versuchte sie an den folgenden Tagen wieder, seine Aufmerksamkeit auf sich zu ziehen. Viele Abende lang vergeblich. So beschloss sie, als Gast in die Bar zu kommen. Sie hatte mit den Stammgästen und Kollegen großen Spaß und trank ordentlich. Um zwei Uhr nachts stand plötzlich der Ersehnte vor ihr und bat sie um einen Tanz.

»Aber das ist doch eine Bar!«, meinte Gertrud mit ihrem deutschen Akzent.

»Ich kann überall tanzen«, sagte Pierre lächelnd und schob Sessel und Tische beiseite. Gertrud war im ersten Moment von der engen Tanzhaltung überfordert, doch sie wusste, der Tango provozierte diese buchstäblich. Dem Vierachteltakt verfallen, ließ sie sich von Pierre festhalten. Die Tanzschritte elektrisierten sie. Mit seinem kraftvollen Körper führte er sie entschieden über die kleine Tanzfläche. Erotik pur! Sie war verrückt nach diesem Mann. Sie war verliebt! Später an diesem Abend nahm Gertrud Pierre mit zu sich nach Hause …

Kapitel 5

Augen, große blaugraue Augen. Verzweiflung schien von ihnen auszugehen und von weither hörte sie ein unheilvolles Geräusch, das immer lauter, immer bedrohlicher wurde …

Leonie schreckte hoch. Leo, ihr Kater, stand über ihren Kopf gebeugt.

Gestern hatte Leonie ihre Großmutter mit gemischten Gefühlen verlassen, sie wusste aber nicht, was sie beunruhigte. Aufgrund ihrer inneren Unruhe entschied sie sich, trotz der frühen Stunde Sport zu machen. Das war für sie immer die beste und schnellste Ablenkung. Sie zog ihr Sportoutfit an und schwang sich auf ihr Rennrad.

Links der Untersberg, rechts die Stadt. Sie erinnerte sich an die geheimnisvollen Augen des jungen Mannes. Sie träumte vor sich hin und übersah dabei eine Gruppe von Joggern, die ihr entgegenkam. Im letzten Moment konnte sie ihr Fahrrad noch auf die andere Seite reißen. Einen der Läufer verfehlte sie nur knapp. Blaugraue Augen. Ein Schreck durchfuhr Leonie. Sie stieg ab und ihre Knie zitterten. Sie sah den Männern nach. Da drehte sich derjenige, den sie fast umgefahren hatte, um und blickte etwas besorgt in ihre Richtung. Mit einem Wink gab sie ihm zu verstehen, dass alles ok wäre und bekam dafür ein umwerfendes Lächeln geschenkt. Der junge Mann hob die Hand, winkte ebenfalls und lief wieder weiter. Ein wunderschönes Lachen und strahlende Augen! Jene Augen, die sie seit dem ominösen Zusammenprall vor dem Kaffeehaus verfolgten.

Während Leonie den Männern nachsah, stieg die Sorge um ihre Großmutter in ihr hoch und sie griff zum Handy.

»Guten Morgen. Wie geht es dir heute?«, wollte Leonie von der alten Dame wissen.

»Guten Morgen, mein Schatz«, antwortete eine müde Stimme. »Es geht mir nicht schlecht, aber ich konnte nicht schlafen. Immer wieder kamen Bilder von damals hoch.«

»Soll ich dir etwas mitbringen, wenn ich dich heute besuche?«, fragte Leonie.

»Nein danke, meine Süße.« Besorgniserregend matt klang das. »Aber ich bin heute sehr müde und möchte lieber allein bleiben. Ist das schlimm für dich?«

»Aber Omi, nichts, was du machst, ist schlimm für mich! Wir können unser Treffen gerne verschieben. Ruh dich aus. Ich melde mich morgen wieder bei dir.« Leonie war etwas enttäuscht, denn sie war neugierig auf die Fortsetzung der Geschichte.

»Danke, aber dieses Erinnern ermüdet mich sehr und es tut auch ein bisschen weh. Ich merkte wieder einmal, wie viel ich versäumt habe.« Gertruds Traurigkeit war für Leonie greifbar. »Und ich weiß, ich kann es nicht nachholen ...«

»Du und etwas versäumt?! Ich dachte, du hast so viel erlebt, bist so viel gereist?«, fragte Leonie ungläubig.

»Ich habe die gemeinsame Zeit mit deiner Mutter versäumt ...«, stammelte Gertrud und legte auf »... und noch vieles mehr«, klang es noch leise aus dem toten Hörer.

Verdutzt stieg Leonie auf ihr Fahrrad und fuhr den Weg zurück. »*Soll ich Omi noch einmal anrufen? Nein, sie will sicher nicht bedrängt werden. Aber was ist da los? So kenn ich meine Großmutter gar nicht. Die ist doch immer so stark. Und was hätte sie versäumen können? Paris – wie schwärmte sie immer von dieser großen Freiheit! Ich weiß nicht, warum Mama immer aufsteht, wenn Omi davon spricht ... Mit Mama kann ich auch nicht über meine Gedanken reden. Sie wird es nicht verstehen, dass mir die Freiheit so wichtig ist und dass das auch heißen kann, dass ich vielleicht keine Kinder bekommen will ... Vielleicht sollte ich mit Julia reden?!*«

Nachdem sie geduscht hatte, machte sich Leonie zu Fuß auf den Weg zu dem Geschäft, in dem Julia das Geld für ihr Gesangsstudium verdiente. Sie wusste, dass sie jetzt Dienst hatte und dass so früh am Morgen noch nicht allzu viel los war und sie ein paar Worte mit ihrer Freundin wechseln konnte.

»Was für eine schöne Stadt. Keine Touristen! Ich muss öfter um 9 Uhr morgens durch die Stadt gehen. Wie wunderbar!« Leonie spazierte durch die Getreidegasse, über den Alten Markt und ging beim Kaffeehaus vorbei, in dem sie vor zwei Tagen diesen aufwühlenden Artikel gelesen hatte. Plötzlich stand sie vor dem Dom. Sie liebte diesen Platz und zu einer so frühen Stunde erstrahlte der gesamte Ort in noch größerem Glanz. Leer, einsam und ruhig lag das imposante Gotteshaus vor ihr. Da fiel ihr Blick auf den Eingang und sie entdeckte den jungen Mann mit den blauen Augen. Umringt von jungen Mädchen. Alle blickten fasziniert zu ihm hoch, er erklärte ihnen etwas und verschwand anschließend mit ihnen im Dom.

»Vielleicht ist er Fremdenführer?«, dachte Leonie und huschte ihnen durch das schwere Holzportal nach.

Sie erkannte den Dom nicht wieder: Völlig leer stellte sich der Innenraum der Kirche dar. Alle Sesselreihen waren weggeräumt und nur einige Bänke standen in dem nun fremd wirkenden Raum. Nur wenige Menschen befanden sich im Gotteshaus. Die Säulen wurden mit rosa und hellblauen Farben beleuchtet, Teppiche lagen auf dem Boden und einige Bildschirme waren rechts und links an den Seiten aufgebaut. Vorne, rechts vom Altar, war eine Art Bühne aufgebaut. Auf dieser, mit dem Rücken zu Leonie, stand der Mann und um ihn herum die jungen Mädchen. Sie stimmten ein Lied an und er hob wie ein Dirigent die Arme. Es sah aus, als ob er alle Chormitglieder umarmen würde.

Sie setzte sich abseits von ihnen auf einen der wenigen verbliebenen Sessel.

»Alles, was atmet, lobet den Herrn, Halleluja, Halleluja«, tönte es durch das Gotteshaus. Leonie schloss die Augen. Sie saß im Dunkeln und genoss die Musik und die besondere Stimmung in der leeren Kathedrale. Vor ihrem inneren Auge erschienen Bilder von Wäldern und Wiesen.

Von ausgestreckten Armen, in die sie sich fallenlassen konnte. Sie hörte von weither die Worte: »Komm heim, lass alle Lasten los. Komm heim in Seine Arme ...«

Leonie fühlte sich gehalten und geborgen.

»Hat es Ihnen gefallen?«, fragte sie plötzlich eine männliche Stimme. Erschrocken blickte Leonie auf und sah in die ersehnten Augen.

»Ja, ja schon«, stotterte sie und wurde rot: »Ich muss jetzt leider gehen.«

»Schade. – Dann freue ich mich auf das nächste unverhoffte Wiedersehen!«

Dieser Satz des jungen Mannes klang in Leonie nach. Julia wusste: »Am Wochenende ist ein Fest im Dom und es kommen viele junge Menschen, deshalb das besondere Setting und die Proben«

»Hättest du Lust auf ein kleines spätes Frühstück?« Leonie lud Julia ein.

»Ja. Ich habe in zehn Minuten sowieso Pause«, freute sich Julia.

Die beiden genossen die Stadt, kehrten bei Angelika ein und blödelten mit ihr bei Bruschetta mit Tomaten, Basilikum, Mozzarella und Parmaschinken, spazierten durch die Gassen und kauften sich Joghurteis in dem kleinen Laden gegenüber der Kollegienkirche. Gemütlich setzten sie sich damit auf die Stufen der Kirche und beobachten das bunte Treiben. Sie philosophierten über Gott und die Welt, über das Glück und seine Bedeutung.

Nach zwei Stunden musste Julia aufbrechen und Leonie blieb lächelnd auf den Stufen in der Sonne sitzen. »*Ach, ist das schön, dass ich den Mann im Dom getroffen habe! Ist das Glück? Ist Lilly glücklich? Ist Mama glücklich und wie geht es Omi? Ist sie glücklich? Ist es Glück, lieben zu können?*« Leonie schloss die Augen und erinnerte sich mit Wohlgefühl an den Moment, als sie heute in der Kirche saß und den Liedern lauschte: »Komm heim und sieh, komm in Seine Arme ...!«

Kapitel 6

Das Handy läutete. Leonie schrak auf. Sie war gestern mit ihrer Mutter bei den Salzburger Festspielen gewesen. Es war spät geworden. Sie waren voller Eindrücke von der Mozartoper gewesen und hatten Angelika in ihrem Lokal aufgesucht. Als beide schon etwas mehr getrunken hatten, erzählte Leonie ihrer Mutter von den Gedanken, die sie plagten. Daraufhin begann Inga, ihrer Tochter von ihrer Kindheit zu erzählen.

Leonie kannte die Geschichte, aber in so einer Eindringlichkeit hatte sie sie noch nie wahrgenommen. Sie sah ihre Mama jetzt mit etwas anderen Augen und stellte sich vor, wie schlimm es für ein Kind sein musste, ohne seine Mutter aufzuwachsen. Gewiss machte es einen Unterschied, ob eine Mutter nicht für ihr Kind da sein *konnte* oder – wie bei ihrer Großmama – nicht da sein *wollte*! Allein sich das verlassene Baby vorzustellen, ließ Leonies Augen feucht werden.

Das Handy meldete sich wieder, dröhnend, doch Leonie wollte nicht abheben. Sie wollte nur ihren Kater ausschlafen. Sie machte sich Vorwürfe, mit ihren Fragen alte Wunden aufgerissen zu haben. Nun stand sie aber doch auf, weil das Handy einfach keine Ruhe gab. Anfangs hatte sie die afrikanischen Trommeln als Klingelton noch spannend gefunden, doch jetzt gingen sie ihr allmählich auf die Nerven.

»Hallo?«, fragten sie verschlafen in den Hörer. Als Antwort hörte Leonie lediglich ein Gewimmer.

»Lilly, was ist passiert?« – Weiterhin nur Weinen.

»Komm, Schwesterherz, erzähl doch!«, sie zog sich den Pullover über den Kopf, schlüpfte hastig in die Jeans und rannte aus der Wohnung, immer noch mit dem Handy am Ohr.

»Bitte, beruhige dich! Ich bin schon unterwegs.« Mit großen Schritten lief Leonie durch die Gasse, bog um die Kurve und erreichte atemlos die Bushaltestelle.

»Leonie, ich bekomm' noch eins«, hörte sie nun die leise Stimme ihrer Schwester.

»Wie, noch eins? Was ist los?«

»Ich bekomme noch ein Kind! Ich schaff' das nicht ...«

»Okay, ich bin gleich bei dir. Wir werden eine Lösung finden!«

Nun etwas erleichtert legte Leonie auf und stieg in den Bus ein. »*Gott sei Dank muss man ja heute ein Kind nicht mehr kriegen ... oder es der Mutter geben! Cool, dass mir Mama gestern alles erzählt hat. Was haben die Frauen nicht alles mitgemacht! Und Lilly heult ... Was ist denn in sie gefahren? Es gibt doch Lösungen!*«

In Aigen angekommen, stieg Leonie aus. Sie klopfte an die Wohnungstür und Lilly öffnete sofort. Leonie spürte die Angespanntheit.

»Na, Schwesterherz, jetzt beruhige dich erstmal! Das ist doch kein Problem.« Leonie versuchte Lilly aufzumuntern: »Du bist sicherlich noch ganz am Anfang und da lässt es sich schnell erledigen.«

»Leonie!« Mit scharfer Stimme rief ihre Mutter aus der Küche.

Unangenehm überrascht, dass Mama auch da war, starrte Leonie Lilly an, die die Schultern hochzog.

»Was sagst du da?«, fragte die Mutter.

»Mama, das ist ja heutzutage kein Problem mehr! Lilly kann ja abtreiben!« Leonie war genervt.

»Leonie!«, ermahnte sie ihre Tochter verärgert, »Ich will doch mein Enkelkind im Arm halten!«

»Was du willst, ist jetzt aber nicht wirklich wichtig!«, entgegnete Leonie frostig. »Schließlich schafft Lilly schon jetzt ihre drei Kinder kaum. Was soll sie dann mit einem Vierten?! Außerdem ist die Wohnung viel zu klein und das Geld knapp. Soll Lilly nicht wieder zu arbeiten beginnen und ihr Leben leben dürfen? Es ist also bestimmt besser, wenn sie dieses Kind nicht bekommt ...!«

Lilly, die bis jetzt schweigend neben den beiden Streithähnen gestanden hatte, fragte plötzlich: »Könntest du bitte mit Klausi auf den Spielplatz gehen?« Nun hörte auch Leonie ihren kleinen Neffen bitterlich weinen und die Verzweiflung des Kindes riss sie abrupt aus ihrem Ärger. Sie ging ins Kinderzimmer, wo der Kleine allein auf dem Boden saß und herzzerreißend schluchzte.

»Komm, Klausi, wir machen einen Ausflug!« Leonie schnappte Kind, Jacke und Haube und verließ schnell die Wohnung. Dieser ungemütlichen Stimmung wollte sie rasch entfliehen.

Mit dem Kind auf dem Arm eilte sie zum nahegelegenen Spielplatz. Dort setzte sie den Kleinen in die Sandkiste und suchte im Internet einen kürzlich gelesenen Artikel. Dort las sie, dass es in Österreich nicht einmal 35.000 Abtreibungen pro Jahr gäbe.

»Das ist nicht viel für Österreich«, schrieb die für Frauenfragen zuständige Journalistin dazu. Leonie fragte sich, warum sich ihre Mutter bloß so aufregte.

Ihr Neffe spielte ruhig und fröhlich mit dem feinen Sand. Leonie betrachtete ihn, während sie gleichzeitig im Internet nach weiteren Zahlen und Fakten suchte, um sie dann Inga liefern zu können. Sicherlich würde die Mutter, wenn sie ihr klare Argumente lieferte, einlenken. Darüber hinaus war es ohnehin Lillys eigene Entscheidung!

Bei »Statistik Austria« fand Leonie die Geburtenrate für Österreich: 2022 waren 82.198 Kinder zur Welt gekommen und es hatte geschätzte 35.000 Abtreibungen gegeben. Also durfte circa jedes dritte Kind nicht leben. Jetzt war Leonie doch schockiert! Ihr Blick fiel auf ihren Neffen. Voll Hingabe spielte Klausi im feinen Sand.

»Ja, Klausi, du warst das Dritte und durftest leben. Glück gehabt!«

Leonie beobachtete ihn, wie er immer wieder versuchte, mit seiner kleinen Hand den feinen Sand aufzunehmen, aber der rann ihm stets wieder durch die Finger. Das Spiel gefiel ihm! Er freute sich und sein Gesicht begann zu leuchten. Angezogen von seiner kindlichen Freude stand Leonie auf, griff in den Sand und ließ ihn ebenfalls durch ihre Finger rieseln. Sie staunte über das angenehme Gefühl, welches ihr das bereitete! Im nächsten Augenblick lachten und quietschten sie alle beide vor Vergnügen.

Vom Rande des Spielplatzes beobachtete sie ein junger Mann. Es war derselbe, mit dem sie im Caféhaus zusammengestoßen war, den sie am Radweg beinahe umgestoßen hätte und den sie im Dom beobachtet hatte! Er war von der intimen Idylle hingerissen. *»Eine junge Mutter sitzt mit ihrem Sohn in der Sandkiste und strahlt!«*

Doch plötzlich wurde er traurig: *Die bezaubernde Schönheit ist also nicht mehr frei ...* Das Bedauern in seinem Inneren erstaunte ihn. Er wandte sich ab, stieg auf sein Rad und brauste davon. Wehmütig ...

Von all dem bekam Leonie nichts mit. Sie spielte immer noch mit ihrem Neffen in der großen Sandkiste, bis ihr Handy trommelte. Es war Lilly, die nachfragte, ob alles in Ordnung sei.

»Aber ja doch! Wieso fragst du?« Leonie schmunzelte.

»Du bist jetzt über zwei Stunden weg und ich mache mir Sorgen!«

»Was? Zwei Stunden?«, wunderte sich Leonie. Sie schaute auf das Display und sah, dass es tatsächlich schon fast Mittag war. Die Zeit mit Klausi war im Nu verflogen!

»Ich komme sofort!« Sie packte den Kleinen und als sie ihn aufhob, rieselte Sand aus seinen Taschen und Schuhen. Das Kind lachte und fröhlich drehten sich beide im Kreis.

»So, jetzt müssen wir aber wirklich los, sonst bekommen wir noch Ärger mit deiner Mama!«, lachte Leonie und fühlte sich in diesem kindlichen Glück leicht und unbeschwert.

Kapitel 7

Am nächsten Tag war Inga niedergeschlagen. Sie verstand die Haltung Leonies nicht und sie hatte einen Verdacht, wer hinter diesen Ideen stecken könnte. Um ihrem Ärger Luft zu machen, rief sie aufgeregt ihre Mutter an.

»Was erzählst du für einen Schwachsinn?!«, donnerte Inga ins Telefon. »Musst du denn mit Leonie über deine Ansichten reden? Und Lilly eine Abtreibung vorschlagen?« Inga war aufgebracht: »Ich wollte nie, dass du meine Mädchen miterziehst. Ich wollte ihnen immer *meine* Werte vermitteln!«

Gertrud war überrumpelt. Sie überlegte, wie sie reagieren sollte, und versuchte ruhig zu bleiben. Die Beziehung zu ihrer älteren Tochter erwies sich immer wieder als schwierig. Sie erinnerte sich an die letzte Nacht und hatte Verständnis für ihre Tochter.

»*Mein Schatz, es tut mir so leid. Ich weiß, was ich dir angetan habe. Wie kann ich es nur wieder gut machen?*«, dachte sie. – Gertrud wusste, was sie sagen sollte, doch entschuldigen konnte sie sich jetzt einfach noch nicht für all das, was sie an Inga versäumt hatte. »Guten Morgen«, sagte sie stattdessen, und wirkte dabei gefasst, »Willst du vielleicht vorbeikommen? Wir könnten gemütlich einen Kaffee trinken und du erzählst mir, was los ist«, schlug sie vor.

»Nein danke! Ich möchte dir nur sagen, dass ich es nicht gut finde, wenn du mit meinen Mädchen über Sexualität sprichst!«, blieb Inga in Rage. »Wir wissen ja beide, welche Einstellung du hast. Leonie hat ihrer Schwester sofort zur Abtreibung geraten, nachdem Lilly uns gestern von ihrer vierten Schwangerschaft erzählt hatte. – Ich will nicht, dass du dein Gedankengut an die Mädchen weitergibst!«

»Lilly bekommt ein Baby?«, fragte Gertrud überrascht, ohne auf die Vorwürfe einzugehen. »Ich freue mich für sie!«

»Lenk jetzt nicht ab!«

»Glaubst du nicht, dass ich mich nach so vielen Jahren geändert haben könnte?«, versuchte Gertrud zu beschwichtigen. »Kann ich nicht längst andere Ansichten haben? Ich habe in meinem Leben viel erfahren und du weißt, es war für mich nicht immer leicht«, probierte die Mutter ihrer Tochter entgegenzukommen. »Sicher habe ich aus meinem Schicksal gelernt. Leonie ist zu mir gekommen und hat mich in einer bestimmten Frage um meine Meinung gefragt. Sie ist ein kluges Mädchen und so habe ich ihr aus meiner Geschichte erzählt.«

Inga stockte. Die Zeit stand still. In Gedanken war sie plötzlich wieder ein kleines Mädchen. An der Hand ihres Großvaters Johann stieg sie die Alm hinauf:

Sie kamen an einem Denkmal vorbei, zu dem man in Österreich »Marterl« sagt. Darin war eine Statue von einer Frau, die einer Schlange den Kopf zertrat. Das Marterl stand unter einer großen Buche. Der zierliche Kopf, der Statue, welche die Muttergottes darstellt, war mit einem kleinen Kranz aus verschiedenen Kräutern geschmückt. Der Großvater kniete nieder und betete und das kleine Mädchen ahmte den geliebten Opa nach. Als er seine Hände faltete und ein Kreuzzeichen machte, tat das Kind genau das Gleiche. Ein Strahlen erschien auf beiden Gesichtern. Der wortkarge Mann tauchte in Gegenwart seiner Enkelin immer aus seiner Sprachlosigkeit auf und beide genossen es, Zeit miteinander zu verbringen. Auf diesen Wanderungen erinnerte sich Johann an die Ausflüge mit seiner Tochter Gertrud und es wurde ihm wieder und wieder bewusst, wie sehr er sein Kind vermisste.

Inga blickte in das Blätterdach der großen Buche und war verzückt von dem Rascheln und Rauschen der tausenden Blätter.

»Du, Opa, warum ist die Figur denn so schön geschmückt?«

»Weißt du, Bienchen«, erwiderte der Großvater immer noch auf der Wiese knieend: »morgen feiern wir Maria Himmelfahrt. Deshalb haben einige Leute für die Gottesmutter einen Kranz aus Kräutern geflochten. Es ist bei uns Tradition, Kräutersträußchen an ihrem Hochfest zu weihen.«

»Magst du diese Frau?«, mit großen Augen betrachtete das kleine Mädchen die schöne Figur.

»Ja, meine Kleine, diese Frau hat mich nach dem Krieg nach Hause gebracht«, seine kräftige Hand umschloss die kleine Mädchenhand.

Der Großvater setzte sich auf und lehnte sich an den mächtigen Stamm: »Du weißt ja, dass Maria vom Engel Gabriel besucht wurde und dass er ihr mitteilte, sie werde ein Kind bekommen. Und es soll Jesus heißen. Maria antwortete einfach »Ja.« Damit hat sie uns die Erlösung gebracht!«

Inga verstand nicht, was ihr Johann damit sagen wollte, doch alles, was ihr Opa erzählte, war für die Kleine fraglos wahr.

»Bienchen«, der Großvater deutete auf das Blätterdach, »das war der Lieblingsbaum deiner Mutter! Ich bin oft mit ihr hier raufgekommen und an diesem Platz konnten wir besonders gut miteinander reden. Dieser Baum wurde zu unserem Lebensbaum!«

Wehmut überkam sie, als Inga daran dachte. – Sie war bei ihren Großeltern aufgewachsen und wurde von Maria und Johann über alles geliebt. Und doch begleitete das kleine Mädchen immer eine Traurigkeit. Die Großmutter sah, dass Inga etwas mit sich herumtrug, das für ihre kleine Seele viel zu schwer war. Maria glaubte zu wissen, woher dieser Schmerz kam, aber es war ihr nicht möglich, ihn zu bekämpfen: Dem kleinen Mädchen fehlte seine Mutter!

Zu dieser Zeit wurden neue Theorien aufgestellt: Die Eltern wären nicht so wichtig, wurde behauptet. Hauptsache sei, das Kind werde geliebt. Die Großmutter war aber davon überzeugt, dass Mutter und Vater die wichtigsten Personen im Leben eines Kindes seien.

»Die Mutter ist für die Gesellschaft, für die Familie und vor allem für ihre Kinder unverzichtbar! – Neue Gedanken, pah!«, schimpfte Maria beim Zubereiten des Abendbrotes in sich hinein. »Es kann ja jeder sein eigenes Leben gestalten, wie er will. Aber bitte nicht auf Kosten der Kinder!« Maria verstand die Welt nicht mehr. Sie misstraute der Zukunft, weil sie sah, dass es selbstverständlich geworden war, sein eigenes Glück zum höchsten Ziel zu machen. Sie selbst war anders aufgewachsen, denn in ihrer Generation hieß es, dass Frauen zu arbeiten und zu gehorchen hätten. »*Sicherlich ist es gut, dass sich Frauen für Gleichberechtigung einsetzen. Aber wenn es Kinder betrifft, ist es vor allem wichtig, dass es den Kleinen gut geht!*«

Doch trotz des Fehlens der Mutter entwickelte sich Inga zu einem braven Mädchen: Sie war fleißig in der Schule, half den Menschen in ihrer Umgebung und engagierte sich in der Kirche. Daneben arbeitete sie tatkräftig auf dem Bauernhof mit. Auch von einer schwierigen Pubertät war nichts zu merken. Bis zu jenem Tag, an dem ihr Hund Willy starb, hatte jeder den Eindruck, dass Inga ein ausgeglichener, froher Mensch sei!

Inga hing sehr an Willy: Wenn sie von der Schule nach Hause kam, rief sie als erstes nach ihrem Hundefreund und er lief ihr jedes Mal freudig entgegen. Doch seit einiger Zeit schien er immer häufiger zu alt und zu müde dafür zu sein. Und eines Tages kam er dann gar nicht mehr. Inga rief immer wieder nach ihm und suchte Willy überall. Schließlich fand ihn der Großvater tot auf der Tenne. Nach dem Tod des Hundes veränderte sich Inga. Traurigkeit und Verzweiflung lagen über dem jungen Mädchen, als drohe die Welt unterzugehen. Sie wurde immer verschlossener und saß oft schweigend auf der Hausbank. Die Großeltern konnten ihr nicht helfen. Der Großvater wollte sie erreichen, doch niemand konnte die zornige Verzweiflung des jungen Mädchens lösen …

Mit einem Ruck kehrte Inga zurück in die Gegenwart. Sie hatte den treuen Gefährten und die Tage nach seinem Tod schon nahezu vergessen gehabt, aber die Wut auf ihre Mutter weckte in ihr alte Geister und nun fühlte sie den Schmerz wieder unmittelbar. Erneut erinnerte sie sich, was es hieß, alleingelassen zu werden.

Kapitel 8

Julia und Marlene saßen am Ufer der Salzach, betrachteten die vielen Kuppeln der Stadt und warteten auf Leonie. Seit ihrer Volksschulzeit verband die drei eine innige Freundschaft, die mit den Jahren durch Höhen und Tiefen gefestigt wurde. In einer schweren Zeit hatten Julia und Leonie Marlene Tag und Nacht zur Seite gestanden und ein engmaschiges Sicherheitsnetz für ihre Freundin geknüpft:

Es war ein Tag wie so viele andere gewesen: Sie hatten nebeneinander in der letzten Bankreihe gesessen und miteinander getuschelt, anstatt ihrem Mathematiklehrer zuzuhören. Der Professor hatte sie schon zum vierten Mal ermahnt und war nahe dran gewesen, die drei aus der Klasse zu weisen. Marlene, die Einzige, die ernst und angespannt versucht hatte, dem Unterricht zu folgen, ließ sich immer wieder von den beiden anderen mitziehen.

»Was ist denn heute nur mit dir los?«, wollte Leonie auf dem Nachhauseweg von Marlene wissen. Sie spazierten vom Gymnasium Richtung Stadt. Der Verkehr zog an ihnen vorbei. »Reg mich nicht auf!« Viel zu heftig reagierte die sonst so entspannte Marlene. »Wir müssen mit dem Stoff vorankommen. Nächstes Jahr schreiben wir Matura!«

»Komm, sei ehrlich, mit dir stimmt doch etwas nicht!«, schaltete sich nun auch Julia ein. Du bist schon die letzten Tage so komisch. Hattest du mit Bernhard Streit?«

Marlenes Gesichtsfarbe wechselte plötzlich von weiß auf knallrot. »Nein, warum fragst du?«

»Komm, altes Haus, wir kennen dich doch!« Leonie blieb vor ihrer Freundin stehen. Marlene schnappte nach Luft und wollte ausweichen, aber Leonie hielt sie zurück.

»Ich bin schwanger!«, platzte es da aus ihr heraus.

»Waaaas?«, rief Leonie entsetzt.

»Weiß Bernhard es schon?«, wollte Julia wissen.

»Ja.«

»Und was sagt er?«, wollten die beiden Mädchen gleichzeitig wissen.

»Er hat sich zwar nicht gefreut, aber er meinte, er wolle arbeiten gehen und wird auf jeden Fall für uns da sein«, mit einem zaghaften Lächeln erzählte Marlene von der letzten Begegnung mit ihrem Freund.

»Ist das süß!« Überwältigt drehte sich Julia im Kreis und blieb vor den Freundinnen stehen. »Ja, dann ist doch alles in Ordnung!?«

»Nein!« Nun wieder ernst starrte Marlene an ihren Freundinnen vorbei. »Meine Mutter will, dass ich abtreibe und sie hat den Termin für Samstag schon fixiert.«

»Aber das kann sie doch nicht einfach so über deinen Kopf hinweg entscheiden! Was willst *du* denn?«

»Meine Eltern meinen, dass ich mir damit die Zukunft verbaue. Dass das ja noch kein Mensch sei und dass ich dafür nicht alles aufgeben solle«, verzweifelt ging Marlene an den Freundinnen vorbei. »Und deshalb werde ich es nicht bekommen!«

Unter Salzburgs Landeshauptfrau war die hiesige Landesklinik dazu verpflichtet worden, Abtreibungen durchzuführen, und zwei Wochen, nachdem Marlene von ihrer Schwangerschaft erfahren hatte, begleitete die Mutter ihre Tochter ins Krankenhaus …

Eigentlich hätte danach alles wieder normal sein können, doch keiner hatte mit Bernhards Reaktion gerechnet! Da ihre Mutter alles organisiert und Marlene in dieser Ausnahmesituation ganz ihren Eltern vertraut hatte, war es für sie zunächst nicht so schlimm gewesen. Ihre Mutter ließ sie nicht allein und ihr wurde immer wieder gesagt, dass eine Abtreibung der einzig richtige Weg sei. Was sollte sie mit siebzehn mit einem Kind? Das würde ihr bloß sämtliche Chancen verbauen!

Am Sonntag, einen Tag später, sagte es Marlene ihrem Freund und entgegen ihrer Erwartung flippte Bernhard völlig aus, begann zu schreien und später bitterlich zu weinen. Immerhin war es auch sein Kind! Marlene, noch geschwächt vom Vortag, war dem nicht gewachsen. Ihre Mutter mischte sich ein und bat ihn, das Haus zu verlassen. Zuerst reagierte Bernhard nicht. Erst als Marlenes Vater kam und ihn aufforderte zu gehen, knickte Bernhard schließlich ein und verließ die Villa am Stadtrand.

Marlene sah ihm vom Fenster aus nach. Er nahm immer die Abkürzung durch den kleinen Wald und sie liebte es, ihm bis dorthin nachzuschauen. Bevor er den Wald betrat, drehte er sich immer um und winkte ihr zu. Doch an diesem Tag ging er mit hängenden Schultern weiter, ohne noch einmal seinen Blick zu wenden. Als sie dies bemerkte, lief Marlene aus dem Haus. Sie wollte Bernhard zurückholen, mit ihm reden! Doch urplötzlich überquerte vor ihr eine große Schlange den Weg. Marlene hielt zitternd inne und traute sich nicht mehr weiter. Wie gelähmt sah sie Bernhard nach, hatte jedoch keine Kraft seinen Namen zu rufen. In diesem Moment wusste sie noch nicht, dass es das letzte Mal war, dass sie ihn den Steinweg hinuntergehen sehen würde …

Bernhard traf sich an diesem Abend mit Freunden und versuchte seinen Kummer zu ertränken. In der Nacht verunglückte er auf dem Heimweg mit dem Auto seines Vaters und starb. Marlene erfuhr es am nächsten Tag von Bernhards Mutter.

Seit diesem Unglück gab sich Marlene die Schuld am Tod ihres Freundes. Von ihrer Mutter entfernte sie sich und von Depressionen geplagt, konnte sie nicht mehr lernen. Sie verlor den Anschluss und wollte die Schule verlassen. Machtlos musste Marlenes Mutter mitansehen, wie sich der Zustand der Tochter immer weiter verschlechterte, diese ihr immer mehr entglitt und sich nicht helfen ließ. Schließlich zog Marlene sogar zu Hause aus und bei Leonies Familie ein. Sie teilte sich mit ihrer Freundin das Zimmer. Diese Nähe vertiefte ihre Freundschaft.

Endlich kam Leonie den kleinen Hügel hinuntergelaufen.

»Hallo, meine Lieben«, begrüßte sie die Freundinnen und hauchte jeder einen Kuss auf die Wange, bevor sie sich im Gras niederließ. Doch irgendwie fehlte die von ihr gewohnte Fröhlichkeit.

»Ihr glaubt nicht, was ich gestern erfahren habe!«, sprudelte es da auch schon aus ihr hervor. »Stellt euch vor, meine Schwester bekommt noch ein Baby! Dabei ist sie jetzt schon mit ihren drei Kindern überfordert! Lilly ist total niedergeschlagen und da sie ja noch am Anfang der Schwangerschaft ist, habe ich ihr im ersten Impuls vorgeschlagen, das Kind nicht zu bekommen«, informierte Leonie aufgeregt ihre Vertrauten. »Doch dann habe ich recherchiert und erfahren, dass in Österreich fast jedes dritte Kind abgetrieben wird …!«

»Und das hast du ihr geraten?!«, fragte Marlene beunruhigt nach.

»Ja, wie gesagt, nachdem sie mir gestern unter Tränen von ihrer Schwangerschaft erzählte, habe ich ihr dazu geraten, abzutreiben. Dann aber habe ich ihren Kleinsten in der Sandkiste spielen gesehen und nachgedacht: Klausi ist ihr drittes Kind – und wenn ich mir jetzt vorstelle …?! Wie gut, dass *er* leben durfte!«

Beklommene Stille. Plötzlich fing Marlene bitterlich zu weinen an. Schlagartig wurde Leonie ihre Unsensibilität bewusst. Wie konnte sie das bloß vergessen?! Marlene war ja selbst betroffen…

»Bitte entschuldige«, sagte sie leise und streckte vorsichtig die Hand nach ihrer Freundin aus.

»Bereust du, dass du dein Kind nicht bekommen hast?«, wollte Julia nach einer Weile vorsichtig wissen. Bis zu diesem Zeitpunkt war das Thema unter den Freundinnen nie richtig zur Sprache gekommen. Julia und Leonie hatten die Wunde nicht wieder aufreißen wollen.

»Ja!«, erwiderte Marlene unter Tränen. »Ich habe dadurch zwei Menschen, die ich geliebt habe, verloren. Von einem habe ich gewusst, dass ich ihn liebe, von dem anderen leider noch nicht. Ich vermisse die beiden so sehr! Die Verzweiflung in Bernhards Augen werde ich nie wieder vergessen … ›Es war auch mein Kind!‹, hat er immer wieder gesagt – bis ihn Papa hinausgeschmissen hat. Das war das Letzte, das ich ihn sagen hörte!« Marlene saß wie ein Häufchen Elend vor den Freundinnen: »… und es war auch *mein* Kind!« Julia nahm sie in den Arm.

»Ohne deine Mutter hätte ich es nicht überlebt!«, wandte sich Marlene an Leonie. »Inga war für mich da. Sie hat mir zugehört. Obwohl sie total gegen Abtreibung ist.«

Leonie nickte kaum merklich und Marlene fuhr fort: »Wenn Inga vor dem Abbruch gewusst hätte, was wir vorhaben, dann hätte sie sich für das Kind eingesetzt! Ich glaube – nein, ich bin mir sicher – dann hätte ich es behalten. Und dann würde wohl auch Bernhard noch leben!«

Wieder begann sie zu schluchzen.

Marlene richtete sich auf und schaute ihre Gefährtinnen tränenüberströmt an: »Ich glaube, wenn ich mir mehr Zeit gelassen hätte, dann würde ich heute mit meinem Sohn oder meiner Tochter hier sitzen! – Ich hätte einfach nur mehr Zeit gebraucht … und mehr Selbständigkeit gegenüber meiner Mutter.«

»Aber du hast ja die Schule und dein Studium zu Ende bringen müssen! Das wäre doch mit einem Kind alles nicht gegangen!« Julia und Leonie waren sich völlig einig.

»Das ist nicht gesagt!«, widersprach Marlene überraschend vehement. »Und abgesehen davon: was habe ich jetzt erreicht? Durch die Depressionen habe ich mein Klavierspiel aufgegeben und wollte die Schule schmeißen. Von einer Karriere bin ich meilenweit entfernt, und alleine bin ich obendrein auch noch!« Marlene hatte seit Bernhards Tod keinen Freund mehr gehabt hatte. »Mit meinem Kind hätte ich wenigstens einen Menschen, den ich lieben könnte und der mich lieben würde«, sagte sie leise und mit bebender Stimme und blickte sehnsuchtsvoll über den Fluss.

Ergriffen sah Leonie Marlene an: »Bist du noch böse auf deine Mutter, weil sie dir zur Abtreibung geraten hat?«

»Eigentlich nicht. Aber ich weiß einfach nicht, was ich mit ihr reden soll. Vielleicht wäre es besser, wenn ich böse oder zornig auf sie wäre, aber diese Sprachlosigkeit ist nicht zu ertragen! Wir sehen uns deshalb kaum noch!«

»Sprachlosigkeit … Hmm, ich habe Lilly gestern auch zur Abtreibung geraten, aber ich will sie nicht verlieren … Was soll ich nun tun?«, angstvoll wandte sich Leonie an ihre Gefährtinnen.

»Das, was meine Mutter hätte tun sollen!«, erwiderte Marlene. »Ihr einfach Zeit geben und sie unterstützen!«

»Du meinst, wenn Lilly jemanden hat, der ihr zur Seite steht, kann sie es schaffen?«

»Ja! – Ihr beide, du und Julia, seid für mich dagewesen. Ebenso Inga. Ihr habt mich durch meine schweren Zeiten getragen! Glaub mir, du kannst Lilly helfen. Du kannst das bestimmt!«

Kapitel 9

Schweigend saßen die Mädchen auf der Uferböschung und blickten in den Sonnenuntergang. Die drei überlegten, was sie mit dem angebrochenen Abend anstellen sollten. Leonie war nicht in Stimmung, groß etwas zu unternehmen; sie hatte ein zunehmend schlechtes Gewissen gegenüber ihrer Schwester.

»Komm, ruf deine Schwester an und sag ihr, dass du ihr hilfst«, forderte Marlene Leonie auf.

»Wie, jetzt gleich?« Ungläubig schielte Leonie zu ihrer Freundin. »Nein, das ist keine so gute Idee, ich warte lieber, bis sich alles beruhigt hat«, sie schaute direkt in die untergehende Sonne, die die Stadt in ein warmes Licht tauchte.

»Weißt du, was deine Schwester im Moment gar nicht hat? Zeit! So wird sie es zumindest empfinden. Und wenn man unter Druck ist, dann sieht man nur mehr schwarz oder weiß und kann die anderen Möglichkeiten gar nicht mehr wahrnehmen.« Marlenes Stimme zitterte.

»Hilf sofort, dann hilfst du doppelt«, meldete sich Julia leise.

»Ok, ok ... – ich ruf sie an!«

»Jetzt, neben uns!«

»Du nervst! Weißt du das?«, gespielt verwirrt wählte Leonie die Nummer und hoffte niemanden zu erreichen. Aber schon beim zweiten Klingeln meldete sich Lilly.

»Hi, wie geht's dir?«

»Ja, ganz gut – und dir?«

»Du, ich möchte noch einmal mit dir reden. Hast du am Wochenende Zeit?«, erkundigte sich Leonie.

»Nein. Wochenende geht leider gar nicht.« Leonie lächelte erleichtert, in der Hoffnung das Gespräch noch einige Zeit hinausschieben zu können. »Die Eltern von Klaus kommen und wollen mit uns die Stadt besichtigen«, erklärte Lilly und fuhr dann fort: »Aber heute Abend kann ich! Klaus passt sicher auf die Kinder auf.«

»Ja, in Ordnung, dann lass uns zwei eine Kleinigkeit essen gehen …«, unsicher nahm Leonie das Angebot an.

»Ja, gerne, ich freue mich! Ich komme gerne mal raus! Sollen wir uns um 19 Uhr bei Angelika treffen?«, sprudelte Lilly ins Telefon. Leonie konnte ihre Freude deutlich spüren.

»Ja, 19 Uhr ist wunderbar – und ich lade dich ein! Ich glaube, ich bin dir etwas schuldig …«

»Ok.« Lilly zögerte kurz, fuhr dann aber gutgelaunt fort: »Ich weiß zwar von keiner Schuld, aber bis später! Ich muss auflegen, Lena ruft mich, sie braucht Hilfe bei ihren Hausaufgaben.«

Leonie traf etwas zu früh in dem kleinen Restaurant ein und bat Angelika um ein Glas Wein.

»Du schaust aber heute nicht gerade entspannt aus. Ist etwas passiert?«, erkundigte sich ihre Freundin neugierig.

»Bitte frag nicht. Die letzten Tage waren so anstrengend!«, stöhnte Leonie. »Ich glaube, ich habe in ein Wespennest gestochen.«

In diesem Moment öffnete sich die Tür und Lilly huschte ins Restaurant. Schon von weitem lächelte sie Leonie zu. Leonie wunderte sich.

»Hallo, Schwesterherz!« Lilly kam auf sie zu und umarmte sie liebevoll. Nichts war von Traurigkeit oder Verzweiflung zu spüren.

»Wie geht es dir? Du strahlst so!«

Da verdunkelte sich Lillys Gesicht: »Na ja …« – das Lächeln war weg.

»Glaubst du, ich kann neben Mann und Kindern meine Sorgen ausbreiten? Ich habe gelernt, dass es oft besser ist, nicht immer das Innere nach außen zu kehren.« Lilly war zornig. »Meine Kinder hätten jetzt nichts davon, wenn ich Trübsal blase. Meine Älteste ist, wie du weißt, sehr sensibel und da würde die Stimmung in der Familie sofort kippen, wenn ich meine Sorgen vor allen ausbreite«, fuhr Lilly mit einem aufgesetzten Grinsen fort. »Deshalb: lächeln und durch…«

»Wie? Du hast dich schon entschieden? Du willst das Kind bekommen?«

»Ja, was denkst du denn?«, fragte die junge Mutter verständnislos, »Glaubst du, ich könnte dieses Kind umbringen? Allein bei dem Gedanken schaudert es mich!«

»Aber warum warst du dann so verzweifelt?«, ungläubig schüttelte Leonie den Kopf. »Was soll das ganze Theater, wenn du von vornherein wusstest, dass du es bekommen willst?! Mit deinem Gejammer hast du mich in eine schwierige Situation gebracht! Und ich blöde Kuh wollte mich noch bei dir entschuldigen, weil ich dir zur Abtreibung geraten habe!« Nun war Leonie wütend. »Mama, und wahrscheinlich auch Papa – sind jetzt sicher sauer auf mich und du machst nur Theater! Ich glaub es nicht!«

»Was hast du jetzt für ein Problem?« Lilly war erstaunt: »Ja, ich werde das Kind bekommen, aber ich weiß nicht, wie. Ich weiß nicht, ob ich dazu Zeit, Kraft oder überhaupt den Mut habe. Ich will nicht mehr schwanger sein, mit der Aussicht auf eine schmerzhafte Geburt. Ich will nicht mehr nächtelang aufstehen müssen, um das Baby zu stillen. Ich will keine Brustentzündung mit hohem Fieber. Ich will nicht noch mehr Sorgen. Ich habe nicht die Kraft für noch ein Kind. Ich wollte so gerne wieder zu arbeiten anfangen. Ich will mein eigenes Leben!«, kam es aus Lilly heraus. »Ich will eigentlich nicht mehr. Aber was ich will, ist im Moment nicht wichtig, mein Schwesterherz. Hier geht es um ein Kind. Mein Kind! Und als Mutter hast du keine andere Wahl, als alles für diesen Menschen zu tun, Sorgen oder Schmerzen zum Trotz!« Lilly waren Tränen in die Augen gestiegen, aber zugleich sah sie tapfer und kämpferisch aus.

Leonie wusste nicht, wie sie reagieren sollte. Da fiel ihr der Rat ihrer Freundin ein: ›Du kannst Lilly helfen!‹

Leonie umarmte ihre Schwester.

»Was kann ich tun? Wie kann ich dir helfen und was brauchst du?«, flüsterte sie Lilly ins Ohr.

Lilly hielt sich an den Armen ihrer Schwester fest: »Dich brauche ich! Gespräche mit dir. Zeit mit dir, wo ich weinen kann, verzweifelt sein kann, jammern kann und einmal alles rauslassen kann!«

»Ich liebe dieses Kind – nur mein Verstand hinkt noch etwas hinterher«, nun lächelte Lilly.

Angelika, die das Gespräch der beiden Schwestern mitbekommen hatte, kam mit zwei Gläsern Wein und einem Apfelsaft.

»Es braucht ein ganzes Dorf, um ein Kind groß werden zu lassen«, verkündete die Hobbyphilosophin und stellte die Getränke auf den kleinen Tisch.

Leonie betrachtete ihre große Schwester und nahm trotz des verweinten Gesichts ein inneres Strahlen wahr. Ihre Schwester bekam ein Baby! Was für ein Wunder!

Kapitel 10

Am nächsten Morgen besuchte Leonie mit Marlene und Julia die heilige Messe. Die Ereignisse der letzten Woche hatten Leonie erschöpft. Sie saß im Dom und staunte über das Spektakel, das sich ihren Augen bot: Das Gotteshaus war mit jungen Leuten gefüllt und erstrahlte in hellblauem und rosa Licht. Mit dieser Menge an Menschen hatten die drei nicht gerechnet. Sie waren spät dran und fanden nur mehr Platz im hinteren Teil der Kirche. Der Chor war im vorderen Drittel, daher sahen sie den Chorleiter, den Leonies Freundinnen so gerne kennengelernt hätten, nur auf den Bildschirmen, die an den Säulen angebracht waren. Leonie saß in ihrer Bank und fragte sich, ob Lilly durch ihre Entscheidung nicht noch unfreier würde. Schließlich hatte sie nun gar keine Zeit mehr, ihr eigenes Leben zu leben.

Als sie so nachdachte, hörte sie jemanden fragen: »Was ist Freiheit wirklich?« Leonie blickte auf und sah auf dem Monitor einen Bischof stehen, der über Familie und Freiheit zu sprechen begann. »Freiheit ist, im Herzen eines anderen so zu sein und werden zu können, wie man ist«, erläuterte der Bischof.

Leonies Gedanken drifteten ab. »Gebe ich Lilly die Freiheit, so sein zu können, wie sie ist? Bekomme ich die Freiheit, so werden zu können, wie ich bin?« Leonie hörte die Worte, lauschte der wunderschönen Musik und versank in der Gemeinschaft. Als das Schlusslied erklang, tauchte sie auf und nahm ein Leuchten im Gotteshaus wahr, das sie berührte.

Nach dem Gottesdienst wollte Leonie allein sein. Die Geschichten aus Omis Vergangenheit, Lillys Aufregung, Marlenes Rückblick und der junge Mann, der sie selbst aufwühlte, all das kreiste unaufhörlich in ihrem Kopf. Leonie kam es vor, als ob sie auf einer Achterbahn durch die Jahrzehnte raste.

Nach einem gemütlichen Tag zu Hause verabredete sie sich nun doch für den Abend mit ihren beiden Freundinnen. Sie freute sich auf ihre Mädels, die sie in einem Restaurant in der Imbergstraße treffen sollte.

Doch noch stand sie vor dem Schrank und dachte über ihr Abendoutfit nach. »*Was soll ich nur anziehen? Es ist immer das Gleiche ... Wir leben im Überfluss! Soll ich das rote, enge oder doch lieber das gelbe Sommerkleid mit dem weit schwingenden Rock anziehen? Sexy oder lieblich? Leonie, du spinnst! Heute ist ein normaler Abend und du gehst mit deinen Freundinnen und nicht mit einem Mann aus! Hose und T-Shirt würden auch passen. Aber vielleicht treffe ich ja jemanden ...?*« Leonie ließ sich auf ihr Bett fallen und blickte in den vollen Schrank. »*Irgendwie sagt mir mein Gefühl, dass das gelbe heute besser passt. Und dazu die neuen weißen Sneakers!*«

Rasch nahm sie ihre schwarze Lederjacke – ein bewusster Stilbruch zum romantischen Kleid – vom Haken und lief die Treppe hinunter ins Freie. Gemächlich schlenderte sie durch die Gassen, überquerte die dicht befahrene Hauptstraße, erreichte die Salzach und ging Richtung Kapuzinerberg. Auf der Brücke bemerkte sie die tiefstehende Sonne. Die ganze Stadt war in goldenes Licht getaucht. Mitten auf der Brücke blieb sie stehen. Der Fluss schimmerte. Wie in Gold getaucht, glänzten am rechten Flussufer die Villen der alten Zeit. Leonie kam es vor, als ob die Stadt erst in diesem schimmernden Glanz zu ihrer vollen Schönheit käme. Die Stimmung vermittelte ihr Klarheit. In großer Würde lag die Stadt vor ihr.

Sie hätte noch lange hier stehenbleiben können, aber Marlene und Julia warteten bestimmt schon und so setzte sie ihren Weg fort.

»*Ja, Lilly, du hast wirklich Recht: Menschen, mit denen man verbunden ist, sind wertvoll. Was hat der Bischof im Dom noch einmal gesagt? Freiheit ist, im Herzen eines anderen so sein und werden zu können, wie man ist. Ja, ich kann bei Marlene und Julia wirklich so sein, wie ich bin!«* Mit einem Lächeln betrat sie die Terrasse des Lokales *Flavour*, das die besten Jakobsmuscheln der Stadt serviert.

Sie sah die Mädels an einem der kleinen Tische unter den grauen Sonnenschirmen sitzen und – was war das? – Am Nebentisch saß der junge Mann! Er unterhielt sich lebhaft mit zwei anderen Herren. Seit Leonie ihn im Dom beobachtet hatte, sah sie ihn immer als Chorleiter vor sich. Sie hatte damals den Eindruck gehabt, als ob er allen Sängern Sicherheit gäbe. *»Wie sehr sehne ich mich auch nach Sicherheit!«* Der ungewohnte Gedanke durchzuckte ihren Kopf und sie schüttelte sich kurz, um ihn schnell loszuwerden.

Mit einem Kuss begrüßte sie ihre Freundinnen. Der vertraute Unbekannte nickte ihr kurz zu und lächelte sie mit seinen blaugrauen Augen an. Sie wurde rot und ihr Herz machte einen Luftsprung. Rasch setzte sie sich zu den Mädchen und kehrte ihm den Rücken zu.

»Weißt du, wovon die am Nebentisch reden?«, flüsterte ihr Marlene zu. »Wir lauschen schon eine Weile und können gar nicht glauben, dass Männer sich über solche Themen unterhalten.«

»Was besprechen sie denn?«, wisperte Leonie zurück. Sie fühlte sich unwohl bei dem Gedanken, die Nachbarn zu belauschen. Julia warf einen fragenden Blick in die Runde, bevor sie erzählte: »Stell dir vor, die reden über Abtreibung!«

»Was?«, Leonie glaubte sich verhört zu haben.

»Ich glaube, die drei sind Ärzte und sie wollen sich gegen Abtreibung einsetzen«, erklärte Julia genauer.

»Was wollen sie?«, fragte Leonie zum dritten Mal ungläubig. »Diese Männer wollen sich mit einem Thema auseinandersetzen, das ausschließlich Frauen betrifft!? Sind die aus dem Mittelalter? Haben sie noch nie etwas von Emanzipation gehört?«, bemerkte sie so laut, dass sie am Nebentisch gehört werden musste.

»Sei leise! Spinnst du?«, zischte ihr Julia zu.
In Wirklichkeit fand sie die Angelegenheit aber selbst überaus komisch. Mutig drehte sich Leonie um. Ihre Augen trafen die Augen des Mannes. Eilig wandte sie sich wieder ihren Freundinnen zu. In dem Moment sagte der Unbekannte zu seinen Freunden:

»Wisst ihr, wenn Frauen und Männer sich Zeit lassen und nicht so schnell miteinander schlafen würden, dann hätten wir viel weniger vorgeburtliche Kindstötungen!« Er machte eine Pause und fuhr dann fort: »Sich Zeit zu lassen, ist ein Ausdruck der persönlichen Freiheit. Freiheit für einen selbst und für den Menschen, den man mit Leib und Seele lieben möchte ...«

Leonie merkte, dass ihr das irgendwie vertraut vorkam. Etwas an den Worten des Mannes sprach sie an. Auch wenn sie nicht ganz verstand, wie er das in Bezug auf Mann und Frau meinte, durchströmten sie sie wie ein goldener Strahl. Sie sah sich noch einmal auf der Brücke stehen, von Sonne umspielt, im goldenen Licht.

Kapitel 11

Susanne saß in ihrem Lieblingsbistro im Palais Ferstel und wartete auf ihre Nichte. Nach so vielen Jahren in Wien war sie immer noch begeistert von der Atmosphäre, die sie umgab. Das Flair der Habsburger Monarchie war überall spürbar und sichtbar. Die wunderschönen Altbauten und der Jugendstil beglückten ihren Sinn für das Schöne. Vor allem die Architektur der Innenstadt erzählte von den majestätischen Zeiten der kaiserlich-königlichen Monarchie.

Vor zwei Tagen hatte Leonie Susanne angerufen und um ein Gespräch gebeten. »*Was will Leonie denn von mir wissen? Sie sprach von Freiheit, Selbstbestimmung und wichtigen Entscheidungen. Kann ich ihr da überhaupt helfen...?*«

Plötzlich wurde sie stürmisch umarmt. »Hallo, meine liebe Tante!«, flötete Leonie, drückte sie herzlich an sich und hauchte ihr einen Kuss auf die Wange. Sie setzte sich Susanne gegenüber und lächelte die jüngere Schwester ihrer Mutter an. »Hallo, meine Liebe«, erwiderte Susanne: »Ich freue mich, dich wiederzusehen. Du siehst gut aus!«

Nach dem Mädelsabend und dem kurzen Treffen mit dem Unbekannten hatte sich Leonie kurzerhand zum Wochenende bei ihrer Tante in Wien eingeladen. Während die Männer gesprochen hatten, hatte Leonie gelauscht und den Namen des Unbekannten erfahren. Andreas. Seit diesem Abend ging ihr Andreas' Satz immer wieder durch den Kopf: »*Sich Zeit zu lassen, ist ein Ausdruck der persönlichen Freiheit...*«

»... Aber sag, was willst du wissen, dass du extra von Salzburg nach Wien kommst?«, Susanne blickte ihre Nichte fragend an: »Du hast etwas von einer Königin gesagt, aber in Geschichte kenne ich mich nicht besonders gut aus, obwohl ich diesen historischen Platz überaus liebe!« Leonie lachte laut auf und antwortete: »Du, meine liebe Tante, lebst in meinen Augen wie eine Königin!«

»Was?«, staunte Susanne und nahm einen Schluck Wasser. Vor Verwunderung verschluckte sie sich und fing an zu husten.

»Wie meinst du das?«

»Du bist frei, erfolgreich, trägst die neuesten Kleider und verbringst deine Urlaube an den schönsten Plätzen!« Leonie redete einfach drauflos. »Du lebst dein Leben wie du willst. Außerdem hast du ständig einen neuen Freund!«, lächelte Leonie die Tante verschmitzt an.

»Soll ich dich in meinen nächsten Urlaub mitnehmen? Oder willst du Niclas kennenlernen?«

»Er heißt Niclas?«

»Ja. Er kommt aus Großbritannien. Ich habe ihn durch meine Arbeit in der Bank kennengelernt. Er ist fünf Jahre jünger, intelligent und sehr erfolgreich in der Immobilienbranche.«

»Ich würde ihn gerne kennenlernen!«, erwiderte Leonie. »Aber im Moment beschäftigen mich andere Fragen. Ich möchte von dir wissen, wie dein Leben funktioniert, da du dich ja für den Beruf und gegen eine Familie entschieden hast.«

»Du glaubst also, dass mein Leben nachahmenswert wäre?« Susanne legte ihre Stirn in Falten.

»Ja, natürlich! Diese Art zu leben, klingt für mich absolut erstrebenswert.«

Stille.

Leonie konnte die plötzlich entstandene Spannung mit Händen greifen. Zuerst war Susanne souverän und gut gelaunt, nun wirkte sie abwesend und nachdenklich. Um das Eis zu brechen, hakte Leonie nach: »Du kennst so großartige Menschen und du weißt, was du willst!« Am Gesichtsausdruck der Tante erkannte sie jedoch, dass es vielleicht doch nicht ganz so war. Sie wollte es genau wissen und forderte Susanne heraus. »So, Tante Susanne, heraus mit der Sprache: Weißt du, welcher Weg für eine Frau, die selbstbestimmt leben möchte, richtig ist? Familie oder Karriere?«

»Warum willst du denn das gerade jetzt wissen? Bist du extra wegen dieser Frage nach Wien gekommen?«, wich Susanne einer Antwort aus.

»Mir gefällt das, was du ausstrahlst, deshalb möchte ich dich fragen, wie du mich einschätzt und was für mich der richtige Weg sein könnte …«

»Du glaubst also, dass ich den Mann fürs Leben gefunden habe? Kann es nicht sein, dass ich ihn eben noch nicht gefunden habe und deshalb verzweifelt nach meinem Prinzen suche? Niclas ist ein Lieber, aber ob ich mit ihm alt werden will? Davon bin ich eigentlich nicht überzeugt …«

Leonie staunte.

»Warum fragst du nicht einfach deine Mutter? Sie und dein Vater scheinen es geschafft zu haben!«, fügte Susanne, durch die Fragen überfordert, hinzu.

»Ja, das stimmt. Meinen Eltern geht es im Moment gut, sie hatten aber auch schwierige Zeiten. Für Lilly und mich war das nicht leicht, denn wir haben die Spannungen direkt mitbekommen und ich befürchtete lange, dass sie sich scheiden lassen würden.« Ein Kellner kam vorbei und Susanne bestellte. »Und du weißt ja, Mama und ich sind nicht so eng miteinander. Über diese Themen spreche ich lieber mit dir!«

Susanne nickte und bestellte einen kleinen Käseteller. Leonie entschied sich für die Quiche.

Susanne sah ihrer Nichte fest in die Augen: »Sag mir ehrlich: Glaubst du wirklich, ein Leben, wie ich es führe, ist besser als das deiner Mutter?«

»Das frage ich mich ja eben gerade! Eigentlich will ich auch einmal Kinder haben, aber wenn ich mir Lilly und ihren Stress ansehe, dann glaube ich, es ist einfacher, zu arbeiten und Karriere zu machen. So wie du!«

»… und ich glaube, dass meine biologische Uhr zu ticken beginnt! Wenn ich ehrlich bin, dann muss ich gestehen, dass ich mir von ganzem Herzen eine Familie wünsche. Ich ging immer mit Männern aus, die nicht die Väter meiner Kinder sein konnten«, zog Susanne ein etwas bitteres Resümee über ihr Leben.

»Also doch! Wir Frauen sollten uns lieber Kinder, Mann und Haus wünschen … Ist das nicht spießig?«, enttäuscht nahm Leonie einen Schluck Soda Zitrone.

»Weißt du, das mit Beruf und Familie ist nicht leicht zu beantworten. Ich weiß, dir erscheint mein Leben jetzt perfekt – aber was mache ich, wenn ich alt bin? Wenn ich krank werde? Einen Beruf kann ich nicht mein Leben lang ausüben, aber eine Familie hätte ich immer! Und ist nicht allein schon das alle Schwierigkeiten und Aufopferungen wert?! Ich glaube mittlerweile, das ist nicht vergleichbar: Familie und Karriere sind nicht auf derselben Ebene. Familie ist so viel mehr, bedarf eines großen Einsatzes, aber sie kann dich sehr glücklich machen! Ich glaube, Familie kann dir ein erfüllteres Leben schenken, als es ein Beruf je könnte!«, sagte Susanne mit gleichermaßen viel Überzeugung wie Wehmut in der Stimme.

Da servierte die Kellnerin den Käseteller und die Quiche. Leonie lachte laut auf, denn auf Susannes Teller befanden sich nur drei kleine Käsestückchen, ein bisschen Marmelade und ein kleines Stückchen Brot.

»Na, das ist aber wirklich üppig!«, kicherte sie, froh über diese Unterbrechung. Die Worte ihrer Tante hatten sie verwirrt; sie hatte nicht mit so etwas gerechnet und musste in Ruhe darüber nachdenken.

»Ja, aber dafür sind diese drei kleinen Käsestücke etwas ganz Besonderes«, lachte Susanne und nahm sich das erste Stück. »Vielleicht muss es kein ›Entweder-Oder‹ geben, sondern es gibt ja auch ein ›Und‹!?«, setzte sie ihren Gedanken fort. »Vielleicht wechseln sich aber auch einfach verschiedene Lebensphasen im Leben einer Frau ab«, Susanne hob ihren Kopf und setzte ein gewinnendes Lächeln auf. »Ich, meine liebe Nichte, würde auf jeden Fall gerne eine neue Lebensphase beginnen! Eine mit einer Familie …«

Kapitel 12

Nach dem Lunch schlenderten Susanne und Leonie durch die Gassen Wiens. Als sie auf dem Platz vor dem Stephansdom ankamen, trafen sie einen Priester, den Susanne freudig begrüßte. Sie umarmten sich herzlich. Susanne stellte ihn als ihren alten Schulkameraden Paul vor. Die beiden lachten und Leonie hatte den Eindruck, dass Susanne ein bisschen in den Geistlichen verliebt war. Nach fünf Minuten heiterem Geplänkel verabschiedeten sie sich. Leonie schmunzelte: »Was war das eben für ein Wortgefecht?« Kichernd gingen die beiden in Richtung der modernen Geschäfte. »Ich dachte, du hättest keinen Bezug zur Kirche, ganz zu schweigen von irgendeinem Kontakt mit dem Bodenpersonal?«

Susanne lachte herzlich auf: »Ich kenne Paul schon seit der Schulzeit und er ist mir ein sehr lieber Freund. Ihm kann ich alles erzählen!« Susanne bog in eine Seitengasse ab und zog ihre Nichte fröhlich mit: »Paul erklärt mir das Leben aus seiner Sichtweise – die nicht mit meiner übereinstimmt, aber irgendwie geben mir diese Gespräche immer wieder Hoffnung. Er ist wirklich ein sehr guter Freund«, schloss Susanne mit einem Lächeln.

Nach einem Kaffee mit Sachertorte im berühmten Hotel Sacher beschlossen die beiden, in der Kärntnerstraße shoppen zu gehen. Hübsche Nachtwäsche landete genauso im Einkaufswagen, wie klassische, schwarze Pumps. In einem stylischen Geschirrgeschäft hatte Susanne eine rosa Backform entdeckt und nicht widerstehen können. Die Zeit verrann. Zum Abendessen lud Susanne ihre Nichte in ein schickes Restaurant ein. Sie genossen das kreative Essen und sprachen weiter über das Thema »Familie und Karriere«. Immer wieder kamen sie auf die Frage zurück, was Leonie wirklich wollte und wohin sie ihren Weg einschlagen sollte. Die Tante riet ihr, eine gewisse Lockerheit an den Tag zu legen und sich vorerst auf die Arbeit zu konzentrieren.

Als Susanne schließlich nach Hause fuhr, wollte Leonie die angebrochene Nacht noch weiter genießen und bat den Taxifahrer, sie in ein richtig gutes Tanzlokal zu bringen. »Chaya Fuera«, was »das Leben draußen« bedeutete, wurde ihr vorgeschlagen. Ja, Leonie wollte »das Leben draußen« genießen …!

Im Club gab es Kunstwerke von internationalen Künstlern und das Publikum war buntgemischt. Leonie bestellte einen Cocktail und beobachtete die Tanzfläche und die Menschen. Als über den Tanzenden rhythmische Brazil-Musik mit lauten Trommeln ertönte, konnte sie sich nicht mehr halten und stürzte sich in das Getümmel! Die Sambaschritte beherrschte sie und so war es ihr ein Leichtes, im Takt der Musik ihre Umgebung und sich selbst zu vergessen. So fühlte sich Freiheit an!

Da änderte sich der Rhythmus und die Band spielte den Titelsong des Films »Fluch der Karibik«.

Aus dem Nichts stand plötzlich ein Mann vor ihr. Hochgewachsen, stattlich, athletisch und mit dunklem Wuschelkopf. Er war da und füllte den gesamten Raum.

Er nahm sie mit festem Griff, zog sie an sich und fing an, mit ihr Tango zu tanzen. Dem Vierachteltakt vollends verfallen, ließ sie sich von ihm halten und wunderte sich kurz, dass sie diese Intimität zulassen konnte. Vielleicht trugen auch die Cocktails dazu bei. Die erotische Spannung des Tanzes hielt beide gefangen und sie spürte jeden seiner Muskeln. Mit seinem kraftvollen Körper führte er sie entschieden über den Platz. Die Einheit zwischen ihnen fühlte sich lustvoll an. Quer über die Tanzfläche drehten sie sich in vollkommener Harmonie! Getragen, gehalten, geführt. Dunkelheit. Trommeln – Verstummen …

Leonie öffnete die Augen. Neben ihr schlief… ihr Tanzpartner! Verwirrt richtete sie sich auf. Das Bett stand mitten in einem großen Zimmer. Vor ihr eröffnete sich ein atemraubender Blick über die Dächer Wiens. Über die ganze Seitenwand reichte eine Glasfront, die bis zum Boden gezogen war. Überwältigend! Doch wo war sie? »*Und was mache ich in einem fremden Bett?!*«

Ihr Kopf pochte und sie fühlte Chaos in sich und um sich. Wäsche, Essensreste, Zeitungen und Bücher lagen verstreut auf dem Boden. Leonie ekelte sich. Leise suchte sie ihre Kleider zusammen und huschte aus dem Zimmer. Im Vorraum zog sie sich hastig an, schnappte sich ihre Tasche und floh aus der Wohnung.

Sie wusste immer noch nicht, wo sie war, wie sie hergekommen und was letzte Nacht passiert war. Ihr Kopf dröhnte, als ob eine U-Bahn durch ihr Gehirn donnern würde.

»*Wo soll ich hin? Zu Susanne? Nein. Nur nach Hause!*« Mit der U-Bahn fuhr sie zum Bahnhof und erwischte in letzter Sekunde einen Zug nach Salzburg.

Im Abteil versuchte sie sich zu beruhigen. »*So ein One-Night-Stand kann doch nicht so schlimm sein. Was regst du dich denn so auf? Du hast dich nicht einmal verabschiedet …*« Leonie konnte ihre Stimmung nicht beschreiben: verwirrt, ängstlich und zornig zugleich. Tief in sich spürte sie so ein seltsames Gefühl …

»Hello«, erklang es plötzlich in ihrem Kopf, »There's such a difference between us; and a million miles …«

Leonie suchte den Song auf Spotify und lauschte der rauchigen Stimme. Verschwommen erschien Andreas' Gesicht vor ihren nassen Augen.

»*Hello from the other side*
I must have called a thousand times
To tell you I'm sorry for everything that I've done …«

Leonie drückte sich tiefer in den Sitz und war froh, allein in dem Abteil zu sein. Sie wunderte sich über diese Gefühle und auch über die Tränen. Was war so schlimm an dieser

Situation, dass sie kaum atmen konnte und ihr Kopf sich gegen die Erinnerungen wehrte?

»*Sich Zeit zu lassen ist ein Ausdruck der persönlichen Freiheit ...*«

Freiheit? Leonie wollte mit jemanden reden und dachte an ihre Großmutter. Sie suchte den Eintrag aus ihrem Handy und drückte auf Wählen. – Es läutete, dann hob die alte Dame verschlafen ab. Als sie ihre Stimme hörte, brach der Damm in Leonie und sie schluchzte ins Telefon:

»Hallo Omi? ... Ich, ich habe gestern einen Mann kennengelernt und bin mit ihm ins Bett gegangen! Ich fühle mich so elend ...!« Sie brach in Tränen aus.

»Mein Engel, komm erst mal her. Ich mach uns ein Frühstück und wir reden«, versuchte Gertrud ihre Enkelin zu beruhigen.

»Ja, ist gut! In einer Stunde komme ich in Salzburg an und fahre dann direkt zu dir.« Abrupt beendete Leonie das Gespräch.

Gertrud legte langsam auf. »*Beginnt die Geschichte von neuem?*«

Kapitel 13

»Mama, ich kann dir doch mein Kind nicht geben!« In Gertrud drängten sich Erinnerungen hoch und im Nachhall stürzten die Bilder verstörend auf sie ein. Ganz lebhaft, als wäre es heute, stand die dramatische Abschiedsszene vor ihren Augen:

»Mama, ich kann dir doch mein Kind nicht geben!«, trotzig und voller Schmerz schrie die junge Frau ihrer Mutter das schon längst Entschiedene entgegen. Die Kleine drückte sich an sie und grub ihr Gesichtchen in die Jacke, weggewandt von der ihr fremden Großmutter.

»Gertrud«, äußerlich gelassen, aber innerlich aufgewühlt, wandte sich Maria an ihre Tochter: »Diese Entscheidung liegt bei dir. Wenn du deinem Kind ein sicheres Zuhause bieten willst, dann komm zurück. Gib dein Leben in Paris auf. Du kannst auch hier arbeiten, auch hier kannst du ein freies Leben führen und auch hier kannst du dich selbst verwirklichen!« Zärtlich strich Maria über das Köpfchen ihrer Enkeltochter. »Und hier kannst du eben auch Mutter sein und ich werde dich dabei mit all meiner Kraft unterstützen!«

Maria kannte die Sehnsucht ihrer Tochter nach Freiheit und fuhr schweren Herzens fort: »Glaub mir, dein Kind braucht dich! Bitte, komm nach Hause.«

Gertrud drückte das Baby an sich und ließ ihren Blick über das Dorf gleiten. Das Tal wurde von Bergketten abgegrenzt. Nur über Pässe konnte man in diese gottverlassene Gegend gelangen. Unzählige Fichten, die Charakterbäume dieser Gegend, säumten Berghänge und Wälder. Sie gaben den bedrohlichen Steinriesen ein noch bösartigeres Aussehen. Finstere Schluchten, die sich tief in das Massiv bohrten, herunterbrausende Wasserfälle, die ungestüm und riskant herabstürzten, gruben sich in die Menschenherzen ein. Das Schwere und Gewaltsame der Landschaft fand Niederschlag in der Mentalität der Talbewohner. Die

Armut, die die Bewohner einst dazu gebracht hatten, zusammenzuhalten, verwandelte sie im Laufe der Zeit in egoistische Zeitgenossen. Der zweite Weltkrieg verstärkte das hintergründige, alles durchziehende Gegeneinander noch mehr. Der große Einbruch aber war für die Familie gewesen, was die Dorfbewohner während des Krieges ihrem Vater angetan hatten: der brutale Verrat, der ihn letztlich auf Jahre an die Front und in die Gefangenschaft gebracht hatte!

»Ach, Mama! Hier gibt es kein Vergessen. Hier gibt es kein Verzeihen. Hier soll mein Glück liegen? Wo nur Hass, Enge und Verdächtigungen herrschen?« Gertrud atmete schwer: »Mein Baby … Schau es dir an! Wirst du es mir jemals verzeihen? Aber ich kann hier nicht bleiben, ich muss weg! Siehst du die Berge, siehst du die Bäume, all das ist …« Ihr Schmerz hinderte sie daran, weiterzusprechen. Mit ungeheurer Kraft breiteten sich Hilflosigkeit und Hoffnungslosigkeit in der jungen Frau aus.

»*Mama, ich kann dir mein Kind nicht geben!*« Diesen Satz nur mehr denkend, schob Gertrud ihr Baby in die Arme ihrer Mutter. Ohne sich umzudrehen, ging sie gebrochenen Herzens vom Hof. Und verließ den Ort, das Land und ihr Kind.

Spät erst hatte sie erkannt: Freiheit, Gleichheit und Brüderlichkeit waren für sie nicht auf einen Nenner zu bringen, denn Freiheit konnte nur auf Kosten der Brüderlichkeit wachsen und Gleichheit konnte nur bestehen, wenn sie die Brüderlichkeit, die Liebe zu ihrem Kind, gewaltsam unterdrückte …

Die alte Frau saß auf ihrem Lieblingsstuhl und starrte in die Morgendämmerung. Unfähig, das versprochene Frühstück herzurichten.

»*Mein Kind, warum habe ich dich nur verlassen? Was für ein Fehler – und es war nicht einmal mein größter! Meine geliebten Kinder, was habe ich nur getan …*«

Gertrud zog die Decke noch enger um ihre Schultern, denn obwohl es im Haus warm und behaglich war, fröstelte die alte Dame. Die Kälte kam nicht von außen, sondern aus ihrem Herzen stiegen erbarmungslose, frostige Wellen hoch. Sie war zu müde, um sich eine Tasse Tee aufzubrühen. So drückte sie sich noch tiefer in den alten, ausgeleierten Sessel. Wie sehr hatte sie es geliebt, wenn ihr Mann darin seinen Mittagsschlaf gehalten hatte und sie ihn vom Garten aus beobachten konnte. »*Warum haben mich alle Männer verlassen, warum wurde ich immer allein gelassen und musste alles tragen? Ich konnte meine Kinder nicht beschützen!*« Gertruds Traurigkeit war so abgrundtief... selbst ihre Tränen brachten kaum Erleichterung. Sie vergrub sich noch tiefer in den Sessel und verstand nicht, wie ihr das Morgenrot trotz des überwältigenden Schmerzes einen neuen Tag verkünden konnte.

Kapitel 14

Leonie läutete an der Tür. »*Hello* …«, immer noch klang Adeles Stimme in ihrem Ohr: »*Hello, wer bin ich?*« – Der Gedanke dehnte sich in ihr aus. In ihrem Kopf, in ihrem Körper, in ihrem Herzen. »*Hello!*«

Die Großmutter öffnete die Tür. Liebevoll umarmte sie ihre Enkelin und hielt sie fest. Leonie drückte sich an sie und der Sturm in ihr legte sich ein wenig. Nach einigen Minuten schob Gertrud Leonie von sich und blickte ihr in die verweinten Augen. »Komm in die Küche! Ich mache uns einen starken Kaffee. – Aber du fröstelst ja! Möchtest du dich vorher noch mit einer heißen Dusche aufwärmen?« Gertrud war besorgt.

Leonie betrachtete ihre Omi und wunderte sich wieder einmal über die Lebensklugheit der alten Frau. In dem Moment erspähte sie im gegenüberliegenden, lebensgroßen Spiegel ihr eigenes Abbild und erschrak. Sie sah ihre zerknitterte Kleidung, ihr verschmiertes Gesicht … – Ihre Mutter sprach immer davon, dass jedes Menschenkind Abbild Gottes sei; noch nie hatte sich Leonie so weit weg von dieser Vorstellung gefühlt!

Dankbar nahm sie das Angebot ihrer Großmutter an und huschte schnell in das kleine Bad, zog Bluse, Hose und Unterwäsche aus und stellte sich unter den dampfenden Wasserstrahl. Es kam ihr vor, als ob sich eine dicke Schmutzschicht von ihr lösen würde. Sie schloss die Augen und ließ sich in ihre Gedanken fallen.

In ihr drehten sich Bilder. Sie sah sich als kleines Mädchen, wie sie in einer dunklen Ecke im Stiegenhaus ihrer Eltern saß. Dann schwenkten ihre Gedanken zur letzten Nacht und sie spürte Hände auf ihren Körper. Hände, die da nicht hingehörten. Die sie nicht berühren sollten. Und gleichzeitig erschien das Gesicht des Mannes der letzten Stunden. Überall seine Hände! Leonie erschauderte. Es fiel ihr schwer zu atmen … Verstört hielt sie sich an der kalten Wand fest. Das heiße Wasser rann ihr über den Rücken in den Abfluss. Sie nahm das Duschgel und schrubbte sich heftig ab. Der Zitronenduft erfüllte den dampfenden Raum. Der frische Geruch und die bekannten Umrisse des alten Badezimmers beruhigten Leonie allmählich. Sie blieb unter dem heißen Strahl stehen und hatte das Gefühl, dass das Wasser ihre Gefühle langsam durchspülte und klärte.

Schließlich stieg sie aus der Kabine, nahm ein Badetuch und wickelte sich ein. Was hatte der dunkle Vorraum in ihrem Elternhaus mit ihrem Erlebnis der letzten Nacht zu tun? Leonie stand vor dem Spiegel und betrachtete sich. Ihre langen, nassen Haare klebten ihr am Kopf, die hängenden, schmalen Schultern zeugten von Verletztheit.

In der langen Betrachtung ihres Spiegelbildes stiegen Erinnerungen in Leonie hoch: Die dunkle Ecke im Elternhaus, in die sie sich als kleines Mädchen verkrochen hatte, als sie merkte, dass sie ihre Menstruation das erste Mal bekommen hatte. Das nächste Bild zeigte sie nach ihrem »ersten Mal«. Sie sah ihr enttäuschtes Gesicht. Und die letzte Nacht ... Auch hier dieselbe Intensität, dieselbe Kraft, die wirkte. Alle drei Ereignisse verband sie mit ein und derselben Empfindung: Scham!

Sie föhnte ihr Haar, nahm den alten Schlafmantel ihrer Großmutter vom Haken und eilte über das kleine Vorhaus in die Küche, die seit Jahr und Tag der Mittelpunkt des kleinen Paradieses war. Der Kaffeeduft strömte ihr in die Nase und der Wohlgeruch zauberte ein Lächeln in ihr Gesicht und ihr wurde bewusst, wie hungrig sie war.

Ihre Großmutter saß am Kaffeetisch und wartete auf sie. Der Tisch war einfach gedeckt: Einige Schwarzbrotscheiben, ein Stück Butter und zwei Tassen mit schwarzem Kaffee. Doch trotz der Spannung, die von Leonie, aber auch von ihrer Großmutter, auszugehen schien, herrschte vertraute Gemütlichkeit.

Leonie setzte sich Gertrud gegenüber. Der Duft des Kaffees schien die Blockade zu lösen. Leonie nahm einen großen Schluck. »Ist der köstlich!« Sie lächelte und fühlte sich langsam wohler. Omi bestrich ein Brot und reichte es ihr über den Tisch.

Leonie erzählte. Sie begann beim Nachmittag mit Tante Susanne, bei ihren Gesprächen über Karriere und Familie. Leonie erzählte von der Bar und wie sie durch die Brasil-Musik auf die Tanzfläche gelockt worden war. Doch dann wurde ihre Stimme leiser. Sie erzählte ihrer Großmutter vom Tango und von Marco. Sie erzählte vom Geführt- und Gehalten-Werden …

Dann wurde sie still. Ihre Großmutter sah sie mitfühlend und geduldig an, sagte aber nichts, ließ ihr die Zeit, die sie brauchte.

»Omi …?«, fuhr die junge Frau schließlich fort: »Heute Morgen wachte ich in einem fremden Bett auf – und ich fühlte mich so schlecht! Natürlich hatte ich auch einen Kater … Aber daran lag's nicht! Irgendwie war das alles nicht richtig … Obwohl mein Verstand mir sagt: ›Das machen doch viele! Sei doch nicht so prüde, spießig und hinterwäldlerisch!‹ Aber mein Herz fühlt sich trotzdem nicht wohl.«

Erst da blickte sie zum ersten Mal auf. Der besorgte Gesichtsausdruck ihrer Großmutter erschreckte sie ein wenig. Trotzdem berichtete sie weiter: »Ich hatte das Gefühl, dass ich etwas Verborgenes verraten hätte. Ich weiß nicht, warum, aber ich schäme mich. Kennst du dieses Gefühl der Scham?«

In Gertruds Gesicht konnte Leonie Trauer und Angst lesen. Aber auch Verständnis und Liebe spiegelten sich darin wider. »Ja, meine Kleine, dieses Gefühl kenne ich nur zu gut. Auch ich habe meine Grenzen immer wieder überschritten oder ließ es zu, dass andere sie einrissen. Danach fühlte ich mich schlecht, ausgenützt und missbraucht«, begann Gertrud leise zu erzählen.

»Weißt du, in den Jahren nach 1968 hörte man überall, dass es gut sei, mit vielen Männern zu schlafen! Es gab sogar den Spruch: ›*Wer zweimal mit demselben pennt, gehört schon zum Establishment!*‹ Aber ehrlich – diese sogenannte ›freie Liebe‹, ich möchte eher sagen, diese ›freie Sexualität‹, brachte mir sehr viel Kummer: Pierre, der Vater deiner Mutter, den ich in Paris kennengelernt habe, war auch davon überzeugt, dass man nur durch freie Sexualität glücklich werden könne. Meine Angst verlassen zu werden, allein gelassen zu werden, auch die Eifersucht, wenn ich wusste, dass er mit einer anderen Frau zusammen war, all das kümmerte ihn wenig. Meine Scham über diesen Zustand nahm weder er noch ich wahr. Damals zumindest nicht … Aber sie war da – und wenn du willst, erzähle ich dir davon und du kannst dir selbst ein Urteil bilden.«

Leonie umarmte ihre Großmutter: »Ja, bitte, Omi, erzähl mir alles! Ich bin so durcheinander und brauche deinen Rat!«

Gertrud seufzte. Es tat ihr immer noch weh, in die Vergangenheit zurückzugehen, doch sie ließ sich darauf ein und versetzte sich zurück an den Tag, als ihr Vater zurückkam …

Kapitel 15

Ein Schatten fiel auf Gertrud, und trotz des schwülen Sommertages begann sie zu frösteln. Sie hockte im Hof und spielte mit ihren kleinen Kätzchen. Als sie die Schattenkälte spürte, blickte sie auf. Ein Fremder – schmutzig, abgemagert und mit langem Bart – stand über sie gebeugt und wollte ihr über das Haar streichen. Der Schreck durchfuhr das kleine Mädchen. Sie sprang auf und lief schreiend an dem Fremden vorbei über den Hof zu ihrer Mutter ins Haus. Maria, die einen vollen Wäschekorb trug, war nicht schnell genug, um das verzweifelte Kind aufzufangen, und so ließ Gertrud sich zu ihren Füßen fallen, umschlang die Beine ihrer Mutter und vergrub ihr Gesicht in deren Schürze. Die Mutter verstand das heftige Schluchzen nicht und blickte ratlos zur Haustüre. Da sah sie ihn – und griff nach der Tischkante, um nicht zu stürzen …

Gertrud war 1943 als viertes Kind von Maria und Johann zur Welt gekommen, doch ihr Vater konnte die Geburt seiner Jüngsten nicht mehr miterleben. Johann war damals schon längst an der Front.

Als wichtiger Bauer, der für die Produktion von Getreide verantwortlich war, war er viele Jahre vom Kriegseinsatz verschont geblieben. Doch dann hatte er sich für den ortsansässigen Priester eingesetzt und ihn gegenüber Verleumdungen verteidigt. Johann wurde in den Krieg eingezogen und verschwand. Jahrelang hatten sie nichts von ihm gehört, nicht einmal gewusst, ob er noch lebte. Und nun stand er da – gebeugt, abgerissen, verwahrlost! Dennoch erkannte Maria ihren Mann sofort. Sie löste sich von Gertrud und mit einem schrillen Aufschrei lief sie dem so lange Vermissten entgegen!

Doch auf halbem Weg hielt sie vor Entsetzen inne und starrte ihn bestürzt an. Sein eingefallenes Gesicht war blass, sein Kinn spitz und kantig geschliffen. Der verfilzte Bart verlieh ihm ein bedrohliches Aussehen. Der hagere Körper war bedeckt von einem schmutzigen Mantel, in dem er gebückt da stand, in durchlöcherten Schuhen.

Zaghaft ging sie die letzten Schritte auf Johann zu … Und da sah sie seine Augen! Sie waren müde und ohne Glanz, doch seine tiefe Liebe zu ihr war darin noch nicht erloschen! Sie stürzte ihrem Ehemann in die Arme.

Gertrud, noch immer auf dem Boden kauernd, betrachtete das Schauspiel mit Argwohn und Befremdung. Noch immer wusste sie nicht, wer der Mann war. Als sie ihre Mutter in den Armen des Fremden weinen hörte, wurde ihr Angst und Bange und sie fing ihrerseits heftig zu schluchzen an. Da ließ Maria von Johann ab, bückte sich zu ihrer kleinen Tochter und nahm sie auf den Arm.

»Mein kleiner Schatz, hab keine Angst. Das ist dein Papa!« In Johanns Augen blitzte ein scheues Leuchten auf …

An dieser Stelle verstummte Gertrud. Leonie merkte, wie ihre Großmutter mit den Tränen kämpfte. Schweigen. Nach einigen Minuten setzte Gertrud ihre Erzählung fort.

Sie sah sich als kleines Mädchen verzweifelt im Flur stehen und ihre Eltern beobachten. Langsam drangen ihre Erinnerungen und die damit verbundenen Emotionen an die Oberfläche und es schien, als ob die Zeit in der Vergangenheit einzufrieren drohte.

Ihre Mutter bemerkte, welche Mühe es Johann bereitete, sich auf den Beinen halten. Sie stellte ihre Tochter auf den Boden und stützte ihn, um ihn in die Küche zu bringen. Anschließend lief sie aufgeregt durchs Haus und rief alle zusammen.

Johann war ein wortkarger und verschlossener Mann geworden. In den ersten Jahren kam er mit Gertrud besonders schwer zurecht. Er liebte sie, aber gerade dieses Kind, sein jüngstes, ließ ihn die verlorenen Jahre nicht vergessen.

In den Nächten, wenn Alpträume ihn heimsuchten, wachte er oft schweißgebadet auf. Das Grauen holte ihn immer wieder ein.

Sieben Jahre hatte die Kleine keinen Vater gehabt und noch manch weitere Jahre fanden Vater und Tochter nicht zueinander. Johann konnte sich seiner Dunkelheit nicht stellen und so stürzte er sich in die Arbeit. In seiner kargen Freizeit las er in einem dicken Buch. Es war abgegriffen und zerfleddert. Gertrud faszinierte das glänzende, goldene Kreuz auf dem Einband.

»Weißt du Leonie, ich habe es damals nicht verstanden, warum mein Vater mich nicht gesehen und mich in dieser schweren Zeit nicht wahrgenommen hatte. Mit meinen sieben Jahren war ich so glücklich, einen Papa bekommen zu haben, aber ich konnte seine Zurückgezogenheit und Abwesenheit, obwohl er jetzt da war, nicht verstehen. Erst viel später, als ich erwachsen war und meine eigene Tochter verloren hatte, fing ich an, mit meinem Vater zu fühlen. Nicht nur seine Heimat hat Zeit gebraucht, um zu heilen – der Nationalsozialismus war menschenverachtend und hat so viele Wunden geschlagen! Und auch mein Vater hat seine Zeit der Heilung gebraucht.« Gertrud sah auf. In ihren Augen schimmerten Tränen.

»So wuchs auch ich in gewisser Weise ohne Vater auf. Ich lernte nicht, was es heißt, beschützt zu werden, wenn meine großen Brüder gemein zu mir waren. Ich lernte nicht, mich auf einen Mann verlassen zu können und ich konnte die Sicherheit, die ein Vater seiner Tochter geben sollte, nie spüren. Und doch sehnte ich mich genau nach dieser Sicherheit! Darum habe ich sie bei anderen Männern gesucht. Diese Sehnsucht war letztlich der Grund für mein wildes Leben …«

Plötzlich kam Wut über Gertrud und sie zog ihren auffallenden Schlangenring, den sie seit der Pariser Zeit trug, vom Finger und legte ihn unsanft auf den Tisch. Leonie war auf dem Sofa eingeschlafen. »*Sie ist so mir ähnlich ... Oh Gott, hoffentlich macht sie nicht den gleichen Fehler wie ich!*« Die Sonne kam nun direkt durch das Küchenfenster. Gertrud schreckte hoch, denn es schien, als ob sich etwas über Leonies Herz schlängeln würde. »*Nur eine Täuschung ...*« Der Ring warf seinen Schatten. Gertrud atmete erleichtert auf und lehnte sich in ihrem Sessel zurück. Ihr müder Blick verlor sich im schlafenden Gesicht ihrer Enkelin.

Kapitel 16

Sie spürte Arme, die sie festhielten, die sie umarmten. Leonie hob ihren Kopf und schaute direkt in ein strahlendes Gesicht. Von weit her vernahm sie ein Kichern und etwas stupste an ihre Nasespitze. Sie öffnete die schlafschweren Augen und blickte in zwei lachende Kindergesichter. Sie schreckte auf und sah ihre Nichte und ihren Neffen dicht vor sich stehen.

»Na, endlich bist du munter«, versuchte Christoph, Lillys Ältester, zu flüstern, was ihm aber nicht gelang.

»Kinder, habe ich euch nicht gesagt, ihr sollt eure Tante schlafen lassen?!«, zeterte Lilly vom Vorhaus herein.

»Aber Mama, jetzt ist Tante Leni einmal da und da sollen wir sie schlafen lassen?«, entgegnete Christoph entrüstet. »Wir wollen doch mit ihr spielen! Außerdem ist es schon nach Mittag und da schläft man normalerweise nicht mehr!«

Christoph sah Leonie treuherzig an und zauberte ihr ein Lächeln ins Gesicht. »Du hast vollkommen recht! Es ist Zeit aufzustehen. Aber ich muss mich noch anziehen. Wie du siehst, habe ich noch Omis Morgenmantel an. Wartet hier auf mich, ich komme gleich!« Leonie sprang von ihrem wohligen Schlafplatz auf.

»Hast du heute bei Uroma geschlafen?« Lena lief ihrer Tante nach.

»Ja, so könnte man es nennen«, antwortete Leonie und spürte, wie ihr ganz heiß wurde vor Verlegenheit. Sie verschwand im Bad. Im Vorbeihuschen bemerkte sie den fragenden Blick, den Lilly an Gertrud richtete. Die Großmutter zuckte kurz mit den Schultern.

Im Bad hingen Hose, Bluse und Pullover, frisch gewaschen und getrocknet auf einem Kleiderbügel. »Danke, Omi«, flüsterte Leonie und zog sich schnell an.

Kinderlachen durchtönte das Haus. Leonie lehnte an der Küchentür und beobachtete die Szene. Lilly und ihre drei Kleinen: lachend und glücklich. Ein seltsames Gefühl machte sich in Leonie breit …

Lilly schenkte ihrer Schwester ein fröhliches Lächeln.

»*Reiß dich zusammen!*«, rügte sich Leonie in Gedanken, setzte ihrerseits ein Lächeln auf, stieß sich vom Türrahmen ab, und nahm neben Christoph Platz. Übermütig kniff der Kleine sie in die Seite. Gespielt entrüstet fragte Leonie ihn: »Na, mein Großer, was hast du heute schon wieder angestellt?«

»Nichts, Tante Leni, nur dich geweckt – und das war auch notwendig, oder nicht?«, lachend kniff er sie noch einmal.

»So, Schwesterherz. Was ist bei dir los? Du schläfst Samstagmittag auf Omis Sofa? Noch dazu in dem alten Bademantel!«, wollte Lilly verschmitzt lächelnd wissen. »Gibt es was Interessantes zu berichten?«

Leonie starrte Lilly ein wenig verzweifelt an, schüttelte dann aber den Kopf.

»Wenn du Zeit hast, könnten wir mit den Kleinen auf den Spielplatz gehen!« Um das Thema zu wechseln, machte Leonie einen Vorschlag, den sie sogleich bereute. Sie wollte eigentlich nur Großmutter weiter zuhören.

»Ja, Tante Leni, bitte schaukeln!«, freute sich Klausi und spuckte dabei einige Keksbrösel über den Tisch.

Leonie spielte mit den beiden Großen Fangen und sie liefen um die Wette. In dem kleinen Waldstück versteckte sie sich hinter einem großen Baum und die Kinder brauchten eine Weile, um sie zu finden. Dieses zwanglose Spielen war Balsam für Leonie und ließ sie wieder Boden unter den Füßen gewinnen

Schließlich setzten sich die Schwestern auf eine Bank und beobachteten die Kleinen.

»Ab wann – oder besser gefragt: woher wusstest du, dass Klaus der richtige Mann für dich sein könnte?«

»Oh, gerade jetzt tue ich mich schwer, das zu beantworten!«, antwortete Lilly und zeigte auf ihren Bauch: »Durch die unerwartete Schwangerschaft haben wir es in unserer Ehe gerade nicht leicht und unsere Nerven liegen teilweise blank.« Zerknirscht wandte Lilly ihren Blick ab. »Deshalb auch meine regelmäßigen Besuche bei Omi, denn Klaus braucht hie und da eine Auszeit von uns allen …«

»Aber ihr seid zu zweit! Ist es da nicht leichter, solch eine Situation zu meistern?«

»Ich weiß nicht …«, nachdenklich sah Lilly zu ihren Kindern, und fuhr dann eine Spur fröhlicher fort: »Ich glaube, die Punkte, die mir und Klaus immer wieder helfen, sind unsere Gemeinsamkeiten: Wir haben die gleichen Hobbys und auch dieselben Vorlieben für Filme, Theaterstücke und Konzerte. Wir lieben beide Sport und gutes Essen!« Während ihrer Schilderung wurden Lillys Gesichtszüge mit jedem Wort weicher.

»*Man sieht es ihr an. Sie liebt ihren Mann!*«, dachte Leonie.

»Aber wann wusstest du, dass er der Richtige ist?«

»Das wusste ich nicht gleich«, Lilly verzog nachdenklich ihr Gesicht. »Wir waren schon einige Zeit zusammen, und eines Tages, ganz plötzlich, musste ich über diesen Mann staunen … Ja, ich staunte! Einfach so, ich weiß gar nicht mehr, warum. Ich kann es nicht beschreiben, aber ich war ergriffen von seiner Person, von seiner Männlichkeit, von seiner Güte. Ich vergaß für einen Moment zu atmen, überrumpelt von dem überwältigenden Gefühl in meinem Herzen. Diesen Augenblick werde ich nie vergessen!« Nun strahlte Lilly ihre kleine Schwester an.

In dieser Sekunde kletterte Klausi aus seiner Sandkiste und lief auf den Radweg zu, der am Spielplatz vorbeiführte. Lilly beobachtete ihren Sohn und während sie sich noch fragte, was er vorhatte, sprintete Leonie bereits los. Sie sah eine Radfahrergruppe schnell näherkommen Und packte ihren Neffen und konnte ihn gerade noch zurückhalten, als die Gruppe vorbeiraste. Sie hob ihn auf und nahm aus den Augenwinkeln wahr, dass einer der Fahrer abstieg und auf sie zukam. Das war doch nicht … das konnte doch nicht sein?! – Andreas!

»Grüß Gott, Herr Doktor!«, hörte sie da Lillys Stimme hinter sich, »Darf ich Ihnen meine Schwester Leonie vorstellen? – Schwesterherz?«, Lilly wandte sich erklärend an Leonie: »Das ist unser neuer Kinderarzt, Doktor Andreas Winkler. Ich war mit Lena vor drei Tagen bei ihm und seitdem fallen der Kleinen immer neue Dinge ein, die sich der Onkel Doktor vielleicht ansehen könnte!« Sie lachte. »Nächstes Mal nehme ich auch den hier mit!« Lilly deutete auf Klausi.

»*Hello* …«, klang es in Leonies Kopf.

Andreas verlor sich in ihren samtenen, blauen Augen und verspürte Erleichterung. »Es ist gar nicht *ihr* Baby …!«

»Lena und ich kamen durch Zufall zu ihm und meine Kleine ist seitdem ganz verliebt«, plauderte Lilly währenddessen fröhlich weiter. Plötzlich jedoch stoppte sie mitten im Satz und blickte von einem zum anderen. Sie nahm das Leuchten in den beiden Augenpaaren wahr, nahm Klausi leise bei der Hand und führte ihn zurück zum Spielplatz.

»Hello!«, flüsternd begrüßte Leonie Andreas.

»Danke, dass Sie so beherzt eingegriffen haben! Sie haben den Kleinen gerettet … und mich ausnahmsweise nicht umgerannt!«, lächelte Andreas.

Leonie und Andreas plauderten miteinander und schließlich lud Andreas sie auf einen Kaffee ein. Doch Leonie winkte ab. Die Nacht in Wien war ihr noch zu nahe … Doch Andreas gab nicht auf und schlug den nächsten Freitagabend vor.

Kapitel 17

»*Freudvoll und leidvoll, gedankenvoll sein. Langen und Bangen in schwebender Pein … – dieses Gedicht, geht mir einfach nicht aus dem Kopf! Ich habe es vor langer Zeit in der Schule auswendig lernen müssen und jetzt erinnere ich mich wieder.*«

Bewundernd blieb Leonie vor dem sonnenbeschienenen Dom stehen und ließ sich von der stillen, ja fast heiligen Atmosphäre einfangen.

»*Schwebende Pein … – So kurz vor dem Treffen bin ich nervös, aufgeregt und glücklich. All diese Gefühle. Alle auf einmal!*« Die Sonne stand schon tief und tauchte alles in ein warmes Licht. »*Himmelhochjauchzend, zu Tode betrübt. Glücklich allein die Seele, die liebt!*« Die letzten Zeilen rezitierend ging sie in Richtung Treffpunkt.

Schimmernd lag der Universitätsplatz vor ihr. Sie sah Andreas sofort. Er saß an einem grünen Tischchen und betrachtete andächtig die Kollegienkirche. Leonie ging langsam auf ihn zu. Es kam ihr vor, als ob ein Licht von ihm ausgehe. Als er sie sah, strahlte sein Gesicht tatsächlich vor heller Freude. Er sprang auf und kam ihr entgegen. Eine Sekunde lang überlegte Andreas, ob er Leonie umarmen könne, doch dann hielt er sich zurück und führte sie galant zu den verschnörkelten Gartensesseln.

»Ich mag diese Kirche so sehr!« Andreas deutete auf die gegenüberliegende Kollegienkirche. »Johann Bernhard Fischer von Erlach hat sie Anfang des 18. Jahrhundert gebaut«, erzählte er voller Begeisterung, was Leonie ein Lachen entlockte: »Weißt du, ich habe dich vor einiger Zeit vor dem Dom beobachtet und ich dachte, du wärst Fremdenführer, bis ich sah, dass du einen Chor leitest. Später hörte ich, du seist Doktor. Und heute erzählst du mir von Kirchen. Bist du nun doch Fremdenführer?«

»Fremdenführer!«, lachte er laut heraus. »Nein, das bin ich nicht, obwohl mich die Kunst, vor allem hier in Salzburg, begeistert.«

Das Gotteshaus tauchte den Platz in seine langen Schatten. »Weißt du, für mich ist die Stimme eines der wichtigsten Ausdrucksmittel eines Menschen. Mein Beruf ist Kinderarzt und da möchte ich für das Wohl der Kinder meine Stimme erheben. Im Chor unterstütze ich Menschen, ihre Stimme zu finden. Und auch diese Kirche hat damit zu tun, denn Fischer von Erlach konzipierte dieses Gotteshaus so, dass es dem Menschen leichter fällt, Gottes Stimme hören zu können.«

Alles an Andreas gefiel Leonie – auch seine dunkle und melodiöse Stimme, die wie eine Heimat war.

»Durch den hellen Mittelbereich können sich Gott und der Mensch leichter begegnen. Im Gegensatz zu den früheren Bauten ist sie einheitlich weiß gestrichen, ohne Gemälde wirkt sie hell und freundlich. Darüber hinaus krönt die Gestalt der Muttergottes diese Kirche. Und durch Maria können wir mit ihrem Sohn ins Gespräch kommen.«

Leonie hörte ihm fasziniert zu. »Ich bin beeindruckt!«

»Ja, ich weiß, ich bin ein komischer Vogel!«, lachte er leicht verlegen, wobei seine weißen Zähne blitzten.

»Meine Mutter spricht auch immer von Gott. Aber ehrlich gesagt, kann ich diesen Glauben nicht teilen«, begann Leonie. »Denn wenn Gott wirklich existieren würde, dann würde es doch die ganze Gewalt und all das Leid nicht geben, oder?«, fuhr sie nachdenklich fort.

»Ich weiß, das ist schwer zu verstehen!« Andreas griff nach Leonie Hand. »Wenn du willst, kann ich dir irgendwann einmal meine Sicht der Dinge darlegen.«

Sie lächelte und schwieg. Obwohl er über Themen sprach, die ihr fremd waren, fühlte sie sich in seiner Gegenwart geborgen. Wohlgefallen! Angelikas Worte kamen ihr in den Sinn.

Mit letzter Kraft tauchte die Sonne den Platz in oranges, goldenes Licht. Die Dämmerung schlich von der gegenüberliegenden Häuserzeile herbei und die Stille breitete Frieden über alles.

Kapitel 18

»*Den Menschen eine Stimme geben* ...« Durch die Landschaft gleitend, lächelte Leonie der Sonne entgegen. Sie genoss den wohltuenden Schatten der Hellbrunner Allee und träumte dem gestrigen Abend nach. Die gemächliche Geschwindigkeit erlaubte es, sich versonnen in ihren Gedanken zu verlieren. Obwohl sie in Manchem ganz verschieden waren, war das Zusammensein mit Andreas einfach wunderbar!

Wohlgefallen – mit diesem Wort könnte sie auch diesen Abend beschreiben!

Nach dem kleinen Imbiss auf dem Universitätsplatz und einer kurzen Führung durch die Kollegienkirche, waren sie durch die Altstadt geschlendert. Die alten Häuser berichteten still von ihrer Geschichte, doch die beiden waren entlang der Historie spaziert, ohne sie wahrzunehmen. Sie waren durch die Getreidegasse flaniert, am Alten Markt vorbei, waren vor dem imposanten Dom stehengeblieben, um dann über den Residenzplatz auf den Papagenoplatz zu gelangen. Im Licht der Laternen hatte Leonie Andreas die ihr liebgewonnene Figur gezeigt. Sie hatte auf die Federn hingewiesen, die ihr immer wieder Leichtigkeit geschenkt hatten.

Nun war Leonie auf dem Weg zu ihrer Mutter. Schon nach dem zweiten Läuten öffnete Inga.

»Na, meine Kleine, es ist so ein herrlicher Tag! Frühstücken wir im Garten?« Inga ging ihrer Tochter voraus durch den Flur und bog in die Küche ab. Leonie durchquerte ihr Elternhaus und verharrte kurz an der dunklen Ecke im Stiegenhaus.

Im sonnenbeschienen, wärmenden Garten begrüßten sie Hortensien, Rosen und blühende Sträucher. Rot, lila, blau und rosa. Diese warmen Farbkombinationen sprachen vom ausgewogenen Klang, der durch den Garten zu schwingen schien. Buchskugeln in verschiedenen Größen säumten die

Terrasse und der Kirschbaum an der Hausmauer trug reiche Ernte. Leonie suchte sich einige Früchte aus und steckte sie genussvoll in den Mund.

Kaffeeduft durchströmte Leonies Nase, noch bevor Inga mit dem Frühstück an den Tisch kam. Die Sonne wärmte ihr den Rücken und schön langsam kroch die Kälte aus Leonies Knochen.

Inga setzte sich zu ihrer Tochter: »*Irgendetwas hat sich bei dem Mädchen verändert! Sie ist noch schöner geworden!*«, dachte sie, getraute sich aber nicht, es auszusprechen.

»Mama, kannst du dich an den Tag erinnern, als ich meine erste Periode bekommen habe?«, sprudelte es überraschend aus Leonie heraus.

Verwundert sah Inga ihre Jüngste an.

»Ich saß im Stiegenhaus allein in der Ecke und schämte mich wegen all dem Blut. Ich spürte ein großes Unbehagen und hörte Geräusche, die mir Angst bereiteten. Ich weinte und verkroch mich in die dunkle Nische. Die ganze Situation wirkt immer noch beängstigend auf mich.«

Während Leonie erzählte, wurde Inga blass. Langsam kam die Erinnerung in ihr hoch. Ihr Atem stockte.

»Ach, mein Schatz, ja, und ob ich mich an diesen Tag erinnere!«

»Tatsächlich?!« Leonie spürte hilflose Wut in sich aufsteigen. »Ja, aber was war denn bitteschön so schlimm daran? Ich kann mich erinnern, dass wir damals einen riesigen Familienkrach hatten!«

»Nein!« Erschrocken fuhr Inga hoch. »Das hatte doch nichts mit dir zu tun! Es war ein unglücklicher Zufall, dass dieses Ereignis mit einem heftigen Streit zwischen mir und deinem Vater zusammenfiel«, erinnerte sich Inga. »Wir schrien uns an, ich sprach sogar von Scheidung … und plötzlich hörte Papa ein Wimmern und wir fanden dich in der Ecke weinen! Du wirktest so verloren …«

Leonie versuchte die Bilder der Vergangenheit heraufzuholen.

»In unserem Streit waren wir so auf uns fixiert, dass wir dich gar nicht wahrgenommen haben!«, erzählte Inga weiter. »Durch die finanziellen Probleme mussten wir sehr viel arbeiten und ich fühlte mich als Frau vernachlässigt. So suchte ich mein Glück woanders. Du weißt, ich begann mich mit allem möglichen fragwürdigen, esoterischen Kram zu beschäftigen. Ich wollte unsere Probleme auf diese Art und Weise lösen. Eines Tages wurde es deinem Vater zu bunt und das war der Auslöser für die Auseinandersetzung. Ich fühlte mich nicht verstanden und verteidigte meine scheinbare Selbstfindung.« Aus Ingas Worten war die damalige Verzweiflung auch jetzt noch deutlich zu spüren.

»Ja, aber … Ich hatte dir doch gesagt, dass mit mir etwas nicht stimmt, dass ich Bauchschmerzen hätte!«, begann Leonie von neuem, »und du hast gemeint, ich solle mich nicht als Mittelpunkt der Welt fühlen. Du hast mich ziemlich kalt abgefertigt und deswegen fühlte ich mich schuldig und habe mich nur geschämt …«

»Kannst du dich daran denn nicht mehr erinnern?«, fuhr Inga ungläubig fort. »Nachdem wir dich später völlig aufgelöst fanden, hielt ich dich lange fest und versuchte dich zu beruhigen. Aber du warst so völlig außer dir. Du konntest mir nicht erzählen, was passiert war und erst am Abend sah ich den Grund deiner Verzweiflung.« Kummervoll streckte Inga ihre Hand über den Tisch, aber Leonie konnte sie nicht ergreifen.

»Wir haben nie darüber gesprochen. Es tut mir so leid! Ich dachte lange Zeit, ich könne mein Glück nur finden, wenn ich mich viel mit mir selbst beschäftige: Selbstfindung, Selbsterkenntnis, Selbstverwirklichung … Ich dachte wirklich, das wäre der Weg zum Glück! Bis zu dem Augenblick, als ich deine Verzweiflung und dein Unglück sah. Da wurde mir bewusst, ich kann mein Glück nicht darauf aufbauen, dass ich meine Familie alleine lasse … und so habe ich ab diesem Zeitpunkt versucht, mich neu zu orientieren.

Ich nahm mir mehr Zeit für euch und fand auch wieder Halt im Glauben.«

Inga blickte Leonie um Verständnis bittend an, aber die Tochter starrte stumm an ihr vorbei. Hastig fuhr die Mutter fort: »Früher hatten die Frauen viel mehr Kontakt zueinander und so haben die Älteren die Jüngeren ganz selbstverständlich in die Weiblichkeit eingeführt. Aber ich war durch die Firma gestresst und dann kam noch mein Selbstfindungstripp dazu. Ich hatte keine Zeit, mich wirklich aus meinem tiefsten Inneren um euch zu kümmern. Ich kannte den Wert und die Ausstrahlung meines Frauseins nicht und konnte sie auch nicht an euch weitergeben.« Nochmals streckte sie Leonie ihre Hand über den Tisch entgegen, die nun von ihrer Tochter ergriffen wurden.

»Ich habe es verabsäumt, euch zu lehren, eure eigene Schönheit zu erkennen. Der heilige Thomas von Aquin sagte einmal: »Alles, was die Seele glücklich macht, liegt außerhalb ihrer selbst! Wie recht er hat. Ich dachte, ich finde mich durch mich selbst, aber erst durch euren Vater und durch euch bin ich das geworden, was ich bin. Nur durch Begegnungen mit anderen konnte ich mich selbst finden! Ich werde mir auch erst meiner Schönheit bewusst, wenn es jemanden gibt, der mich so sieht wie ich bin. Oder besser gesagt: Wenn eine Frau sich geliebt fühlt, wird sie schön!«

Leonie entspannte sich merklich und da wagte Inga, ihre Tochter zu fragen: »Bist du vielleicht verliebt, mein Schatz?«

Leonie wurde rot: »Warum fragst du, Mama?«

»Weil du heute ganz besonders schön bist!«

Kapitel 19

»*Was soll ich nur anziehen?*« Leonie stand wieder einmal vor ihrem Kleiderschrank und probierte ihre verschiedenen Wanderoutfits aus. »*Jeans, Sommerhosen oder doch den blauen Wanderrock?*«, fragte sie sich, »*Was gefällt Andreas wohl besser: feminin oder sportlich?*« Da kam ihr die gestrige Frage ihrer Mutter wieder in den Sinn. Hatte sie sich etwa verliebt?! – Vielleicht ... Aber die Schmetterlinge in ihrem Bauch schlugen noch mit zarten Flügeln.

Freitagabend, als sie sich von Andreas verabschiedete, lud er sie ein, am Sonntagmorgen mit ihm die heilige Messe im Dom zu besuchen. Doch ein gemeinsamer Gottesdienstbesuch war ihr dann doch zu viel. Also verabredeten sie sich für den späteren Vormittag zu einem Spaziergang auf den Mönchsberg.

Und jetzt stand sie immer noch vor ihrem Schrank! Ein Blick auf die Uhr erleichterte ihr schließlich die Entscheidung. In Windeseile lief sie die Treppe hinunter und die Straße entlang Richtung Innenstadt.

»*Die Sonntagsmesse muss gerade zu Ende sein. Was habe ich mir nur dabei gedacht, so spät zu kommen?!*« ärgerlich über sich selbst überquerte Leonie den Platz vor der Kirche, wo reges Treiben herrschte.

Plötzlich wurde sie von hinten leicht umarmt. »Guten Morgen!«

Leonie drehte sich um und blickte in die ihr bereits so vertrauten Augen.

»Guten Morgen!« In diesem Augenblick hätte sie ihn gerne geküsst, doch da hatte er sie schon wieder freigegeben. »*Schade ...*«

»Komm, lass uns rauf zur Burg spazieren, ich möchte dir gerne die Folterkammer zeigen!«, schlug Andreas vor und nahm sie bei der Hand. Er zog sie über den Domplatz in Richtung Festungsberg.

»Willst du mit der Mönchsbergbahn fahren oder gehen wir zu Fuß?«

»Zu Fuß!«

Als der Weg steiler wurde, bemerkte Leonie, dass sie sich noch immer an der Hand hielten. Es fühlte sich ganz selbstverständlich an. In diesem Moment blickte auch Andreas auf ihre ineinander verschränkten Hände und ließ sie verlegen los. Enttäuscht folgte Leonie den Schritten ihres Begleiters.

Als Andreas den Weg zum Mönchsberg einschlagen wollte, hielt Leonie ihn zurück.

»Ich dachte, du wolltest mir die Folterkammer zeigen? Ich war das letzte Mal als Kind in diesem düsteren Keller…« Sie zog ihn Richtung Burghof.

Die Festung konnte von einer 900 Jahre alten Geschichte erzählen. Die Folterkammer befand sich im Reckturm. An den Wänden hingen Hacken, Ketten, Fußfesseln und andere Folterinstrumente. Die Vorstellung der höllischen Qualen, die damit verursacht wurden, jagten Leonie kalte Schauer über den Rücken. Andreas, der dies bemerkte, erklärte:

»In Wirklichkeit wurden in diesem Raum keine Delinquenten gefoltert!«, er zeigte auf die verrosteten Geräte: »Alles, was du hier siehst, ist eine Sammlung von Instrumenten, die sämtliche Schrecken der menschlichen Gerichtsbarkeit zeigen«, führte er weiter aus. »Wie grausam die Menschen doch waren und noch immer sind…!« Andreas starrte die Werkzeuge an der Wand mit Ekel an.

Sie verließen den düsteren Raum und als sie die Aussichtsplattform erreichten, überwältigte sie der atemberaubende Blick auf die Stadt. Salzburg breitete seine ganze Schönheit vor ihnen aus.

»Was für ein Ausblick!«

»Ja, Salzburg ist wunderbar!« Andreas wollte Leonies Hand ergreifen, aber sie fuhr herum, innerlich immer noch gefangen vom Anblick der scheußlichen Folterinstrumente.

»Ich verstehe die Menschen nicht. Wie kann man nur so grausam sein?«, angewidert schüttelte sie sich.

»Mich macht es traurig mir vorzustellen, wie grausam auch die Menschen in all diesen Häusern sein können«, antwortete Andreas und deutete auf die Stadt.

»Gott sei Dank ist diese Zeit vorbei! Wir leben nicht mehr im Mittelalter oder im Krieg. Unsere Zeit ist da ganz anders!«, widersprach Leonie: »Es geht uns so gut wie noch nie!«

»In gewissem Sinne stimmt das. Aber weißt du, andererseits sterben in dieser Stadt jede Woche viele ungeborene Kinder und niemand nimmt das wahr. Es interessiert einfach niemanden …« Leonie sah eine Düsternis in seinen sonst so strahlenden Augen.

»Sprichst du von den Abtreibungen, die in den Salzburger Kliniken vorgenommen werden?«, fragte sie leise.

»Du weißt davon?«, ungläubig sah Andreas in das Gesicht des Mädchens. »Das erstaunt mich! Wenige Menschen denken darüber nach, was in ihrer Stadt passiert und fast niemand kommt auf den Gedanken, dass auch an diesem Ort und in unserer modernen Zeit viele unserer Mitmenschen nicht leben dürfen!«, redete sich Andreas in Rage.

»Aber ist es nicht das Recht jeder Frau, über ihren Körper entscheiden zu dürfen?« Leonie fühlte sich plötzlich angegriffen. Unerwartet wurde auch sie energisch.

»So argumentiert heutzutage jeder. Aber erstens ist es nicht nur der Körper der Frau, sondern auch der Körper eines Kindes, über das die Frau entscheidet, und zweitens sind wir Ärzte dazu aufgerufen, Leben zu schützen und nicht zu vernichten! Die Anerkennung des Rechts auf Leben und die Würde jedes Menschen sind für mich Werte, die wieder mehr bewusst gemacht werden müssen. Glaub mir, während meines Studiums, meiner Ausbildung in den Krankenhäusern und auch jetzt in meiner Praxis erlebe ich immer wieder Situationen, in denen Personen nicht richtig behandelt werden – weder von sich selbst noch von ihren Mitmenschen!«

Andreas ergriff Leonies Hand und ging in Richtung Mönchsberg. »Gerade als Arzt versuche ich zu helfen. – Weil jeder Mensch ein Geschöpf Gottes ist, hat er als Person eine unantastbare Würde für mich.« Andreas atmete tief ein und legte einen Arm um sie. »Bitte entschuldige. Aber wenn es um den Schutz des Menschen geht, kenne ich kein Pardon, und die Folterkammer hat wieder einmal meinen wunden Punkt berührt … Ich hoffe so sehr, dass den Menschen endlich bewusst wird, wie wertvoll jeder Einzelne ist! Wir alle müssen uns für das Leben einsetzen, nicht nur die Lebensschützer.«

Ihrerseits nun ebenfalls wieder etwas ruhiger erwiderte Leonie einlenkend: »Vor kurzem habe ich mich mit den Abtreibungszahlen – die ja anscheinend in Österreich nur geschätzt werden – auseinandergesetzt. Ich war schockiert! Ist es wahr, dass in Österreich fast jedes dritte Kind nicht leben darf?«

»Ja! Ist das nicht furchtbar? Aber ich finde es schön, dass du dir darüber Gedanken machst!« Andreas drückte Leonie sanft an sich.

Trotz des unerfreulichen Themas und unter den Eindrücken der Folterkammer fühlte sich Leonie bei Andreas geborgen. Sicher und gehalten. Für einen kurzen Augenblick legte sie ihren Kopf an seine Brust und spürte seinen sanften Kuss auf ihrem Scheitel.

Das war der Platz, an dem sie für immer sein wollte!

Kapitel 20

Beide schwiegen. Die Sonne schien über der Stadt und Leonie wollte die wohltuende Vertrautheit beibehalten. Sie begann von ihrem Leben zu erzählen.

»Weißt du, meine Mama ist eine Liebe und sie kümmert sich fürsorglich um uns – um mich und meine Schwester. Auch ihr sind Gott und der Glaube sehr wichtig. Doch hie und da nervt es mich auch ...« Leonie zog die Stirn hoch: »Sie glaubt wirklich, sie kennt die einzige Wahrheit!«

Plötzlich fuhr es wie ein Blitz durch ihre Gedanken: *»Andreas glaubt ja auch an den gleichen Gott!«* Erschrocken hielt sie die Hand vor den Mund. »Oh – bitte entschuldige – ich habe vergessen, du bist ja auch in diesem Verein ...!« Peinlich berührt blieb sie stehen, doch er schmunzelte nur und setzte seinen Weg fort.

Leonie und Andreas verbrachten den ganzen Sonntag gemeinsam. Sie spazierten über den Mönchsberg und genossen es, zusammen zu sein.

»Bist du nicht böse, wenn ich solche Reden schwinge?«, fragte sie ungläubig.

»Nein, wieso? Ich möchte alles über deine Familie erfahren!« Unerwartet fragte Andreas: »Ist deine Mutter glücklich?«

»Ja,« Leonie zögerte: »Ich glaub' schon. Hin und wieder erzählt sie mir, sie wäre traurig darüber, die Zeit, als wir noch Kinder waren, verpasst zu haben. Sie hatte viel zu arbeiten und so konnte sie uns nicht genug Aufmerksamkeit schenken. Für mich war das zwar kein Problem, aber sie sagt immer, sie vermisse diese Zeit so sehr.«

Andreas' Blick ging ins Leere und er erinnerte sich an seine eigene Kindheit ...

»... Andreas, Michael! Wo seid ihr schon wieder? Habe ich euch nicht gesagt, ihr sollt den Tisch decken und das Essen aufwärmen?!«, brüllte seine Mutter Claudia durch das Vorhaus. Bepackt mit ihrer Reisetasche, der Aktentasche und dem Einkauf stand sie da und glühte vor Wut. Der sechsjährige Michael suchte Deckung hinter seinem großen Bruder. Die Mutter war gerade von einer Dienstreise nach Hause gekommen.

»Komm, Claudia, lass die Jungs doch ihr Modellflugzeug fertigbauen!« Helmut kam seiner Frau entgegen und wollte sie umarmen, aber sie stieß ihn unsanft von sich.

»Immer nimmst du die beiden in Schutz! Ich kann es nicht mehr hören! Ihr drei glaubt wohl, ihr braucht mich nicht mehr! Ich bin diejenige, die das Geld verdient und den Laden am Laufen hält. Und dann komme ich nach Hause und finde einen Saustall vor!«, schmetterte Claudia ihrem Mann entgegen. Sie war müde und gereizt, der vielen Besprechungen und Auseinandersetzungen überdrüssig. Sie brachte keine Energie mehr für ihre Familie auf. Sie hatte einfach keine Kraft, konnte und wollte nicht mehr!

Claudia drehte sich auf dem Absatz um und verließ das Haus.

»War deine Mama zu Hause als ihr klein wart?«, wollte Leonie wissen.

Andreas zuckte aus seinen Gedanken hoch.

»Meine Mutter ist Herausgeberin einer Frauenzeitschrift ...«, fing Andreas an zu erzählen.

»Hatte sie Zeit für dich ...?«, bohrte Leonie weiter.

»Weißt du, meine Mutter ist eine sehr erfolgreiche Frau. Als ich ganz klein war, erzählte sie so wunderbare Geschichten, aber nach ihren ersten beruflichen Erfolgen änderte sich alles. Aber zum Glück hatte mein Vater mehr Zeit und auch mehr Geduld für mich und meinen jüngeren Bruder. Als sie dann noch begann, diese Frauenzeitschrift herauszugeben, war sie fast immer nur unterwegs ...«

Leonies Begleiter blieb stehen. »Erst sehr viel später erfuhr ich, dass sie all die Jahre unsere Familie finanzierte, dass sie es war, die das Geld nach Hause brachte. Mein Vater ist ein wirklich cooler Typ, aber mit Geld konnte er nicht umgehen. Vielleicht hätte meine selbstbewusste Mutter doch lieber so eine Art Ritter gehabt, der für sie sorgt und der alles checkt...« Andreas starrte an Leonie vorbei: »Ich hatte immer das Gefühl, als ob irgendetwas sie jagen würde. Sie handelte oft wie eine Getriebene. Aber sie vertritt nach wie vor die Meinung, dass eine Frau selbständig sein muss, um wertvoll zu sein.«

Er nahm Leonie bei der Hand und führte sie weiter.

»Ja, da ist auch etwas dran, oder?«

»Naja, so im Nachhinein gesehen war meine Mama nicht glücklich. Immer musste sie etwas recherchieren, schreiben oder war auf Redaktionssitzungen und Lesereisen. Da sie sehr gut verdiente, übernahm mein Vater den Haushalt und die Betreuung von Michael und mir.« Eine ungewohnt dunkle Stimmung lag jetzt über Andreas.

»Heißt das, du hast deine Mama vermisst?«

»Ja! Ihre Doppelbelastung kostete sie viel Kraft. Aber mein kleiner Bruder vermisste sie viel mehr als ich. Vielleicht weil sie in meinen ersten drei Lebensjahren noch Studentin war und dadurch sehr viel Zeit mit mir verbrachte. Ich glaube, ich konnte ein Urvertrauen entwickeln. Doch Michael hatte als Baby keine Mama, die ständig um ihn herum war. Ich glaube, seine Unruhe, seine Suche nach dem richtigen Weg und seine Traurigkeit kommen daher, dass er sich nie sicher und geborgen fühlen konnte...«

»Aber sollten Frauen nicht ihr eigenes Leben gestalten können? Noch dazu hatte deine Mutter ja wohl keine andere Wahl als Geld zu verdienen?«

»Aber so weit sollte es gar nicht kommen...« Andreas überlegte kurz: »Warum glaubst du, spricht man von »Muttersprache«? Ein kleines Kind braucht eine feste Bezugsperson und im Idealfall ist es nun einmal die Mutter«, holte der Kinderarzt weiter aus. »Ich möchte alles dafür tun, dass meine Frau die Möglichkeit hat, bei unseren Kindern bleiben zu können, solange sie klein sind. Das ist für mich unbezahlbar …« Leonies Gegenüber hielt inne und nahm einen tiefen Atemzug.

»Du möchtest also für deine Frau ein Ritter sein?«, schmunzelte Leonie.

»Und sie soll meine Königin sein!«

Kapitel 21

»*Unbezahlbar!*« Dieses Wort ging Leonie nicht mehr aus dem Sinn. »*Was bedeutet unbezahlbar? Dass etwas keinen oder einen zu hohen Wert hat? Dass jemand austauschbar ist oder doch nicht? Warum ist Muttersein unbezahlbar?*«

Immer wieder dachte Leonie über Andreas´ Worte nach. Sie hatten sich während der Woche nicht gesehen. Nur telefonische Nachrichten waren hin und her gegangen. Aber dafür wurde Leonie jeden Tag um 6.30 Uhr von einem kleinen Piepton geweckt: »Guten Morgen. Hast du gut geschlafen? Ich wünsche dir einen schönen Tag!« Mittlerweile wartete sie schon auf die kleine Nachricht.

Marlene und Julia bedrängten sie schon seit Tagen mit Fragen über den Unbekannten. Aber Leonie wollte ihnen nicht am Telefon erzählen, dass sie den geheimnisvollen Mann wieder getroffen hatte.

»*Unbezahlbar!*«

An diesem Abend würde sie ihre Freundinnen treffen: »*Soll ich ihnen alles erzählen? Oder doch das Geheimnis für mich behalten. Ich glaube, ich bin wirklich verliebt! Und das in jemanden, der so ganz anderes denkt als ich…*« Leonie brauste mit dem Rad entlang der Salzach und freute sich auf das Treffen. Auf dem Papagenoplatz spürte man noch immer die Hitze des Tages. Der Platz war leer! Leonie stellte ihren Drahtesel an der Hausmauer ab und huschte in das schattige kleine Bistro. Sie hörte übermütiges Lachen. Marlene, Julia und Angelika saßen im hinteren Teil des Restaurants.

Leonie wurde gleich von der frohen Stimmung angesteckt. »Was habt ihr für gute Laune?«

Angelika erzählte Leonie von ihrer Gewerbeprüfung mit den nicht erfüllbaren Auflagen.

»Das finde ich aber nicht sehr lustig.«

»Humor ist, wenn man trotzdem lacht«, versuchte Julia die Situation zu erklären. Doch Angelika wurde still.

»Leonie hat recht. Es ist wirklich nicht lustig, denn die vielen Bestimmungen sind für mich nicht realisierbar. Wenn ich das alles erfüllen soll, dann muss ich mein Lokal zusperren.« Angelika war jetzt ganz ernst. »Wisst ihr, das alles ist einfach unbezahlbar!«

»*Unbezahlbar!*« Schon wieder dieses Wort. Leonie blickte von einer zur anderen. Alle schwiegen…

»Was bedeutet für euch eigentlich das Wort unbezahlbar?«, fragte Leonie.

Angelika: »Na ja, in meinem Fall heißt es einfach, dass ich mir das nicht leisten kann.«

»Ah?!«, schmunzelte Julia, denn alle kannten Leonies Vorliebe mit Wörtern und ihren Bedeutungen zu spielen.

»*Unbezahlbar!*« Wie auf Kommando fingen alle vier an, ihre Ideen zu äußern: »Autorität, Bindung, Charisma, Dankbarkeit, Empathie, Freude, Glück, Heimat, …« – alle vier sprühten vor Einfällen. Wie es das Spiel verlangte, reihten sie ihre Ideen gleich alphabetisch auf.

»Wisst ihr was für mich unbezahlbar ist?«, warf Angelika ein.

»Ja, Wohlstand, Reichtum und ein schickes Auto!«, lachte Julia.

»Nein, denkt einmal nach, was ist wirklich für euch unbezahlbar?«

»Freiheit und Liebe…«, versuchte Marlene ihr Glück.

»Zu wissen, was mein Weg ist?« Leonie glaubte die Lösung gefunden zu haben.

»Denkt noch einmal nach. Wir haben noch kein Wort mit S«, bohrte Angelika weiter.

»Selbstbestimmung, Selbsterkenntnis, Selbstverwirklichung!« So schnell konnte Angelika gar nicht denken, wie die Mädels die aktuellen Schlagwörter deklinierten.

»Ja, diese Anliegen sind auch wichtig. Denkt nach! Ihr seid alle mit euren eigenen Fähigkeiten auf die Welt gekommen. Also, was glaubt ihr?«

»Ja, uns selbst zu finden und uns so anzunehmen, wie wir sind!« Leonie schmunzelte.

»Selbstannahme!« Julia war begeistert.

»Ja, auf das wollte ich hinaus! Wir müssen uns selbst kennenlernen. Dazu gehört Selbst-Bewusstsein und Selbst-Verwirklichung, aber das Wichtigste ist, dass wir uns so annehmen, wie wir sind«, philosophierte Angelika: »Wenn wir uns mit unseren Fehlern und mit all unseren Stärken und Gaben annehmen, dann haben wir viel geschafft!« Die Hobbypsychologin unterbrach ihr Statement mit einem Lachen. »Ich kenne viele reifere Frauen, die es gelernt haben, sich mit sich selbst wohlzufühlen. Die sich mit ihren Lebensgeschichten ausgesöhnt haben. Es ist faszinierend, wie selbstbewusst sie sind. Vor allem ist es unbeschreiblich, wie diese Frauen lieben und für die anderen da sein können!«, strahlte Angelika. Über solche Themen nachzudenken und sie ins Wort zu bringen war eine ihrer Gaben.

»Und wisst ihr, was noch ein großer Vorteil der Selbstannahme ist?« Angelika blickte fragend in die Runde: »Man kann nicht mehr so leicht manipuliert werden!« Sie stand auf und brachte vier Gläser mit einem Barolo aus dem Piemont: »Also, was ist für euch unbezahlbar?« Sie hob ihr Glas und prostete Julia, Marlene und Leonie zu.

»*Ganz Frau sein zu können und damit glücklich zu sein, ist unbezahlbar!*« mit Wärme dachte Leonie an Andreas. Sie hob ihr Glas, lachte ihren Freundinnen entgegen und sprach aus, was alle dachten:

»Selbstannahme ist unbezahlbar!«

Kapitel 22

»Guten Morgen, Katze.« Leonie blinzelte und kuschelte sich noch einmal in ihre Decke. Leo fühlte sich sofort aufgefordert, es ihr gleich zu tun. *Selbstannahme!* Sie streckte sich, kraulte ihren Kater und dachte über die letzten Tage nach. Sie war glücklich.

Plötzlich spürte sie ein schnell aufsteigendes, unangenehmes Gefühl in der Magengegend. Sie sprang aus dem Bett, lief ins Bad und übergab sich. Während sie noch nach Luft rang, kam ihr ein erschreckender Gedanke. »*Nein, das ist nicht möglich … Ich nehme doch die Pille … Wahrscheinlich habe ich gestern einfach zu viel Wein getrunken*«, beruhigte sie sich.

So schnell wie sie gekommen war, war die Übelkeit vorüber und Leonie verdrängte jeden beunruhigenden Gedanken. Für den heutigen Morgen war sie mit Andreas verabredet.

»*Selbstannahme!*« Sie hatte den Eindruck, dass sie durch die Gespräche mit ihren Freundinnen, sich selbst tatsächlich nähergekommen war.

Leonie schlüpfte in die schwarze Sporthose, machte sich fertig und verließ beschwingt die Wohnung.

Er wolle sie »entführen«, hatte Andreas gestern gemeint. Als sie aus dem schattigen Hauseingang ins Sonnenlicht trat, wartete Andreas, an sein Rad gelehnt, schon auf sie. Während sie ihren Drahtesel holte, dachte sie: »*Er hat wirklich einen Helm auf.*« Sie winkte ihm zu und verschwand noch einmal im Haus, um ebenfalls ihren Helm zu holen.

Sie begrüßte Andreas mit einem Lächeln, unsicher, wie nahe sie ihm kommen solle. Doch diesmal zog er sie ganz selbstverständlich an sich und hauchte ihr einen Kuss auf die Wange. Leonies Herz sprang und nun tanzten die Schmetterlinge in ihrem Bauch.

Sie schwangen sich auf die Räder und traten vergnügt in die Pedale. Richtung Süden! Die gleiche Strecke, die Leonie immer zu ihrer Oma nahm. Sie genoss es, mit Andreas durch die wunderbare Landschaft zu fahren. Als wären sie mit einem unsichtbaren Band verbunden, glitten sie im gleichen Tempo dahin.

Am Fuß des Untersberges war die rasante Fahrt zu Ende. Leonie strahlte! Die Aussicht, diesen Riesen zu erwandern, erfüllte ihr Herz. Sie liebte die verschlungenen Pfade und Wege des Berges, der imposant in den Himmel ragte. Der Platz war sagenumwoben und die Legenden rund um den Untersberg hatten sie schon immer in den Bann gezogen.

Bis jetzt hatte sie den Rucksack, der auf Andreas' Rad montiert war, nicht bemerkt. Andreas schulterte ihn und gab Leonie die Hand.

Sie kamen gut voran und plauderten unbeschwert. Andreas berichtete von seiner Woche, von den Patienten und auch von Schicksalsschlägen, die Familien oft ertragen mussten. Leonie bemerkte, wie sehr er seinen Beruf und die Menschen liebte.

Nach drei Stunden erreichten sie den Gipfel. Andreas begann seinen Rucksack auszupacken. Wie bei Hermines Handtasche in »Harry Potter« kamen unvermutete Dinge zutage: eine rotkarierte Decke, einige Dosen mit verschiedenfarbigen Deckeln, Schnitten von Schwarzbrot, Teller, Messer, winzige Salzstreuer, zu guter Letzt eine Flasche Weißwein – und tatsächlich auch zwei Weingläser!

Leonie ließ sich in der einladenden Szenerie nieder und blickte über die Stadt. Bei jedem Treffen stiegen sie höher. *»Was kommt als nächstes …«?*

Sie freuten sich über die Auswahl an Köstlichkeiten. Aufstriche, hartgekochte Eier, kleine Käsestücke, Tomaten, Paprika und Radieschen, Salamischeiben. Die letzte Schüssel, die Leonie öffnete, überraschte sie. Hier leuchtete ihr kleingeschnittenes Obst entgegen.

»Also, diese Jause hast du bestimmt nicht selbst zusammengestellt!« Verschmitztes Lächeln antwortete ihr.

»In meiner Straße gibt es ein kleines Geschäft, das Bioprodukte von den umliegenden Bauern verkauft. Weil ich die Chefin kenne, habe ich sie gebeten, mir eine kleine Bergjause vorzubereiten. Sowas nenne ich wirklich Nächstenliebe«, lachte Andreas und begann seinen Teller mit Köstlichkeiten zu füllen.

Hungrig tat Leonie es ihm nach: »Ja, da sind wieder diese berühmten christlichen Werte!« Der leicht boshafte Einwurf war nicht angemessen, aber ihr Widerspruchsgeist meldete sich einfach nur zu gerne.

»Ich glaube: es gibt keine christlichen Werte!« Mit diesem unerwarteten Ansatz überraschte sie Andreas. »Diese sogenannten christlichen Werte sind, genau betrachtet, humanitäre Werte. Ich hatte vor drei Jahren ein Erlebnis, das mich schmerzhaft belehrte, dass wir als Menschen ohne Menschlichkeit, Hilfe oder Nächstenliebe nicht überleben können …«

»Was war passiert?«

»Ich hatte Urlaub und wollte am frühen Morgen in die Berge. Keiner meiner Freunde hatte so früh Lust und so bin ich allein losgegangen. Es war herrlich so durch die heller werdende Landschaft zu wandern und da kam mir die Idee, allein in einen Klettersteig einzusteigen.« Fasziniert lauschte Leonie seiner Stimme. »Ich war autonom, kletterte alleine und fühlte mich frei und irgendwie unbesiegbar. Dabei war ich unaufmerksam geworden und hatte das Sicherungsseil nicht richtig eingehakt. Ich habe einen falschen Schritt gemacht und bin einige Meter abgestürzt. Durch mein Training konnte ich mich noch so drehen, dass ich nur mit den Füssen aufprallte. Ein extremer Schmerz durchfuhr meinen ganzen Körper. Ich knickte ein und lag bewegungslos auf dem Boden. Ich hatte heftige Schmerzen und war verzweifelt.« Andreas hob den Kopf. Nach einigen Sekunden erzählte er weiter: »Bitterlich flehte ich zu Gott! Plötzlich sah ich zwei Gestalten im Nebel auftauchen – zwei Engel…? Sie waren im ersten Augenblick nicht klar zu erkennen, aber je näher sie kamen, umso deutlicher sah ich die beiden Männer. Es waren meine Freunde. Was für ein Glück! So laut ich konnte, rief ich um Hilfe. Danach fiel ich in Ohnmacht.«

Erschrocken legte Leonie ihre Hand auf seinen Arm …

»Im Krankenhaus erwachte ich und die beiden erzählten mir ihren Teil der Geschichte. Beide hatten unabhängig voneinander eine Eingebung gehabt. Sie trafen sich zufällig auf dem Parkplatz und beschlossen, zum Klettersteig zu joggen. Sie liefen zum Steig und retteten mir so das Leben. Ich hatte schwere Verletzungen an Beinen und Armen und leider auch innere Blutungen. Ich brauchte sehr lange, bis ich wieder ganz auf dem Damm war. Operationen, Reha und viel Zeit. Ohne Nächstenliebe hätte ich diesen Ausflug nicht überlebt.« Andreas verstummte und friedvolle Stille umgab sie. Nach einigen Momenten nahm er einen tiefen Atemzug und fuhr fort: »Und genau aus diesem Grund gibt es für mich keine christlichen Werte. Egal, was oder an wen der Mensch glaubt, aber Nächstenliebe, Anerkennung der Würde des Menschen, Hilfsbereitschaft, Gleichstellung von Mann und Frau, Schutz des Lebens …, das sind Werte, die uns alle angehen. Wir müssen jedes menschliche Leben schützen!« Und dann umarmte Andreas Leonie und küsste sie.

Kapitel 23

»Hallo, mein Schatz!« Beschwingt begrüßte Gertrud Leonie. »Ich freue mich, dass ihr heute alle zu mir kommt.« Plötzlich hielt sie inne: »Du bist ein bisschen grün im Gesicht. Geht es dir gut?«

Leonie fühlte sich ertappt. Immer wieder überkam sie diese morgendliche Übelkeit, aber dass ihre Omi sie darauf ansprach, verwunderte sie. »Nein, mir geht es wunderbar«, wich Leonie der Frage aus. »Ich habe nur gerade eine aufregende Zeit.«

»Positiv oder negativ?«

»Beides, Omi, beides!« Leonie schlich geschickt an ihrer Großmutter vorbei. Schnell verdrängte sie alle schweren Gedanken und die wunderbaren Bilder des gestrigen Tages kamen ihr in den Sinn. Untersberg. Picknick. Andreas! Sie spürte seinen Kuss auf den Lippen und lächelte. *Wie hat Angelika diese vier Stufen der Liebe genannt? Die erste hieß jedenfalls Wohlgefallen! Der Kuss hat mir wirklich sehr gefallen …«*

Leider konnte sie Andreas heute nicht treffen. Lilly würde morgen ihren Geburtstag feiern und Omi hatte es zum Ritual erhoben, jeden Geburtstag schon am Vortag mit einem Kaffeeplausch zu zelebrieren. Sie nannte diesen besonderen Tag, den »grünen Tag«, an dem es ihrer Meinung nach wichtig war, das letzte Lebensjahr Revue passieren zu lassen und sich auf das neue zu freuen.

Leonie war die Erste und freute sich auf Omis Geburtstagskuchen. Lilly liebte Ribiselschnitten. Flaumiges, fluffiges Biskuit, darauf fruchtige Ribiselfüllung, die von einer hohen Baiserhaube abgedeckt wurde. Süß und sauer zugleich. Himmlisch!

Der Tisch war liebevoll mit bunten Sommerblumen, hübscher Gmunder-Keramik und passenden Servietten gedeckt. Gertrud beobachtete ihre Enkelin. Leonie strahlte in einer Art und Weise, wie es Gertrud noch nie bei ihr wahrgenommen hatte. Trotzdem hing ein Schatten über dem Mädchen. Die Großmutter war unsicher, aber ihre Intuition hatte sie noch selten getäuscht. Gertrud konnte sich nicht mehr daran erinnern, seit wann sie diese Vorahnungen hatte. Doch immer mehr kam sie zu der Gewissheit, dass diese »Gabe«, mit dem Schmerz geboren wurde, als sie ihre Kinder verloren hatte. Seitdem spürte sie im Vorhinein ein Unheil, das eine geliebte Person treffen würde.

Plötzlich erinnerte sich die Großmutter ganz genau an das damalige Gespräch … »Gertrud …«, inständig hatte ihre Mutter ins Telefon gefleht. »Bitte, komm nach Hause. In dieser großen Stadt könnt ihr nicht leben. Papa und ich helfen dir und du kannst ja auch in Salzburg studieren. Bitte komm nach Österreich zurück! Bitte …!«

Gertrud hatte wie versteinert im Stiegenhaus vor ihrer bescheidenen Pariser Wohnung gestanden, wo sich der Telefonapparat für das ganze Haus befand. Sie hatte den Hörer in der rechten Hand gehalten, während sie die weinende Inga auf ihrer linken Hüfte schaukelte. Auch letzte Nacht hatte sie arbeiten müssen und konnte sich danach nicht von den interessanten Diskussionen losreißen. Die Nachbarin hatte sie mit massiven Vorwürfen überschüttet, nachdem sie die ganze Nacht auf das Baby aufgepasst hatte.

»Was soll ich nur tun?« Die junge Mutter war verzweifelt. Alle ihre Freundinnen hatten sie immer wieder bestürmt, das freie Leben in dieser Stadt nicht aufzugeben. In Paris brachen gerade alle bürgerlichen Schranken. Im nahegelegen Viertel St.-Germain-des-Prés trafen sich junge Künstler, Philosophen, Studenten und Lebenskünstler. In den langen Nächten wurde über Gott und die Welt diskutiert. Sie lebte in der Stadt von Beauvoir und Sartre und alles lechzte nach Freiheit und Selbstbestimmung. Die Nächte waren sinnlich und berauschend. Immer wieder hatte Gertrud intensive Glücksgefühle gehabt, sie wurde geradezu süchtig danach.

Pierre, der Vater von Inga, kümmerte sich ab und zu um die Kleine, aber man merkte, dass es ihm nach kurzer Zeit lästig wurde. Für ihn war Inga ein nettes Spielzeug, das man einfach wieder in die Ecke stellte, wenn man keine Lust mehr hatte. Gertrud war über dieses Verhalten traurig und es machte sie hilflos …

Pierre liebte seine Freiheit und hatte ihr klar und deutlich zu verstehen gegeben, dass er sich weder für sie, noch für das Kind verantwortlich fühlte. Gertrud war verzweifelt. Keine ihrer Freundinnen hatte Kinder, einige hatten Abtreibungen hinter sich … Keine konnte Gertruds Schmerz verstehen.

»Bitte, komm nach Hause!«, hatte ihre Mutter zum wiederholten Male gefleht. »Nein!« Vehement widersprach die Tochter: »Mama, ich will nicht so ein Leben wie du! Abgestempelt als Mutter und als Dienstbote. Ich will frei sein und das kann ich nur in dieser Stadt. Hier in Paris lerne ich Menschen und Ansichten kennen, die du dir nicht einmal im Traum vorstellen könntest. Ich bleibe auf jeden Fall hier!«, hatte Gertrud ins Telefon geschrien und den Hörer auf die Gabel geknallt. Ihre Nachbarin spähte mit bösem Grinsen aus ihrer Wohnungstür.

Gertrud wusste nicht ein noch aus. Da sie sich nur wenig Kohle zum Heizen leisten konnte, war das Baby durch die Kälte in der Wohnung krank geworden. Der Arzt hatte der jungen Mutter geraten, die Kleine für einige Zeit aufs Land zu bringen, damit sie Sonnenschein und gesunde Luft tanken könnte …

»Omi, was ist los?« Leonie stützte Gertrud, die plötzlich blass geworden war und am ganzen Körper zitterte. »Komm. Leg dich kurz hin, ich bringe dir ein Glas Wasser.« Besorgt führte sie die alte Dame zum Sofa und deckte sie liebevoll zu. Gertrud fröstelte trotz der Hitze. Sie schien nicht wirklich anwesend zu sein.

Inga hatte bitterlich geweint, als Gertrud sie in die Arme ihrer Großmutter gelegt hatte. Durch Gertruds Herz war ein scharfer Schnitt gegangen ... Doch sie hatte sich nicht umgedreht, sondern den elterlichen Hof fluchtartig verlassen. Ihr Leben lang würde sie dieses Weinen nicht mehr vergessen können. »Nur ja nicht schwach werden, du musst dein Leben selbst gestalten! Endlich sind wir Frauen frei und können tun und lassen, was wir wollen... Verzichte nicht auf diese einmalige Chance!« Wie ein Mantra hatte Gertrud diese Sätze wiederholt. Sie konnten die Schreie ihrer Tochter aber nicht übertönen.

Tränen liefen über das durch die Zeit gezeichnete Gesicht. Gertrud sah die Sorge ihrer Enkelin. Trotz der Schwäche begann sie zu sprechen: »Weißt du, Fehler kann man nicht mehr rückgängig machen. Aber wenn man die Möglichkeit bekommt, sie ein wenig wieder gut zu machen, sollte man alles dafür in Bewegung setzen, das Richtige zu tun!«, die alte Frau sah auf und sprach hastig weiter, so, als befürchte sie, unterbrochen zu werden.

»Das Wichtigste, was ich in meinem Leben gelernt habe, ist: nur die *Liebe* zählt. Liebe, die das Wohl des anderen im Blick hat. Liebe, die sich nach dem anderen sehnt. Liebe, die im Geben und im Nehmen erfüllt wird. Nur diese Liebe währt ewig und diese Liebe ist das wahre Glück hier auf Erden ...!« Stille unterstrich das Gesagte und Gertrud begann zu lächeln. Nach einigen Minuten erhob sie sich mit neuem Schwung.

Berührt blieb Leonie neben dem Sofa sitzen und sah der Großmutter nach, die gerade Lilly und Inga begrüßte.

»*Liebe, die sich nach dem anderen sehnt!*«, hallte es in Leonies Gedanken nach.

»*Begehren! Ja, das ist die zweite Stufe der Liebe. Die Sehnsucht mit Leib und Seele eins zu sein. Wie sehr ich ihn begehre!*«, lächelte Leonie und in der Erinnerung an den Kuss von Andreas spürte sie eine angenehme Aufregung in sich. Leicht und frei ...

Kapitel 24

»Omi, deine Ribiselschnitten sind wieder einmal hervorragend!«, lobte Lilly, während sie sich ein zweites Stück genehmigte.

»Du weißt aber schon, dass du in deinem Zustand nicht über die Stränge schlagen solltest und auch ein bisschen darauf achtgeben, was und wieviel du in deinen Körper stopfst!«, lachte Leonie, die sich auch schon die zweite Schnitte auf ihren Teller lud.

»Was glaubt ihr, ist der Vorteil einer vierten Schwangerschaft?«, fragte Lilly schmunzelnd in die Runde. »Da ich schon genug Erfahrung habe, nehme ich das alles nicht mehr so ernst!« Lilly peppte den nächsten Bissen sogar noch mit cremigem Schlagobers auf. »Ich genieße diese neue Gelassenheit. Es ist ein wunderbares Geschenk!«

»Wie meinst du das? Du bekommst Gelassenheit ›geschenkt‹. Vom wem?« In Leonie kam Neugierde auf: »Ist Gelassenheit nicht angeboren, oder nach vielen Schicksalsschlägen ›erarbeitet‹?«

»Ja, das dachte ich auch immer. Aber vielleicht ist es mit Manchem so, dass wir es eben nicht erarbeiten können, sondern es einfach geschenkt bekommen? Oder sehe ich das falsch?« fragte Lilly mit schelmischem Lächeln: »Omi, Mama, was haltet ihr von meiner These?«

Inga brachte gerade frischen Cappuccino, blieb stehen und betrachtete den blühenden Garten. Sie entdeckte eine gelbe Blume, die frech ihren Kopf in die grüne Wiese streckte. Ein Löwenzahn. »Schaut euch einmal dieses großartige Gewächs an! Die meisten glauben, es sei Unkraut, aber genau betrachtet, ist der Löwenzahn wunderschön. Ich glaube, du hast recht, wir empfangen Manches, wenn wir dafür bereit sind. Man kann es auch Gnade nennen.«

»Nein, das glaube ich wiederum nicht«, beteiligte sich auch Gertrud am Gespräch. »Ich bin der Meinung, man muss für alles arbeiten, sich bilden, ich glaube sogar, richtiggehend kämpfen! Um Gelassenheit, zum Beispiel.

»Das, meine liebe Mutter, war wieder so ein richtiger 68er Spruch! Man muss alles erkämpfen, man will alles ändern und wie es viele Feministinnen wollen, auch alles dekonstruieren. Sie bestreiten sogar die Unterschiedlichkeit der Geschlechter! Keiner kann mehr die Dinge annehmen, wie sie sind. Noch weniger können sich Menschen heutzutage beschenken lassen.« Ingas Wut auf ihre Mutter war deutlich zu spüren.

»Ja, was jetzt? Arbeit oder Geschenk?« Leonie hob fragend ihre Hände.

»Du glaubst, der Feminismus war falsch?« Gertrud war gekränkt: »Wir sollten in Wirklichkeit alle dankbar sein. Seit 1850 haben viele mutige Frauen gegen die unterschiedliche Behandlung von Mann und Frau in der Gesellschaft gekämpft. Durch ihren Einsatz wurde das Wahlrecht für alle ermöglicht. Frauen durften arbeiten gehen. Auch Karrieren wurden ermöglicht. Ich weiß nicht, warum du dich so ärgerst. Diese Zeit war notwendig!«, versuchte Gertrud ihre Ansichten zu verteidigen.

»Aber was hat das mit Geschenk oder Arbeit zu tun?« Verwundert über den heftigen Schlagabtausch sah Lilly von einer zur anderen.

Inga merkte, dass sie zu heftig war. »Bitte entschuldige, ich habe überreagiert. Aber was wir im Moment erleben, ist nun mal nicht mehr zu verstehen. Ich glaube, wir bekommen von Gott viel mehr geschenkt, als uns allen bewusst ist. Nehmen wir die Sexualität. Sie ist so viel größer, wichtiger und bedeutender, als uns seit 1968 weißgemacht wird. Damals glaubte jeder, in der freien Sexualität liege das ganze Glück. Doch oft ging es nur um Lust. Viele Menschen, vor allem Frauen, wurden instrumentalisiert. Ich weiß, die meisten wollten diese extreme sexuelle Freiheit durchaus selbst, aber sie wussten nicht, wie hoch der Preis war und wen sie alles verletzten. Kinder, Partner, aber vor allem sich selbst!«

»Ich will der Frauenbewegung gar nicht absprechen, dass sie viel Notwendiges und Gutes erreicht hat.« Leonies Mutter war in ihrem Element, was ihren Töchtern ein Grinsen entlockte. »Die Gleichberechtigung in Bezug auf die Arbeit und in der Gesellschaft ist sehr wichtig. Nur gibt es eben keine Gleichheit zwischen Mann und Frau. Mann und Frau sind nun mal verschieden. Aber gerade in dieser Verschiedenheit sind wir einzigartig und dadurch ist ja das andere Geschlecht so spannend und anziehend …!«

»Mama, glaubst du, der Feminismus hat falsche Ziele verfolgt?« Neugierig schaltete sich nun Lilly ein.

»Es gab anfangs wichtige Momente, aber die Ausrichtung an dem, was der Mann ist, hat die Bewegung schnell ad absurdum geführt, finde ich. Und heute bestreiten viele auch die biologische Differenz, als würden Mann oder Frau von der Kultur gemacht. Wir sind längst in einem Gruselkabinett…!«, antwortete die Mutter.

Gertrud hörte ihrer Tochter aufmerksam zu und jedes Wort brannte sich schmerzvoll in ihr Herz. »Mein Schatz, ich weiß, ich habe damals einen großen Fehler begangen, als ich dich nicht bei mir haben wollte. Ich war verblendet. Du hast recht, die 68er wollten ein neues Menschenbild konstruieren und das wird jetzt fortgesetzt. Die Abtreibung und die Genderdebatte sind die Früchte. Es sieht so aus, als ob sich die Schlange immer neu häuten würde…, das habe ich bei Bettina Röhl gelesen.«, mit zittriger Stimme sprach Gertrud aus, was sie schon so lange in sich trug. »Wir dachten wirklich, durch die freie Liebe, durch die freie Sexualität könnten wir glücklichere Menschen werden. Was für eine große Lüge! Die meisten von uns bereuen diese Zeit bitterlich«, endete Gertrud mit erstickender Stimme.

Die Großmutter rang nach Luft und fuhr dann emotional fort: »Ich glaube, wir brauchen einen neuen Feminismus. Einen Feminismus, der die Frau so sieht, wie sie wirklich ist. In ihrer Art zu denken, in ihrer Art zu fühlen. Die letzten 50 Jahre wurde immer die Frage gestellt: »Wie wird man eine Frau? Besser wäre zu fragen: Was ist eine Frau? Wir alle wissen, dass Mutterschaft genauso wichtig ist wie Selbstbestimmung, Karriere oder Arbeit.«

Die alte Dame schaute aufmerksam in die Runde. »Ich persönlich weiß, sie ist noch viel wichtiger. Wenn die Gesellschaft und die Politik den Frauen wirklich helfen wollten, dann nicht durch Gender oder Me-too-Debatten, sondern durch Familienprogramme, finanzielle Unterstützung der Mütter oder durch Hilfestellungen bei den katastrophalen Wohnverhältnissen für junge Familien.« Gertrud nahm einen Schluck Kaffee. Die Stimmung wurde schwer und doch feierlich. »Ich trage den Schmerz des Verlustes meines Kindes seit mehr als 50 Jahren in mir!« Gertrud wandte sich sehr ernst an Inga. »Meine liebe Tochter, es tut mir so leid, dass ich dich verlassen habe, und wenn ich es irgendwie ändern könnte, ich würde alles dafür tun.«

Lilly und Leonie fühlten sich wie Zaungäste, aber trotzdem mittendrin im Geschehen.

Mit strahlenden Augen lächelte Inga ihre Mutter an und sie spürte eine innige Liebe durch ihren Körper fließen. »Danke, Mama.« Froh und offen sah sie ihre Mutter an und eine friedliche Stille senkte sich auf die Kaffeegesellschaft.

Nach einiger Zeit merkte Inga an: »Der Gedanke eines neuen Feminismus ist wunderschön. Der Philosoph Martin Buber sagte einmal: ›Im Du findest du zum Ich!‹ Und das stimmt! Viele Frauen finden ihr Frausein erst im männlichen Gegenüber. Und die Männer finden sich im weiblichen Gegenüber. Die Frau wird erst durch den Mann zur Mutter und der Mann durch die Frau zum Vater. Aber auch durch unsere Geschichte konnten wir uns kennenlernen. Wir sind beide das, was wir sind – durch den anderen. Und weißt du, Mama, trotz allem was war, liebe ich dich!« Inga legte ihre Hände auf den Tisch und Gertrud ergriff sie: »Alles ist ein Geschenk!«

Leonie war gefesselt von dem, was sie hörte. Sie liebte ihre Mutter und ihre Großmutter. Ganz langsam schob sich aber ein anderes Gesicht vor ihre Augen. »*Ja, du bist bestimmt ein Geschenk in meinem Leben*«, lächelte sie in sich hinein und freute sich über die Wärme, die in ihr wuchs.

Kapitel 25

»Nein! Georg bleibt bei mir!« Zornige Funken blitzten aus Hertas Augen. »Du kannst den Jungen nicht mitnehmen. Ich bin krank und wer soll mir helfen, wenn du nie da bist?«, fauchte Herta ihren Mann an. »Aber es wäre doch für den Jungen wichtig, Zeit mit seinem Vater zu verbringen. Er ist jetzt 14 Jahre alt und es ist an der Zeit, erwachsen zu werden. Wenn wir einige Tage gemeinsam im Wald arbeiten, dann hätten wir Zeit zu reden und er könnte viel von mir lernen. Er soll doch ein Mann werden.« Leise und resigniert sprach Xaver, innerlich schon wissend, dass er keine Chance hatte. Gegen eine Krankheit war man machtlos. Er drehte sich um und verließ wie ein geprügelter Hund den Raum. Der Junge, der die Szene von der Tür aus beobachtet hatte, merkte nicht, wie ihm Tränen über das Gesicht liefen.

Durch ein leises Geräusch schreckte Georg aus seinem Traum auf. Es war lange her, seit er das letzte Mal von seinen Eltern geträumt hatte … Knarrend öffnete sich die Tür und Inga versuchte vorsichtig hereinzuschlüpfen. Es war spät geworden, aber Lillys Geburtstagsvorfeier war unerwartet zu einem großen Ereignis für sie und ihre Mutter geworden. Es war ein wichtiger Schritt der Versöhnung in ihrer von Schmerzen und Verletzungen geprägten Beziehung. Sie hatte sich über die Ehrlichkeit der Entschuldigung gefreut und augenblicklich Erleichterung gespürt. Immer noch klangen die Worte ihrer Mutter nach: »Meine Tochter, es tut mir so leid, dass ich dich verlassen habe.«

Behutsam gab Inga Georg einen Kuss auf die Wange. Er lächelte seine Frau mit müden Augen an. »Hallo, mein Schatz, ich wollte auf dich warten und muss darüber eingenickt sein. – Aber du strahlst so! Hattet ihr einen schönen Nachmittag, beziehungsweise Abend?«

»Ja, stell dir vor, Mama hat sich heute für die Fehler der Vergangenheit bei mir entschuldigt!«, Inga setzte sich auf den Schoß ihres Mannes. »Ich spüre einen Frieden in mir, der mich ganz leicht werden lässt!«

Georg zog sie an sich. »Das freut mich für euch und ganz speziell für dich, mein Schatz. Als ich heute in der Bibel gelesen habe, habe ich einen wichtigen Satz des Petrus gefunden: Wir sollen dem Frieden *nachjagen*. Nicht nur den Frieden suchen, sondern ihm richtiggehend *nachjagen*! Ist das nicht ein starkes Bild?«

Inga schmiegte sich an ihn und genoss die Stille des Abends. Doch plötzlich dachte sie an Leonie und an das seltsame Gefühl, das sie am Nachmittag verspürt hatte.

Sie richtete sich auf und begann ihrem Mann von ihren Sorgen zu erzählen: »Leonie hat mir heute nicht gefallen. Du weißt, vor einiger Zeit deutete sie an, dass sie verliebt sei, und ich habe mich so darüber gefreut. Heute aber war sie gereizt und unruhig. Es lag ein Schatten über ihr …«

»Da kommt ja wieder das Muttertier hervor!«, versuchte Georg seine Frau zu beruhigen, doch in dem Moment kamen die Traumbilder von seiner Mutter in ihm hoch und er stockte mitten im Satz.

Inga merkte nichts: »Du hast mir vor nicht allzu langer Zeit versprochen, mit den Mädchen zu reden!«, stand Inga auf und durchquerte den Raum, um die große Deckenlampe einzuschalten.

Intimität und Romantik waren mit einem Schlag verschwunden. Georg kniff die Augen zusammen.

»Aber ich kann doch die Mädchen nicht einfach besuchen, um sie über Werte, Weltanschauungen oder Verhaltensregeln zu belehren. Wir wissen, hier geht es nicht um Höflichkeit, Nettigkeit oder Fleiß, sondern um Grundwerte, die mit unserem Menschenbild zusammenhängen. Unsere Jüngste hätte da sicher Lernbedarf, aber ich kann meine erwachsenen Mädchen nicht zwangsbeglücken. Leonie ist so auf ihre Selbstbestimmung bedacht, da wäre Belehren kontraproduktiv.« Georg nahm einen tiefen Atemzug, stand auf und folgte seiner Frau durch den Raum. »Ich glaube, es geht immer wieder am besten, wenn wir es einfach vorleben. Väter sind für ihre Kinder wichtig, aber das braucht nun mal Zeit.« Die geknickte Gestalt seines Vaters stand plötzlich vor ihm und er realisierte in diesem Augenblick – Xaver hätte es versucht ...

»Durch meine viele Arbeit und die finanziellen Probleme kam ich oft müde und ausgelaugt nach Hause. Es stimmt, ich hatte nicht viel Zeit für meine Töchter. Das, meine Liebe, bereue ich genauso wie du.« An seine eigene Verletzung denkend, umarmte Georg seine Frau liebevoll: »Wir können es eigentlich nur mehr vorleben. Wir können unsere Mädchen nur durch Liebe zur Liebe ermutigen ...!«

Kapitel 26

Nicht schon wieder …! Leonie schreckte aus tiefem Schlaf hoch. »*Hatte sie gestern zu viel gegessen?*« Seit Tagen wurde sie von Übelkeit geweckt und es kam ihr vor, als ob dieses Unwohlsein von Tag zu Tag heftiger würde … Langsam wurde sie unruhig: »*Ich kann doch nicht schwanger sein?! Bitte nicht jetzt! Endlich lerne ich einen Mann kennen, mit dem ich mir ein Leben vorstellen kann. Was ist, wenn ich von einem anderen ein Kind erwarte? Nach einem One-Night-Stand … Ich muss dringend einen Test machen!*« Ihre Gedanken wurden von einem starken Brechreiz unterbrochen. Sie sprang auf und sprintete ins Bad. Verzweifelt kniete sie vor der Toilette. Tränen liefen über ihr bleiches, schweißnasses Gesicht. »*Bitte nicht …!*«

Als der Spuk vorbei zu sein schien, schleppte sie sich matt ins Bett zurück. Verzweifelt dachte sie: »*Wenn ich schwanger bin, kann ich dieses Kind nicht bekommen. Nie und nimmer!*« Bevor sie erschöpft wieder einschlief und Leo sich an sie schmiegte.

Kurz vor Mittag wachte Leonie auf. Sie blickte auf ihren Wecker und fuhr hoch. Vor einer Stunde hätte sie sich mit Andreas treffen wollen. Sie nahm ihr Handy, auf dem einige Anrufe in Abwesenheit aufschienen, stockte aber: »*Was soll ich sagen, wie mich entschuldigen?*«

Ratlos nahm sie Leo in den Arm und blickte ihm direkt in die großen Katzenaugen. »Guter Freund, was soll ich tun?« Sie wählte die Nummer und Andreas meldete sich sofort. »Hallo«, begann sie zögernd: »Bitte entschuldige. In der letzten Nacht ging es mir nicht so gut und jetzt hab' ich verschlafen …« Leonie atmete tief ein: »Ich glaube, ich möchte heute einfach nur im Bett bleiben!«

»Oh, das tut mir leid, ich habe mich so auf dich gefreut!« Andreas Stimme klang enttäuscht. »Erhole dich! Wir sehen uns!«

Traurig betrachtete Leonie das schwarze Display. Sie fühlte sich einsam. Plötzlich trommelte ihr Handy. Marlene! Leonie nahm ab und war froh ihre Freundin zu hören.

»Hallo, wie geht es dir, wann sehen wir uns?«, fragte Marlene beschwingt.

»Im Moment geht es mir nicht so gut. Aber wenn du Zeit hast, würde ich mich sehr über deinen Besuch freuen«, antwortete Leonie, froh über die unerwartete Wendung.

»Gerne! Ich komme in einer halben Stunde und bringe Frühstück mit und dann erzählst du mir, was los ist.« Leonie ging es gleich ein wenig besser! Sie übersiedelte mit ihrer Decke auf die Couch, um dort auf Marlenes Ankunft zu warten.

Es läutete. Leonie drückte auf den Türknopf und öffnete auch die Wohnungstür. Sie hörte, wie jemand hereinkam. »*Andreas!*« Er stand grinsend, mit allerlei Dingen bepackt, vor ihr. Leonie war verdattert … Und ein wenig beschämt: Sie musste ja furchtbar in ihrem alten Pyjama aussehen! Sie fühlte, wie sie rot wurde. Verlegen wie ein kleines Mädchen …

»Also, als Arzt muss ich doch wissen, wie es dir geht?«, besorgt blickte Andreas in den Raum. »Und so dachte ich mir, ich bringe dir Suppe zur Genesung, drei wunderbare Filme zur Unterhaltung und mich für deine Seele, mit.« Mit einem schelmischen Lächeln zeigte Andreas auf seine Schätze.«

In dem Moment erschien auch Marlene im Zimmer. Mit weiblicher Intuition durchschaute sie die Situation. Schelmisch lächelte sie ihrer Freundin zu: »Meine Liebe, ich habe dir einige Semmeln zur Stärkung gebracht. Erhol dich gut! Ich muss leider schon wieder los«, sie hob die Hand zum Abschied und verschwand so schnell wie sie gekommen war.

Andreas blickte fragend auf seine Suppe und Leonie zeigte mit dem Kopf auf die Küchenzeile. Als er ihr den Rücken zuwandte, sauste sie ins Bad, wusch, kämmte und schminkte sich flüchtig. Im Jogger tauchte sie wieder auf und schlüpfte verstohlen unter die Decke. Andreas servierte einen Teller wohlriechender Hühnersuppe. Erst jetzt bemerkte sie, wie hungrig sie war. Mit Bedacht kostete sie die heiße Köstlichkeit. In der Suppe schwammen kleine Karotten-, Sellerie-, und Hühnerfleischstückchen. Die Energiebombe brachte Löffel für Löffel ihre Kraft zurück. Sie aß den ganzen Teller auf.

»So, welchen Film willst du sehen?« Andreas legte die DVDs vor Leonie, doch sie konnte sich nicht entscheiden und so schlug er vor, doch alle anzusehen.

»Beginnen wir mit »Die Hütte – ein Wochenende mit Gott«, dann »Titanic« und zum Schluss ›Superman‹!«, lachte er und setzte sich neben Leonie. Kurz schmiegte sie sich an ihn. »*Nicht nachdenken!*«, versuchte sie ihre trüben Gedanken zu stoppen und gab ihm die Fernbedienung.

»Der Film ›die Hütte‹ handelt von einem Mann, der ein furchtbares Schicksal erlebt: Seine kleine Tochter wird ermordet. Schließlich begegnet er Gott!« Andreas gab eine kurze Inhaltsangabe und Leonie versuchte sich zu entspannen. Aber es war nicht möglich. Der Tod des Kindes ging ihr nahe …

Irgendwann drückte Leonie aufgebracht die Stopptaste. Verständnislos fragte sie Andreas: »Wie kann ein Mann, dem sein Kind getötet wurde, überhaupt damit umgehen??«

Andreas legte seinen Arm um ihre Schultern und nahm ihr die Fernsteuerung aus der Hand. »Lass uns den Film doch einfach fertig ansehen! Dann können wir darüber reden.«

»Nein, so eine Geschichte ertrage ich jetzt nicht! So viel Böses kann man sich doch nicht ansehen!«

»Solange es im Universum den freien Willen gibt, wird sich der Böse seinen Weg suchen. So erklärt es im Film jedenfalls die Weisheit, die als Person auftritt, dem Vater, als er wissen will, warum Gott den Mord zugelassen hat«, erzählte Andreas den weiteren Verlauf der Geschichte. »Der

Böse verführt uns Menschen und versucht uns in schlimme Situationen zu bringen. Aber es liegt an uns, das Gute zu tun. Uns für das Gute und Richtige zu entscheiden.«

»*Böse. Situationen. Das Gute tun!*«, Leonie sah, dass ihre Hände schützend um ihren Bauch lagen. In dem Moment erinnerte sie sich an die Schmerzen vom Morgen. »*Trotz allem, kann und werde ich dieses Kind nicht bekommen!*« Plötzlich musste sie weinen.

Andreas zog sie an sich und nahm sie in die Arme.

»*I möchte so gern landen, möchte in deiner Nähe bleiben!*« Das Lied von Maria Bill kam ihr in den Sinn.

Da hörte sie die Anfangsmelodie des Films »Titanic«. Während die Klänge durch den Raum schwebten, hob Andreas ihr Gesicht zu sich hinauf und flüsterte: »Komm, meine Schöne, nehmen wir uns Zeit, um gemeinsam das Gute zu suchen!«

Kapitel 27

»*Welch' herrlicher Tag!*« Leonie genoss die zügige Radtour. Der Fahrtwind wehte ihr entgegen und gab ihr das Gefühl, fliegen zu können. Gertrud hatte sie heute zum Frühstück eingeladen und das war für Leonie eine willkommene Ablenkung. Ihr Gedankenkarussell drehte sich immerfort und sie hoffte, mit diesem Ausflug ihre Grübelei stoppen zu können. Die gestrige Zeit mit Andreas war schön gewesen, trotz ihrer Traurigkeit. Sie hatten nur einen Film angeschaut, denn einmal mit dem Reden begonnen, konnten sie nicht mehr aufhören.

Wieder hatte Andreas von seinem Alltag und von seinen Projekten erzählt. Durch seine Begeisterung erkannte Leonie, dass man solchen Einsatz nur aufbringen kann, wenn man etwas mit voller Überzeugung und aus Liebe tat. Wenn Andreas vom »Schutz des Lebens« sprach und damit ungeborene Kinder meinte, fing Leonies Herz wie wild zu pochen an ….

Da Sonntag war, konnte sie keinen Schwangerschaftstest kaufen und so musste sie die Ungewissheit noch einige Stunden aushalten. Am Morgen hatte sie die schon vertraute Übelkeit geweckt … Doch jetzt freute sie sich auf Gertrud und auf Marlene, die auch zum Frühstück kommen würde.

Wie sehr war sie mit diesem kleinen Haus verbunden! Immer wieder erinnerte sich Leonie an die herrlichen Sommer, die sie hier mit Lilly und Omi verbracht hatte. Als sie eintrat, saß Marlene schon im Garten und plauderte mit Omi. Leonie beobachtete ihre Freundin, die sich nicht nur sehr klug ausdrücken konnte, sondern das Gesagte mit dem ganzen Körper unterstrich. Da kamen ihre italienischen Wurzeln mütterlicherseits zutage. Sichtlich zog Marlene Omi in ihren Bann.

»Hallo, meine Süße!« Gertrud entdeckte Leonie: »Stell dir vor, Marlene will nun doch Medizin studieren!« Nach der Abtreibung des gemeinsamen Kindes und dem Unfalltod ihres Freundes hatte Marlene alles abgebrochen, was sie mit dem alten Leben verbunden hatte. Schule, Familie und auch ihre damaligen Zukunftspläne. Statt zu studieren, hatte sie die Ausbildung zur Krankenschwester gemacht.

»Was? Du willst Medizin studieren?« Erstaunt sah Leonie ihre Freundin an. »Ich dachte, du bist in deinem Beruf glücklich?«

»Bin ich auch. Aber ehrlich, als Ärztin hätte ich doch bessere Möglichkeiten, Frauen zu helfen, sich für ihr Kind zu entscheiden«, antwortete Marlene mit einem leichten Lächeln auf ihren Lippen, um dann aber ernst zu werden. »Wir sollten Frauen und Männer besser aufklären! Wenn jeder nur mit dem ins Bett gehen würde, mit dem er sich ein Kind vorstellen könnte, dann würde es so gut wie keine Abtreibungen geben – liege ich da richtig?«, wandte sich Marlene an die alte Dame.

Gertruds Gesicht wurde dunkelrot. »Ja, du hast wahrscheinlich recht. Wenn ich das damals gewusst hätte, hätte ich mir viel Leid erspart«, antwortete die Großmutter langsam. Wie Messerstiche trafen diese Sätze Leonie. Sie zuckte unmerklich zusammen.

Trotzdem fuhr Gertrud mit fester Stimme fort: »Ich wusste damals nicht, dass Sex viel mehr Ebenen anspricht, als nur die körperliche. Wir glaubten, dass wir durch beziehungslos gelebte Sexualität glücklich werden könnten. Mittlerweile weiß ich, dass es um viel mehr geht, als nur um die körperliche Vereinigung! Erst durch meinen Mann lernte ich, was Nähe, Zärtlichkeit, Achtsamkeit und Hingabe bedeuten! Erst in der wahren Liebe ist Sexualität wie ein Hineinschauen in den Himmel!« Nun lächelte Gertrud.

»Also, Omi! Du sprichst schon wie Mama!« Leonie verdrehte die Augen: »Aber Marlene, sag das noch einmal.« Ungläubig wandte sich Leonie an ihre Freundin. »Du meinst, man sollte wirklich nur mit demjenigen schlafen, mit dem man sich ein Kind vorstellen kann? Das würde ja heißen, ich kann mit niemanden mehr Sex haben. Denn bis ich mir mit einem Mann eine Familie vorstellen kann, vergeht bestimmt noch eine lange Zeit ... Und das in einer Gesellschaft, die es als Privileg betrachtet, alles, was man will, bekommen zu können – und das natürlich sofort!«, Leonie war höchst aufgebracht: »Wie soll das gehen?«

Marlene war überrascht von Leonies plötzlichem Aufruhr: »Eben, und genau deswegen möchte ich viel über Sexualität lernen. Ich will wissen, wie sie sich auf unser Gefühlsleben, auf unseren Körper und auf unsere Beziehungen auswirkt. Durch die neuen Zugänge, vor allem in der Hirnforschung, wird das Wissen über unsere Sexualität in den kommenden Jahren wohl revolutioniert werden. Da möchte ich dabei sein, denn wenn wir die geheimnisvollen Zusammenhänge besser begreifen, dann werden wir vorsichtiger mit unserem Körper umgehen. Und vielleicht verändert sich dann auch unsere Haltung zur Sexualität ...«

»Und du glaubst Medizin ist da der richtige Zugang?«, schaltete sich Gertrud ein.

»Ja, das glaube ich.« Marlene blickte selbstsicher in die kleine Runde: »Leonie, kannst du dich erinnern, wir haben vor kurzem darüber gesprochen, wie wichtig für jeden Menschen Selbstannahme ist. Nach diesem Abend habe ich mir Gedanken über mich und meine Zukunft gemacht. Dann las ich ein Gebet, in dem Jesus gedankt wird, dass er aus Verwundungen Erfahrungen macht. Ja, und wenn ich mich selbst annehmen soll, dann muss mir klar sein, dass die Tötung meines Kindes eine große Verwundung für mich ist. Diese Verwundung sollte sich aber irgendwann in eine Erfahrung wandeln. Mein größtes Anliegen wäre, Menschen fundiert erklären zu können, dass Sexualität etwas ganz Besonderes ist. Das wir nicht mit jedem ins Bett gehen sollten und dass Abtreibung der falsche Weg ist.« Die Reaktion abwartend, musterte Marlene die beiden. Dann fuhr sie leise fort: »Und vielleicht kann ich dadurch auch die dunklen Schatten, die mich seit dem Verlust meines

Kindes verfolgen, endlich loswerden. Vielleicht kann ich die Schlange endlich besiegen!«

Leonie lächelte gequält. Ihr Blick traf den ihrer Oma. »*Sie weiß es!*« Leonie fühlte sich ertappt! Tränen stiegen ihr in die Augen. Hastig stand sie auf und verschwand ins Bad. Erst vor kurzem war sie vor diesem Spiegel gestanden und hat sich so geschämt …

»*Vielleicht hat Marlene doch damit Recht, nur mit demjenigen ins Bett zu gehen, mit dem man sich ein Kind vorstellen kann.*« Leonie wusch sich das Gesicht mit eiskaltem Wasser. »*Vielleicht geht es in der Sexualität wirklich um mehr?*« Bilder des One-Night-Stands stiegen in ihr auf. Marco. Scham machte sich in ihr breit. »*Sexualität braucht mehr. Mehr Nähe, mehr Vertrauen, mehr Wissen, mehr Liebe. Was soll ich nur tun, wenn diese Sache Folgen hat?*« Leonie seufzte.

Kapitel 28

Leonies Herz schlug schneller! Auf einmal wurde sie wie von einem unsichtbaren Seil nach draußen gezogen. Der Fokus ihrer Aufmerksamkeit war auf den jungen Mann in einer Gruppe von Jugendlichen gerichtet.

So stand sie nun vor Angelikas Bar und blickte zum Brunnen, auf dem die geliebte Statue aus der Mozartoper ruhte. Andreas, seine Gitarre umgehängt, hatte ihr den Rücken zugewandt und scherzte mit den jungen Leuten. Fröhlichkeit ging von dieser kleinen, sehr verbunden wirkenden Gruppe aus. Als ob sie ihn mit einem Pfeil getroffen hätte, drehte sich Andreas plötzlich zu Leonie um. Sein Lächeln ließ Leonies Gesicht aufleuchten. Nichts war gesteuert, geplant oder inszeniert. Einfach Sehnsucht, Anziehung …

Andreas bewegte sich langsam auf sie zu. Mit einem Winken verabschiedete er sich von den anderen, ohne aber den Blick von Leonie zu lösen.

»Hallo, meine Schöne«, begrüßte Andreas Leonie und nahm sie ganz selbstverständlich in seine Arme. Erst gestern hatte er sie so gehalten. Sie schloss die Augen. Angekommen …

Als sie den Blick hob, erhaschte sie eine Bewegung hinter dem großen Fenster des Lokals. Sie sah ihre Freundinnen lachen und sich schnell ins Dunkel zurückziehen. Leonie schälte sich aus der Umarmung und lächelte Andreas an, während sie ihn an die Hand nahm und ihn in die schmale Gasse Richtung Altstadt führte.

»Kannst du einfach weg?«, wollte Andreas wissen und blieb für einen Augenblick stehen, doch Leonie zog ihn mit sich. Hand in Hand gingen sie über den Mozartplatz, am Glockenspiel vorbei, um vor dem großen Brunnen auf dem Residenzplatz zu stoppen. Drei nackte, muskulöse Männer stemmten Delphine in die Höhe. Diese hielten eine Schale, aus der ein gigantischer Wasserstrahl in die Höhe schoss. Leonie war schon hunderte Male an diesem imposanten

Wasserspiel vorbeispaziert, aber dieses grandiose Zusammenspiel war ihr noch nie aufgefallen.

»Also, diese drei Burschen kenne ich noch gar nicht.« Verwundert betrachtete Leonie das Kunstwerk.

»Ja, weil du bis jetzt keinen Blick für männliche Schönheit hattest!«, grinste Andreas schelmisch.

»Aber warum habe ich diese Figuren wirklich übersehen? Heute ist mir plötzlich klar, dass sie uns in elementarer Form jene pure Männlichkeit vermitteln, die uns Frauen so imponiert.« Berührt von der Schönheit um sich, fühlte sich Leonie frei, solche Gedanken zu äußern.

Andreas legte seinen Arm um Leonie: »Vielleicht ist den Menschen in unserer Zeit diese Schönheit nicht mehr bewusst, die die Künstler früher in vielen Bau- und Kunstwerken auszudrücken versuchten.«

»Und was ist das Besondere an Delphinen? Warum werden so oft genau diese Tiere dargestellt?«, wollte Leonie wissen: »Auch in Rom habe ich viele Brunnen mit ihnen gesehen.«

»Bei Delphine denke ich an Anmut, Schönheit und Freiheit. Auch Intelligenz kommt mir in den Sinn. In Frankreich war dieses Tier früher auf vielen Wappen«, überlegte Andreas.

»Und dieser flinke Wasserstrahl erinnert mich an das Dahinschnellen der schlanken, grauen Gestalten auf der Meeresoberfläche. Man könnte sie mit Pfeilen vergleichen, die in einer enormen Spannung durch das Wasser fliegen.« Das anmutige Bild vor Augen, schmiegte sich Leonie an Andreas.

Andreas blickte auf das Kunstwerk und philosophierte in die Abendstimmung hinein: »Du hast recht, dieser Brunnen drückt Spannung aus. Spannung zwischen den vier Pferden, den drei nackten Männern, den zwei Delphinen und dem in die Höhe schnellenden Wasserstrahl. Spannung, Schönheit und Freiheit.«

Ein Gefühl, noch kein fertiger Gedanke, kam Leonie. Sie schob Andreas von sich und setzte sich auf den

Brunnenrand. »Glaubst du, dass es zwischen Mann und Frau auch solche Spannungen geben soll?«

Andreas lächelte sein hübsches Gegenüber an und spürte genau diese Spannung. Wie bei einem gezogenen Pfeil. Gespannt aufs Äußerste.

»Bingo – ins Schwarze getroffen! Ich bin davon überzeugt, dass zwischen Mann und Frau immer wieder Aufregung und Spannung herrschen muss. Spannung in positiver, leidenschaftlicher – auch erotischer Ausprägung. Ohne sie wäre eine gelungene Beziehung nicht denkbar. Dieser Zustand der Spannung, gleich einem Pfeilbogen, gleich den Delphinen, wenn sie ungestüm und glänzend aus dem Wasser schnellen, sollte immer wieder entstehen, um zum passenden Moment gelöst und abgeschossen zu werden.« Einen kleinen Schritt auf Leonie zugehend, bildeten Andreas' Arme einen Schützen, der einen Bogen zog. »Aber nur in gelebter Verantwortung kann sich diese Spannung zwischen Mann und Frau auf befreiende Weise lösen.« Andreas stand nahe bei Leonie und blickte tief ihn ihre Augen …

»Aber sollte man nicht üben? Sollte man den Pfeil nicht öfters abschießen, bevor man in den Wettkampf gehen kann?« Leonie wurde etwas rot, während sie das aussprach.

»Ja, das glauben viele! Bleiben wir noch bei den Delphinen. Sie können nur ein gutes Leben führen, wenn sie sich in ihrem natürlichen Lebensraum bewegen können. Für ein gelingendes Leben brauchen wir Menschen Sicherheit und Freiheit. Grundlage dafür ist Verantwortung. In dem Wort Verantwortung steckt Antwort. Antwort an mein Gegenüber. Um gute Antworten geben zu können, brauchen wir aber einen geschützten Raum. Zwischen Mann und Frau ist die Ehe dieser Raum der Entfaltung.«

»Puh, das klingt anstrengend, sind wir nicht aus diesen alten, starren Mustern schon lange befreit?« Leonie tauchte ihre Hände in das kühle, erfrischende Nass und blickte am Brunnen hoch.

»Obwohl du schon so oft an diesem Kunstwerk vorbeigekommen bist, ist es dir nicht aufgefallen. Vielleicht haben wir in unserer Hektik und in unserem geschäftigen Leben vergessen, auf die Großartigkeit dieser Stadt und ihrer Kunstwerke zu achten. Vielleicht haben wir aber auch das Wertvolle unserer Beziehungen, Ehen und Familien aus den Augen verloren. Wir müssen wieder lernen, die positive Herausforderung in all dem zu sehen und darauf zu antworten. Auch wenn das manchmal nicht so einfach ist und ganz schön viel Spannung erzeugt.« Nachdenklich blickte Andreas auf die Kulisse der abendlichen Stadt.

»Aber vor allem die Spannung zwischen Mann und Frau macht ja unser Leben schön und aufregend.« Mit einem Lächeln hob Andreas Leonie vom Brunnenrand und drückte sie an sich: »Der Satz, ich liebe dich, heißt, dass ich Verantwortung übernehmen möchte.«

Andreas' Gesicht kam ihrem ganz nahe und er flüsterte: »Ich liebe dich!«

Kapitel 29

Ein Lächeln, das aussah, als ob es festgefroren wäre, starrte Andreas aus dem Spiegel entgegen. Eigentlich sollte er glücklich sein, weil er gestern Leonie seine Liebe gestanden hatte, aber dann hatte der Abend einen seltsamen Verlauf genommen …

Mit Leidenschaft hatte Leonie auf seinen Kuss geantwortet. Und Andreas hatte gefühlt, dass sich zwischen ihnen eine enorme Spannung aufbaute! Wie in einem geheimnisvollen magischen Spiel.

In diesem intimen Augenblick schlug plötzlich eine Glocke! »*20 Uhr – die Josefsglocke!*« Als hätte ihn der Blitz getroffen, schob Andreas Leonie von sich weg. Er nahm einen tiefen Atemzug. Der Glockenschlag hatte Andreas zurück in die Wirklichkeit gebracht. Josef konnte sich zurückhalten, er respektierte Maria, er hatte sich im Griff… Andreas merkte, dass das alles nicht so einfach war, dass er zu kämpfen haben würde, wenn er mit Leonie seine Ideale leben wollte.

»Ich liebe dich!« Sehnsüchtig sah er Leonie an. »Ich liebe dich, aber ich werde auf dich warten.«

»Warten …?«, verständnislos hatte die junge Frau Andreas angestarrt. »Was meinst du damit?«

»Dass ich mit dir zusammen sein will, aber nicht mit dir schlafen werde. Noch nicht! Ich will auf die Ehe warten, das ist der Rahmen, in dem ich Sexualität leben möchte. Auch wenn es eine große Herausforderung für mich ist – gerade jetzt… « Ihm war es schwergefallen, das zu sagen.

Nachdenklich starrte Andreas in sein noch unrasiertes Gesicht. Traurig, sich selbst einen Idioten schimpfend, dachte er an den weiteren Verlauf des Abends. Leonie hatte sein Verhalten als Abfuhr interpretiert, war gekränkt und zornig gewesen. Schließlich war sie gegangen. Andreas war ihr nachgeeilt und hatte versucht zu erklären, doch Leonie hatte ihm ihre Enttäuschung entgegengeschleudert: »Du mit deinen altmodischen Sichtweisen. Sex nur in der Ehe!? Das gibt es doch nicht, dass du das ernst meinst?! Was ist, wenn ich gar nicht heiraten will?«

»Was ist, wenn ich gar nicht heiraten will?«, hallten Leonies Worte in Andreas nach.

»Was ist, wenn sie gar nicht heiraten will?«, wiederholte er gegenüber Stefan, seinem Freund und Ratgeber, den er in seiner Verzweiflung aufgesucht hatte. »Was mache ich wirklich, wenn sie nicht heiraten will? Du weißt, für mich ist die vor Gott geschlossene Ehe ein bedeutendes Sakrament. Dieser heilige Bund ist für mich so groß und kann deshalb nur mit Gottes Hilfe gelingen.«

»Erzähl einmal. Wie ist Leonie überhaupt zu dieser Aussage gekommen? Hast du ihr einen Antrag gemacht?«, wollte Stefan von seinem verwirrten Freund wissen.

»Nein, so weit sind wir noch nicht, aber ich habe ihr meine Liebe gestanden und dann ist der Abend gehörig misslungen … Wir spazierten durch die Stadt und haben den Brunnen auf dem Residenzplatz bewundert. Leonie war das erste Mal die Erotik dieses Kunstwerkes aufgefallen. Wir hatten in sinnlichen Bildern von Spannung, Freiheit und Verantwortung gesprochen und zwischen uns entstand so eine erotische Spannung … Jedenfalls gestand ich ihr meine Liebe. Wir küssten uns leidenschaftlich, aber dann läutete die Josefsglocke. Wir gerieten in Streit über meinen Anspruch, Sexualität erst in der Ehe zu leben!«

»Also, jeder normale Mann würde dich jetzt zum Club der Volltrottel zählen.« Schelmisch lächelte Stefan Andreas an.

»Na, hör mal! Du warst derjenige, der uns auf die Idee mit dem »Warten bis zur Ehe« gebracht hat. Du hast uns erklärt, warum es richtig ist, keinen Sex vor der Ehe zu haben und jetzt nennst gerade du mich einen Volltrottel?« Andreas war extrem irritiert.

»Du hast natürlich recht mit deinen Vorsätzen und ich bin davon überzeugt, dass sich die Schönheit der Sexualität nur in einer Ehe, in einer sicheren Beziehung zur Vollkommenheit entfalten kann. Romano Guardini sagte: ›Die Moderne muss die Liebe als etwas viel Weiträumigeres denken, als sie es tut‹. Liebe, gerade die körperliche Liebe, braucht, um in Weite, um in Freiheit und dadurch in die absolute Schönheit eintauchen zu können, einen geschützten Raum. Das ist die Ehe. Die körperliche Liebe ist wirklich viel umfassender und größer als wir es in unserer Zeit auch nur annähernd bedenken. Das aber sieht die heutige Gesellschaft nicht und deshalb versteht auch Leonie deine Abwehr nicht. Die Moderne glaubt eben, dass es sich nur um ein körperliches Vergnügen handelt und sieht nicht die Tiefe des Geschehens.« Wie immer erklärte Stefan in ausführlicher Weise seine Sicht.

»Aber was tue ich, wenn Leonie gar nicht an diese Schönheit glaubt? Ist sie dann überhaupt die Richtige?«

»Dieses Sakrament ist das einzige, das sich Mann und Frau gegenseitig spenden. Denke an die Bibelstelle, die du so magst!«, forderte Stefan seinen Freund auf.

»Sie werden ein Fleisch werden. Sie werden eins werden.« Plötzlich erhellte sich Andreas' Antlitz und er erinnerte Stefan an den Helden seiner Kindertage. Lächelnd sah er gleichsam Wickies gelbe Sterne hinter Andreas aufsteigen. »Also, du meinst, dass wir durch unsere Liebe beide am Gleichen mitwirken können? Dass Leonie durch meinen Glauben am Glauben teilhaben kann?« Andreas gefiel der Gedanke immer mehr und immer heller wurde die Freude in ihm.

»Meine Frau hat mir zu diesem Thema aus einem Roman vorgelesen: Gertrud von le Fort schreibt Folgendes dazu.« Stefan nahm sich ein Buch aus dem Regal, schlug es an einer markierten Stelle auf und begann zu lesen: »*Jede wahre Liebe besitzt eine Beziehung zur Urliebe, durch die Gott alles erschaffen hat* …« Stefan sah Andreas an: »Das heißt: wenn du, der du Gott liebst, Leonie liebst, so ist sie durch dich in diese Liebe Gottes mit hineingenommen. Sei also durch deine Gottesliebe ihre Verbindung mit Gott. Die Frage der Ehe wird sich lösen, wenn es Zeit dafür ist. Ich hoffe und vertraue darauf, dass es uns, die wir Gott lieben, gelingt, jene Menschen, die wir lieben, zu Gott zu bringen. Nicht mehr, aber auch nicht weniger.«

»Und das wäre die Lösung? Ich soll Leonie auf meine Art lieben und sie wird dadurch zu Gott finden und einen Weg mit mir gehen können?« Andreas erinnerte sich an ihren erbosten Abgang und schüttelte zweifelnd den Kopf.

»Ich an deiner Stelle würde es auf jeden Fall versuchen!«, ermutigte ihn Stefan.

Kapitel 30

»*Anstelle des einen großen Kreuzes klumpen sich viele kleine zusammen, wirr durcheinander, stachelig wie ein Igel, wenn man sie in die Hand nimmt. Nichts Gewaltiges, eigentlich leicht zu tragen, trotz allem aber schmerzhaft, stechend.*«

Schatten. Diesen Schatten, der seit Leonies überstürzten Aufbruch über ihrer Beziehung hing, kannte Andreas nur zu gut. Dieser Schatten ließ sein Herz seit dem letzten Treffen Alarm schlagen. Das Treffen mit Stefan hatte ihn zwar etwas beruhigt, aber er spürte immer noch Zweifel. Bevor er heute zur Probe gegangen war, hatte er ein Buch der deutschen Philosophin Hanna-Barbara Gerl-Falkovitz zur Hand genommen. Darin schmökerte er oft und gerne: »… *klumpen sich viele kleine zusammen, wirr durcheinander, stachelig wie ein Igel, wenn man sie in der Hand hält!*« Auch ihm kam es vor, als ob viele kleine Kreuze sein Leben bestimmten. »*Eines davon ist die Sorge um Leonie. Eines davon unser gegenseitiges Unverständnis. Eins davon …*« Er wagte sich den Gedanken gar nicht richtig zu denken: »*… meine eigene Kindheit …!*«

»Lobe den Herrn, lobe ihn meine Seele …« Andreas versuchte sich auf seinen Chor zu konzentrieren. *Leonie.* Immer wieder kam ihm das letzte Zusammensein mit ihr in den Sinn. Immer wieder schoben sich ihre fragenden Augen vor sein Gesicht. Normalerweise konnte er sich, wenn er seine Sänger dirigierte, darauf einlassen. Doch heute fühlte er sich unruhig und aufgewühlt. Leonie in ihrer charmanten und trotzdem skeptischen Art, hatte in ihm eine Tür geöffnet. »*Ob ich sie sehr verletzt habe? Sie ist intelligent und es macht Spaß, mit ihr zusammen zu sein. Sie ist heiter und kann auch traurig sein. Sie ist stark und verletzlich. Wird sie mich je verstehen?*« Während er das Lied fertigdirigierte, schweiften seine Gedanken immer wieder ab.

Plötzlich tauchten altbekannte Bilder aus seiner Kindheit in ihm auf: »Weißt du, wann Mama wiederkommt?« Ängstlich sah Michael zu seinem großen Bruder Andreas hoch. »Bald! Du wirst sehen, zu deinem Geburtstag ist sie bestimmt wieder da«, versuchte Andreas Michael zu beschwichtigen. In Wirklichkeit wusste er selbst nicht, wie das alles weitergehen sollte. Die Mutter, war immer wieder für längere Zeit unterwegs und durch die vielen Streitereien mit ihrem Mann wurden die Abstände zwischen den Reisen immer kürzer und die Zeiten ihrer Abwesenheit immer länger. Mit seinen 17 Jahren versuchte Andreas seinen Vater im Haushalt und bei der Betreuung von Michael so gut wie möglich zu helfen, aber beide konnten dem Kleinen die Mutter nicht ersetzen. Und so schwebten Abschied und Einsamkeit über dem Männerhaushalt.

»Mama, könntest du nicht mehr für Michael da sein? Er braucht dich. Er vermisst dich so sehr!«, hatte Andreas am Telefon auf seine Mutter eingeredet.

»Ich werde am Donnerstag um 15 Uhr mit dem Flieger landen und bin bestimmt um 17 Uhr bei euch zu Hause. Ich nehme eine Geburtstagstorte mit und habe für Michael schon eine dieser neuen Figuren gekauft«, hatte Claudia versprochen.

»Mama, Pokémon mag er schon lange nicht mehr. Du musst kommen! Bitte versprich es und vor allem: halte es auch!«, rief Andreas wütend ins Handy. Diese Versprechungen kannte er schon zur Genüge. Er befürchtete, dass sie auch diesmal wegen einer dringenden Sitzung nicht kommen würde. Ihm war es egal, aber wenn er seinen kleinen Bruder so verlassen sah, brach es ihm das Herz.

Helmut betrat das Zimmer und sah seinen Ältesten mit hängenden Schultern auf dem Bett sitzen. Er hatte die letzten Worte des Gesprächs gehört. Dieser große, durchtrainierte Kerl sah so zerbrechlich aus. Er setzte sich neben seinen Sohn aufs Bett.

»Hallo, mein Großer!«, begann der Vater: »Ich weiß, unsere Familiensituation ist nicht leicht zu ertragen. Aber glaubst du, du kannst die Situation ändern? Deine Mutter möchte nun mal gerne arbeiten und sie genießt es, Erfolg zu haben. Es steht uns nicht zu, sie davon abzuhalten. Du weißt, jeder hat nun mal seine Freiheit. Für uns wird es leichter, wenn wir lernen, uns für sie zu freuen«, versuchte Helmut seinen Sohn zu beruhigen. »Wir können das Kind ja ganz gut schaukeln und du musst zugeben, wir sind ein brauchbares Team.« Aufmunternd klopfte der Vater seinem Sohn auf den Rücken. »Ich weiß, es ist oft schwierig zu akzeptieren, wenn geliebte Menschen aufgrund des Verhaltens eines anderen zu leiden haben. Trotzdem kannst du daran nichts ändern. Außer für Michael da zu sein und ihm deine Liebe zu schenken. Glaub mir, mit Gottes Hilfe werden diese Verwundungen zu Erfahrungen«, versuchte Helmut die Last von Andreas' Schultern zu nehmen.

»*Verlassenheit!*« Dieses Gefühl hatte Andreas auch bei Leonies Abgang wahrgenommen. War diese Stimmung von ihr allein ausgegangen oder wurde er an seine eigene Geschichte erinnert? Fürchtete er immer noch, dieselben Verwundungen wieder zu erleiden und den Schmerz fühlen zu müssen? Damals hatte er gedacht, nur der kleine Bruder würde die Mutter vermissen. In Wahrheit hatte sie ihm genauso gefehlt. Andreas glaubte zu wissen, warum er Verlassenwerden und Verlust so sehr fürchtete. Es erinnerte ihn daran, dass die Sehnsucht nach Liebe tief in seinem Herzen verankert war. Geliebt zu werden und auch lieben zu dürfen. Die dunkle Traurigkeit, die von Leonie auszugehen schien, hatte etwas in ihm ausgelöst.

Andreas tauchte aus seinen Gedanken auf und es gelang ihm, sich der Musik hinzugeben. Der Lobpreis gab ihm Vertrauen und Hoffnung.

»*Ja, dem Stolpernden streckt sich die Hand entgegen*«, kam Andreas ein weiterer Satz aus dem Buch von heute Morgen in den Sinn. Die Hoffnung schenkte ihm plötzlich neue Gedanken. »Ich werde *Leonie die Hand reichen und ihr zur Seite stehen. Ich werde sie auffangen, wenn sie fällt, denn ich werde sie einfach lieben ...«* Während die Stimmen zum Schlussgesang anhoben, durchströmten ihn Zuversicht und neue Hoffnung.

Kapitel 31

»*Balken! Balken, die mich aus der Bahn werfen! Die mich von meiner geplanten Zukunft trennen! Balken, die mein Leben zerstören ...*«

Schwanger! Es waren zwei dünne blaue Striche, die sich wie schwere Balken anfühlten.

Schwanger! Leonie hockte auf der Toilette der Anwaltskanzlei. Sie weinte. »*Es war doch nur ein One-Night-Stand. Marco. Ich kenne nur seinen Vornamen. Mehr nicht. Was soll ich tun? Ich will das Kind nicht. Nicht jetzt! Wofür habe ich so lange studiert?*«

Leonie machte sich frisch. Für heute Morgen war in der Kanzlei eine wichtige Besprechung einberufen worden und diese Sitzung sollte gleich beginnen. Leonie kühlte das Gesicht und versuchte die Spuren der Tränen zu beseitigen. Sie begann ihr Make-up zu erneuern und mit jedem Wimpernstrich richtete sie sich ein klein wenig auf. Als sie sich die Lippen in einem frischen Rot nachzog, gelang ihr sogar ein kleines Lächeln. »*Nein, ich werde durch dieses Missgeschick nicht mein Leben kaputtmachen!*«

»Unsere Partnerkanzlei hat letzte Woche bei uns angefragt, ob wir sie dabei unterstützen, das Thema Leihmutterschaft in Österreich gesellschaftsfähig zu machen. Leihmutterschaft ist in Österreich verboten, aber es ist kein Gesetz im Verfassungsrang und ergibt sich nur in der Zusammenschau verschiedener Paragraphen. Dazu kommt, dass das Thema innerhalb Europas rechtlich ganz unterschiedlich gehandhabt wird und das Europäische Parlament diesbezüglich immer liberaler wird in seinen Äußerungen. Für uns geht es nun darum, die Stimmung weiterhin in die Richtung zu gestalten, dass zum einen ein verfassungsmäßiges Verbot für Österreich völlig ausgeschlossen wird und zum anderen eine Entwicklung entsteht, die eine weitgehende Toleranz gegenüber Leihmutterschaft und langfristig Akzeptanz ermöglicht. Wir möchten eine Gruppe von jungen Juristen zusammenstellen, die sich mit dem Thema entsprechend auseinandersetzt«, erklärte ihr Chef. »Frau Steiner, wir haben dabei an Sie gedacht – Frau Steiner?«

»Wie soll ich mir das vorstellen?«, versuchte Leonie ihre Unaufmerksamkeit zu überspielen.

»So ganz klar ist das noch nicht, jedenfalls stellen wir aus drei Anwaltsbüros eine Gruppe von jungen Leuten zusammen, die die Gesetzeslage der Staaten, in denen Leihmutterschaft erlaubt ist, detailliert studiert. Das ist der erste Schritt, parallel laufen natürlich eine entsprechende individuelle Betreuung der Parlamentarier und eine Medienkampagne. Dann sollte diese spezielle Arbeitsgruppe unsere österreichische Gesetzeslage sondieren usw. ...«, erklärte der Anwalt.

Leonie hörte aufmerksam zu, bis sie ein leiser Piepton erneut abdriften ließ. Genau derselbe Piepton hatte sie in den letzten Wochen jeden Morgen geweckt. Andreas hatte ihr einen guten Tag gewünscht... Als sie an Andreas dachte, holten sie Traurigkeit und Ratlosigkeit wieder ein.

Eine Woche war vergangen, seit sie wusste, dass sie schwanger war und sie war immer noch unsicher. Sie musste sich entscheiden. Für oder gegen den neuen Job. Für oder gegen Andreas. Für oder gegen das Kind.

Andreas stand vor dem Dom und wartete auf sie. Leonie stand im Schatten einer großen Säule und beobachtete den geliebten Mann. Ja, sie liebte ihn. Eine Wolke aus Wehmut schwebte über ihr und Angst saß ihr im Nacken. Vor ihr bauten gerade Arbeiter der Salzburger Festspiele eine Bühne auf und sie erinnerte sich an die Aufführungen des »Jedermann« von Hugo von Hofmannsthal. Dieses Schauspiel, das vom Leben und Tod des reichen Mannes erzählte, wurde während der Sommerfestspiele hier auf dem Domplatz aufgeführt. Sie meinte die Rufe, die schaurig von überallher erschallen, zu hören. Die Stimmen riefen: »Jedermann!« Doch heute meinten sie nicht den Protagonisten des Theaterstücks, sondern Leonie hatte den Eindruck, die schicksalshaften Rufe galten ihr.

Leonie betrat den Platz, setzte ein Grinsen auf, in der Hoffnung, dass es als Lächeln durchgehen möge. Als sie Andreas auf die Schultern tippte, drehte er sich schwungvoll zu ihr, doch als er sie umarmen wollte, wich sie zurück.

»Hallo, meine Schöne! Ich habe dich vermisst«, glücklich strahlte Andreas sie an und schaffte es doch, sie in die Arme zu ziehen. Leonie erinnerte sich an den wunderbaren Moment ihres ersten Ausflugs. »*Das ist der Platz, an dem ich immer sein wollte …!*«

Abrupt löste sie sich von ihm.

»Ich muss mit dir reden. Komm, lass uns ein paar Schritte gehen!«, ohne seine Zustimmung abzuwarten, startete sie los. »Letzte Woche brauchte ich Zeit zum Nachdenken,« Leonie nahm einen hörbaren Atemzug und fuhr fort: »denn ich bekam ein sehr gutes Angebot von meiner Kanzlei. Ich soll für einige Monate nach Wien übersiedeln, um bei einem neuen Projekt mitzuarbeiten. Ich bekomme eine Wohnung zur Verfügung gestellt und verdiene sehr gut. Es ist ein interessantes, aber auch schwieriges juristisches Thema. Wenn wir Erfolg hätten, würde es die Probleme vieler Menschen verringern…«, mit schnellen Schritten ging sie Richtung einer stilleren Gasse. »Es werden anstrengende Monate und ich werde fast Tag und Nacht arbeiten müssen. Deshalb werden wir uns nicht mehr viel sehen können. Ich will aber auch keine Fernbeziehung!«

Andreas versuchte etwas zu sagen, er stand stumm vor ihr und merkte, wie sein Herz sich verhärtete.

»Heißt das, es ist zu Ende, bevor es richtig angefangen hat?«, stieß er schließlich gepresst hervor.

»*If I would tell you, how much you mean to me!*«, während Leonie unvermittelt den Song der Kellys in den Sinn kam, kämpfte sie mit ihrer Fassung. »Ja!« Leonie holte tief Luft: »Ich weiß, es hätte keinen Sinn. Lass es uns cool nehmen. Du bist hier in Salzburg glücklich und ich möchte unbedingt Karriere machen. Ich habe mich auf genauso einen Job vorbereitet. Ich habe keine Zeit für eine Beziehung. Also, lass uns einfach Freunde sein!« Sie versuchte ein Lächeln.

Andreas kannte diese Worte nur zu gut, er kannte diese Situation, er kannte die Geschichte. Er knickte ein. Sein Vater hatte so lange um seine Frau gekämpft. Sein Vater hatte verloren und heute verlor er. Mit fast nicht hörbarer Stimme begann er zu sprechen: »Wir könnten es trotzdem probieren…«, doch die Vergangenheit holte ihn blitzschnell ein. »Aber ich möchte dir nicht im Weg stehen. Jeder hat nun mal die Freiheit, sich so zu entscheiden, wie er glaubt, dass es für ihn gut ist.« Andreas drehte sich um und verließ hastig den Platz.

Leonie sah ihm unter Tränen nach. Sie hätte ihm nachlaufen wollen, ihn umarmen. Endlich zu Hause sein. Aber sie hatte keine Wahl. Wenn sie sich für das Kind entscheiden würde, könnte sie es ihm nicht zumuten. Wenn sie sich gegen das Kind entschied, wäre er für sie für immer unerreichbar.

»Zwei Balken. Ja, ich werde nach Wien gehen. Ich werde arbeiten und Karriere machen. Ich werde dieses Kind nicht bekommen.« Leonie blickte am Dom hoch, der von der untergehenden Sonne in goldenes Licht getaucht wurde. Dieser Platz sollte Trost und Hoffnung geben. Doch sie spürte nur das Gegenteil – Verzweiflung.

»I can't help myself. I love you, I want you, I want to talk to you, I want to be with you.« Andreas war aus ihrem Blickfeld verschwunden.

Balken, die ihr Leben änderten. Die sie aus der Bahn warfen. Die sie von ihrer geplanten Zukunft trennten. Balken, die ihr Leben zerstörten! »*Warum?*« Leonie sah noch einmal am Dom hoch und wandte sich zum Gehen.

Kapitel 32

»I can´t help myself. I love you!«, möchte sie ihm nachschreien, doch Andreas war verschwunden und der Schmerz, der durch ihren Körper hallte, war der ihres zerspringenden Herzens. Sie lief und lief und lief.

Leonie wachte auf, bedeckt mit kaltem Schweiß und nach Luft ringend. Mitternacht. Nach einigen erfolglosen Versuchen weiterzuschlafen, schaltete sie ihren Laptop ein.

»One-Night-Stand – schwanger – was tun?«, tippte sie in den Computer. Sofort wurden ihr einige Seiten vorgeschlagen. Sie klickte herum und fand sich auf einer Internet-Plattform wieder, mit einem geschwungenen S-förmigen Muster in gelb/schwarz als Hintergrund. Schlangen. Leonie wunderte sich über die ambivalenten Gefühle, die das in ihr auslöste: Abstoßend und faszinierend. Noch einmal stellte sie dieselbe Frage: »Ich bin nach einem One-Night-Stand schwanger. Was soll ich tun?«

»Abtreiben!« Unerwartet schnell antwortete jemand.

»Abtreiben natürlich!«, wiederholte CoolGirl.

»Ist das der Weg?«, wollte Leonie, immer bedrückter, wissen. Sie vergaß einen Nickname zu verwenden und schrieb ihren richtigen Namen unter den Chat.

»Ja, was denkst du denn? Willst du ein Kind von irgendwem?«, erwiderte CoolGirl schlagartig.

»Aber es ist ja auch mein Kind!«, wider Willen fand sich Leonie in einer Verteidigungsrolle.

»Eines ist klar, das ist noch kein Kind. Es ist nur ein Zellhaufen! Du brauchst dir gar nichts denken!«, klinkte sich eine zweite Person Namens Rosirot in den Chat ein. Leonie wunderte sich, wie viele um diese Zeit noch online waren.

»Nach einem One-Night-Stand kannst du dir kein Kind erlauben – oder bist du so reich?«, noch eine dritte Person, KarinEs, chattete mit.

»Ich bekam gerade ein gutes Angebot von meiner Firma und könnte viel für meine Karriere erreichen. In

Wirklichkeit kommt dieses Kind zur ungünstigsten Zeit!«, antwortete Leonie in den anonymen Raum.

»Die Antwort liegt doch auf der Hand. Abtreiben ist die beste, schnellste und einfachste Lösung!«, meldete sich CoolGirl wieder.

»Genau, und wenn du es klug anstellst, zahlt dir der Staat auch noch etwas dazu«, schrieb KarinEs.

»Du kannst später ein Kind bekommen, dann, wann es für dich am besten ist«, fand Rosirot.

»Du darfst auf keinen Fall auf dich selbst vergessen. Zuerst kommst du!« Eine vierte Stimme.

Leonie blickte verstört auf den Bildschirm. »*Alle raten mir zur Abtreibung. Ist es wirklich so einfach? Warum geht es mir dann schlecht? Warum leide ich seit Tagen?*« Völlig aufgewühlt klappte sie den Laptop zu und legte sich ins Bett. Plötzlich spürte sie etwas Weiches, Warmes, das sich an ihren Kopf schmiegte. Da brach der Damm und sie konnte endlich weinen. In der Dunkelheit starrten sie zwei gelbe Katzenaugen an, dann kuschelte sich Leo wieder auf den Kopfpolster. Durch das leise Schnurren ihres Katers schlief Leonie schließlich ein.

»Töte den Bastard!«, schrie ihr die Meute entgegen. Angstvoll und mit beiden Händen ihren Bauch schützend, stolperte Leonie rückwärts und versuchte, sich und ihr Kind dem Mob zu entziehen. Doch die Menschenschlange kam immer näher: »Töte den Bastard, töte den Bastard!«

Leonie fuhr hoch. 5 Uhr! Ganz unter dem Eindruck des Alptraums, stand sie auf und kühlte ihr Gesicht mit eiskaltem Wasser. Was für Bilder! Es dämmerte und sie brühte sich in der Küche einen starken Kaffee auf.

Die heiße Tasse mit beiden Händen umschließend, blickte Leonie in den Morgen. Sie dachte gar nicht nach, als sie ihren Laptop aufklappte. Er fuhr hoch und sofort erschien die Maske des Chatrooms.

»Hi! Guten Morgen!« Schwarze Buchstaben leuchteten ihr entgegen. »Wie geht es dir? Ich kann mir vorstellen, dass du eine ziemlich aufwühlende Nacht hattest. Hast du dich ausruhen können?«, lief der Cursor über den Bildschirm.

»Ehrlich gesagt, ich habe schlecht geschlafen und hatte einen fürchterlichen Traum«, antwortete Leonie automatisch.

»Das kann ich mir vorstellen. Du stehst ja wirklich vor einer schweren Entscheidung. Das ist keine leichte Situation für dich«, antwortete ein Unbekannter im Chatroom. Ein tröstliches Gefühl durchströmte Leonie. Sie war sicher, dass es sich um eine Frau handelte.

»Ja, so könnte man es nennen. Ich bin nach einem One-Night-Stand schwanger und ich will das Kind nicht!« Wieder machte sich Verzweiflung breit.

»Das war sicher ein großer Schock für dich. Bestimmt hattest du für dein Leben andere Pläne«, meinte die Fremde.

»Ich weiß nicht, warum gerade mir das passiert. One-Night-Stands sind ja keine Seltenheit. Aber gleich beim ersten Mal schwanger?«, schrieb Leonie einfach drauf los. »Das Dumme an der ganzen Geschichte ist, dass ich mich in einen anderen Mann verliebt habe. Er hat sehr konservative Ansichten und ich kann ihm das alles nicht erklären. Darum habe ich gestern mit ihm Schluss gemacht.«

»Und wie hat er darauf reagiert?«, wollte ihre Chatpartnerin wissen.

»Er hat gar nichts gemacht. Zwar glaube ich, dass er auch traurig ist, aber er sagte einfach, er akzeptiere meine Entscheidung, drehte sich um und verschwand!« Einsam tippte Leonie in den Computer und merkte, wie es in ihr immer dunkler wurde.

»Das ist bestimmt enttäuschend für dich.« Eine kurze Pause entstand, bevor sich der Cursor weiter vor ihren Augen bewegte. »Dann hast du ja nicht nur einen Schock zu verarbeiten!«

»Ja. Es fühlt sich wie eine große Niederlage an. Obwohl ich den ersten Schritt getan habe. Vielleicht hoffte ich, dass er um mich kämpft. Jetzt fühle ich mich nur noch mehr einsam und verlassen.« Erst jetzt wurde Leonie sich dieser Gefühle bewusst: »Deshalb werde ich diese Schwangerschaft beenden!«

»Du bist in einer wirklich schwierigen Situation und das tut mir sehr leid. Vielleicht suchst du, bevor du eine Entscheidung triffst, noch deinen Gynäkologen auf, um zu überprüfen, ob es überhaupt eine intakte Schwangerschaft ist.«

»Aber ich habe keine Zeit mehr. Ich glaube, ich bin in der achten Woche! In Österreich ist Abtreibung verboten, aber unter bestimmten Bedingungen bis zur zwölften Schwangerschaftswoche straffrei und deswegen muss ich handeln!«

»Ich kann mir vorstellen, dass dir eine Abtreibung schwerfällt, denn vielen Frauen geht es ähnlich ...«, wieder bleibt der Cursor vor Leonies Augen stehen. »Es ist ein sehr belastender Schritt. So würde ich dir raten, dir Zeit zu nehmen. Weißt du, um entscheiden zu können, ist es gut, auch andere Möglichkeiten zu erwägen. Ich glaube, du bist es dir selbst schuldig, das nicht zu übereilen und diese schwierige Entscheidung genau abzuwägen. Dann ist es für dich sicher leichter, inneren Frieden zu finden«, riet ihr die Unbekannte.

Leonie war einerseits überfordert von den offenen Worten ihrer Chatpartnerin, andererseits war es wohltuend, so klare Ansichten zu hören. Irgendwie spürte sie, dass sie hier unterstützt wurde. *Dem Stolpernden wird die Hand gereicht*«, kam ihr unerwartet in den Sinn. Sie nahm einen Schluck Kaffee, blickte in den heller werdenden Tag und eine kleine Hoffnung schien mit der Morgenröte aufzusteigen.

»Ping«. – Ihr Computer gab ihr das Zeichen, dass noch eine Nachricht eingetroffen war.

»Falls du noch mit mir chatten willst, ich heiße Heike und wir können noch gerne weiter plaudern. Bis dahin einen guten Tag«, verabschiedete sich die Unbekannte.

Eine zarte Hoffnung wuchs in Leonie: »*Hier in diesem anonymen Raum scheint es doch auch Menschen zu geben, die zumindest versuchen, mich zu verstehen.*«

»Tötet den Bastard!« Plötzlich erinnerte sie sich an den Alptraum. Ja genau, sie kannte diese Stelle aus einem Theaterstück, das sie damals sehr betroffen gemacht hatte. Die Beklemmung dieser Szene war augenblicklich wieder spürbar.

Leonie zog die Beine an und umschlang sie mit ihren Armen.

»Du bist es dir selbst schuldig.«

»Das alles sagte mir mein Herz, doch meistens hab' ich's nicht gehört. Kogong, kogong, es will durch den Beton!«, tönte es in diesem Moment aus dem Radio. Auch ihr Herz wollte durch den Beton! Die Melodie durchströmte sie. Sie fühlte die Wärme der aufsteigenden Sonne.

Getragen, hoffnungsvoll und – es erstaunte sie selbst – fast ein bisschen glücklich.

Kapitel 33

Nervös und aufgeregt traf Leonie vor dem modernen Bürogebäude ein. «*New York? Nein, Wien! Die gesamte Fassade eine Glasfront, wie cool das wirkte!*

Leonie stand vor dem hohen Gebäude und blickte freudig an der Front hoch. »*Heute beginnt mein neues Leben. Ein freies und erfolgreiches …*«

Leonie meldete sich an der imposanten Rezeption des Anwaltsbüros an. In dem ihr zugewiesenen Raum stockte ihr der Atem. Das Zimmer war kein normales Besprechungszimmer, sondern ein Saal! Er wurde von einem überdimensionalen, blankpolierten Tisch dominiert. Rundherum saßen schon an die 20 Leute. Jeder hatte vor sich einen aufgeklappten Laptop stehen.

»*Das wird sicher interessant!*« Ein Lächeln huschte über ihr Gesicht. Sie suchte einen freien Platz und landete zwischen einer adretten Dame und einem smarten Mann in den Vierzigern. Als es ruhiger wurde, blickten alle in ihre Richtung. Leonie schloss daraus, dass die Dame rechts von ihr eine wichtige Stellung innehaben musste.

»Guten Morgen, liebe Kolleginnen und Kollegen«, begann ihre Nachbarin sogleich. »Ich freue mich, Sie in unserer Kanzlei begrüßen zu dürfen. Heute soll eine gemeinsame Lobbyinitiative gestartet werden, die mittelfristig zu großzügigeren gesetzlichen Regelungen der Leihmutterschaft in Österreich führen soll. Wohlgemerkt, wir springen damit auf eine internationale Dynamik auf. Leihmutterschaft ist ein längst nicht mehr zu leugnendes Faktum und nun geht es darum, den Tatsachen ins Gesicht zu sehen, sie medial positiv zu framen und schließlich gesetzlich sauber und für alle Beteiligten vorteilhaft zu regeln.

»Bevor wir beginnen, möchte ich, dass wir uns alle kurz vorstellen. Meine Betonung liegt auf kurz, denn wir haben für heute noch sehr viel vor uns. Mein Name ist Marie Kensel, ich leite diese Arbeitsgruppe und bin seit 35

Jahren Juristin. Ich behandle meist Fälle, in denen es um Menschenrechte geht. Mein Hauptaugenmerk liegt auf Antidiskriminierung. Meine Mitstreiter*innen und ich haben schon viel für dieses Land erreicht. Für mich ist die Gleichstellung der Frau in unserer männerdominierten Gesellschaft das wichtigste Anliegen«, schloss Frau Kensel ihre Vorstellung.

Besorgt schaute sich Leonie um und hoffte, nicht als Nächste an der Reihe zu sein. Gott sei Dank, die Vorstellungsrunde setzte sich in die andere Richtung fort! Leonie versuchte sich auf die Anwesenden zu konzentrieren, aber immer wieder fiel ihr Blick auf die großgewachsene, gutaussehende Frau mit dem silbergrauen Kurzhaarschnitt. Die nächste Person war ein ca. fünfzigjähriger Politiker, danach folgte eine Juristin, die schon fünf Jahre in dieser Kanzlei tätig war. Ein junger Jurist, ein älterer Politiker und eine Politikerin, die in ihrem schrägen Outfit und mit den roten Haaren so gar nicht in diese seriöse Runde zu passen schien, waren die nächsten. Daneben wieder zwei Juristen und eine Marketingleiterin. Leonie wurde aus ihren Gedanken gerissen, als ihr linker Nachbar seinen Namen nannte. Der Herr neben ihr, der Leonie schon beim Eintreten bekannt erschienen war, stellte sich vor: ein bekannter Medienmogul.

Dann war Leonie an der Reihe. Etwas befangen, nannte sie ihren Namen und erzählte kurz, dass sie aus Salzburg sei.

»Ich freue mich, eine so kompetente und engagierte Gruppe um mich versammeln zu können. Ich bin schon jetzt davon überzeugt, dass wir erfolgreich sein werden. Wir beobachten in der Bevölkerung einen Wandel im Hinblick auf Leihmutterschaft: noch vor fünf Jahren war mit einer reflexartigen Ablehnung der Leihmutterschaft in der österreichischen Bevölkerung zu rechnen. Durch Prominente wie Sahra Parker Jones, Kim Kardashian und Ricky Martin, die ihr Familienglück durch Leihmutterschaft erreichten, wurde die Akzeptanz der Vertragsschwangerschaft im Bewusstsein der Menschen beträchtlich erhöht.« Frau Kensel nahm die Runde eindringlich und optimistisch in den Blick.

»Statistiken zeigen, dass immer mehr Frauen Gefahr laufen, unfruchtbar zu sein, wegen früherer Abtreibungen oder weil sie ihren Kinderwunsch auf spätere Lebensjahre verschieben. Darum wird Leihmutterschaft in Zukunft eine Möglichkeit bieten, diesen Frauen und ihren Familien zu Wunschkindern zu verhelfen«, erklärte Marie Kensel die Ausgangslage. Ihr Assistent fuhr mit der Erläuterung der aktuellen Rechtslage in der EU fort: Jahreszahlen, Stellungnahmen des Europäischen Parlaments, die sich von einer strikten Ablehnung aufgrund der Ausbeutung von Frauen und von Kinderhandel hin zu einer pragmatischen Anerkennung »grenzüberschreitender Elternschaft« entwickelt hatte. ... Wie so oft, schien sich auch hier die gesetzliche Lage den Tatsachen und den dadurch entstandenen Problemen anzupassen ...

Leonie ertappte sich dabei, wie ihre Gedanken abschweiften: »Was würde Heike S. dazu sagen?«

Jetzt war wieder Marie Kensel am Wort. Sie war rhetorisch brillant und man nahm es ihr einfach ab, was sie sagte – und dass sie es ehrlich und zum Wohle der betroffenen Eltern, Frauen und Kinder meinte. »Ich persönlich bin davon überzeugt, dass wir diesen Weg Kinder bekommen zu können, unbedingt fördern und fordern müssen. Keine Frau, kein Mann und kein Paar, niemand, der sich ein Kind wünscht, darf mehr benachteiligt und diskriminiert werden!«, beendete Frau Kensel schließlich ihr Statement.

Bei einem Abendessen lernte Leonie alle Beteiligten persönlich kennen. Mit Markus, dem Assistenten, verstand sie sich auf Anhieb. Sie erfuhr mehr über Leihmutterschaft, hörte traurige Geschichten von Paaren mit Kinderwunsch und fühlte sich bei dem Gedanken, diesen Menschen helfen zu können, zunehmend wohl.

»Hi, Heike. Ich bin gerade von meinem neuen Job nach Hause gekommen und hatte einen guten Tag. Die Aufgabe in Wien wird mir Spaß machen.« In dem kleinen Zimmer angekommen, klappte Leonie spät am Abend ihren Laptop auf und fand sich in dem Forum wieder.

»Das freut mich für dich!«, antwortete Heike umgehend. »Ich bin auch gerade hereingekommen und wollte nachsehen, ob ich von dir eine Nachricht bekommen habe«, schrieb ihr Gegenüber. »Ich dachte den ganzen Tag an dich und wünschte dir viel Kraft. Schön, dass es dir besser geht.«

»Danke.« Leonie freute sich. »Darf ich dich etwas fragen? Ich hörte heute, dass es ein großes Unglück sei, keine Kinder bekommen zu können. Ehrlich gesagt, traf mich dieser Satz mitten ins Herz. Es ging um Leihmutterschaft und die Gründe für unerfüllten Kinderwunsch: Abtreibung wurde genannt und auch das Aufschieben von Kindern *auf später* ...«

»Ja, dass die Frauen erst nach ihrer Erfüllung im Job Mutter werden möchten, ist eine Entwicklung, die sich immer mehr in unserer Gesellschaft manifestiert. Auch deshalb unterziehen sich auch viele Paare einer künstlichen Befruchtung, denn eigentlich wird es ab 30 mit jedem Jahr schwieriger, schwanger zu werden.« Heike war unaufgeregt und angenehm sachlich.

»Und wie ist es nach einer Abtreibung? Besteht wirklich die Gefahr unfruchtbar zu werden?« Immer ängstlicher tippte Leonie in den Computer.

»Ich weiß nicht genau, aber es gibt angeblich Studien, dass Frauen, die die erste Schwangerschaft beendet haben, beim nächsten Kind ein erhöhtes Risiko einer Frühgeburt haben«, las Leonie die Antwort auf dem Bildschirm.

»Danke dir!«, Leonie beendete die Unterhaltung. Die Freude des Tages war verschwunden. Welch ein Kabarett! Sie war schwanger, wollte das Kind aber nicht und jetzt würde sie sich für Frauen einsetzen, die Kinder wollen, aber keine bekommen können.

Kapitel 34

Tack. Tack. Tack. Die rhythmische Melodie, die der Zug erzeugte, rief eine wohlige Müdigkeit in Leonie hervor. Sie lehnte sie sich zurück und ließ die vergangene Woche Revue passieren. *»Was war das für eine aufregende Woche. All die Kollegen. Die Politiker. Es war einfach cool, mit diesen Menschen über das brisante Thema zu diskutieren. Vielleicht engagiere ich mich auch einmal in der Politik, wer weiß? Mich für die Gesellschaft einsetzen, etwas Gutes tun, das hätte schon einen gewissen Reiz. Ich freue mich schon auf nächste Arbeitswoche, denn dann planen wir die Schritte für die nächsten Monate.«*

Solange Leonie in Wien arbeitete, würde sie bei ihren Eltern wohnen. Im Kulturhotspot Salzburg war es ein Leichtes, seine Wohnung weiterzuvermieten. Leo musste zwar auch zu ihren Eltern übersiedeln, aber nach einigen Schmolltagen hatte er sich an sein neues Zuhause gewöhnt. So kehrte sie dieses Wochenende wieder in ihr altes Mädchenzimmer zurück. Ihre Bleibe in Wien war eine etwas düstere Einzimmerwohnung, aber das störte sie nicht weiter, denn sie würde die nächsten zwölf Monate mehr als genug zu tun haben.

Die letzten fünf Tage waren von morgens bis abends mit Arbeit gefüllt gewesen. Sie hatte wenig Zeit gehabt, an die Schwangerschaft und an Andreas zu denken. Ja, sie freute sich auf diesen neuen Lebensabschnitt der intensiven Arbeit und Karriere! Trotzdem fand sie jeden Abend Zeit, mit Heike zu chatten. Es war zu einem kleinen Ritual geworden. Noch nie hatte ihre Chatpartnerin versucht, sie von ihren Überlegungen, die Schwangerschaft zu unterbrechen, abzubringen. Aber sie gab ihr immer wieder den Rat sich Zeit zu lassen. Ein Gynökologe in Wien hatte Leonie die Schwangerschaft bestätigt und als sie ihm erklärte, dass sie das Kind nicht wollte, gab er ihr einige Adressen von Instituten, wo sie die Abtreibung machen lassen konnte.

»Papa!« Freudig winkte Leonie ihrem Vater zu, der auf dem Bahnsteig auf sie wartete. Sie liebte diesen großen Mann. Ihre stürmische Begrüßung bestätigte die Verbundenheit, die seit jeher zwischen ihnen bestanden hatte.

»Hallo, meine Kleine!« Etwas überrascht von der überschwänglichen Umarmung, drückte Georg seine Jüngste an sich.

»Ach, Papa, ich freu mich auf dieses Wochenende mit euch!«, Leonie ließ sich auf den Beifahrersitz fallen. »Ich habe so viel zu erzählen. Wien ist eine interessante Stadt! Meine Arbeit wird wichtig werden, denn stell dir vor, wir arbeiten ein Thema auf, das für Österreich sehr bedeutungsvoll ist!«

»Um was geht es denn in deinem neuen Projekt?«, wollte Georg wissen.

»Leihmutterschaft soll in Österreich positiv konnotiert und letztlich erlaubt werden!«, antwortete Leonie mit einem gewissen Stolz.

»Was! Leihmutterschaft! Das ist nicht dein Ernst!?« Georg glaubte, falsch gehört zu haben.

»Ja, Leihmutterschaft! Wir können vielen Menschen damit helfen.«

»Du glaubst, dass es gut ist, wenn eine Frau das Kind einer anderen zur Welt bringt?« Perplex musterte Georg seine Tochter. Die Stimmung war um einige Grade kühler geworden. Leonie fing an zu erklären: »Ich glaube, das ist kein Problem: bei einer Leihmutterschaft wird einer Frau das befruchtete Ei einer anderen Frau eingesetzt. Die trägt dann eben das Kind neun Monate aus.«

»Aber wer ist dann die Mutter dieses Kindes?«, fragte Georg nach.

»Die Mutter wird dann jene Frau sein, die das Kind nach der Geburt bekommt und aufzieht. Diejenige, die den Auftrag erteilt hatte«, erläuterte Leonie

»Das kling aber sehr nach Kinderhandel! Warum bekommen Frauen nicht ihre eigenen Kinder und warum bieten sich Frauen an, ein fremdes Kind auszutragen? Wird da nicht das Armutsgefälle ausgenützt? Das ist doch alles verdreht!«

»Es gibt viele Frauen, die keine Kinder bekommen können, die nicht schwanger sein können oder nicht schwanger sein wollen und für diese Gruppe ist das eine großartige Sache. Mit dieser Methode kann vielen Menschen Kummer erspart werden.« Jetzt nahm Leonie die Skepsis ihres Vaters wahr.

»Ja, aber denkst du nicht, dass damit auch sehr viel Leid und Elend entstehen könnte? Was ist mit der Frau, die das Kind neun Monate in ihrem Bauch trägt? Da entsteht ja eine intensive Verbindung zu der kleinen Person. Wie geht es ihr, wenn sie das Baby weggibt und nie mehr wieder sieht?! Wie geht es der Frau, die plötzlich ein fremdes Baby in die Arme gelegt bekommt? Und vor allem, wie geht es dem Kind? Was bedeutet es, von der Mutter getrennt zu werden, deren Herzschlag seit neun Monaten der innigste Ton im Leben des Kindes ist? Ihre Stimme, ihr Geruch, all das, was dem Kind hilft, sich in der kalten, neuen Welt zurecht zu finden?«, den Kopf schüttelnd, lenkte ihr Vater den Wagen in eine vielbefahrene Kreuzung. »Das Kind muss von Anfang den Vorstellungen der Eltern genügen – Geschlecht – Gesundheit – und vielleicht auch noch das Aussehen... Für mich ist das wieder so eine neue Möglichkeit, die zwar auf den ersten Blick ein großer Gewinn zu sein scheint, aber in Wirklichkeit viel Not und Verwirrung hervorbringt.« Seine Stimme wurde lauter.

»Ja und was ist dann mit der Adoption? Auch hier ziehen ja Eltern fremde Kinder auf?« Leonie brachte ein naheliegendes Argument.

»Bei der Adoption wird eine Notlage gelöst. Für ein Kind, das schon lebt und aus den unterschiedlichsten Gründen keine Eltern oder keine Mutter hat, werden Eltern gesucht. Das ist etwas ganz anderes, als ein Kind auf Bestellung im Labor zu erzeugen!«, konterte Georg.

»Papa?« Leonie sah ihren Vater verwundert an: »Gerade du hast dich immer für alles Neue begeistert. Du warst derjenige, der in der Firma Computer einführt hatte. Du bist derjenige, der immer die neuesten Maschinen ausprobiert hatte und du stellst jetzt solche Fragen? Hat Mama auf dich abgefärbt? Bist du jetzt plötzlich konservativ geworden ...?«

»Lass uns später mit Mama weiterdiskutieren.« Georg war zu müde, um zu streiten und fing mit einem neuen Thema an »Erzähl mir, wie es dir geht. Ist deine Wohnung gemütlich?«

»Wie soll ich mit Mama denn über dieses Thema reden? Du weißt, wie altmodisch sie ist. Sie verschließt sich gegenüber allen Neuerungen und durch ihren Glauben wird sie immer einfältiger. Nein, danke!«, verwahrte sich Leonie dagegen.

Da stieg Georg heftig auf die Bremse und Leonie wurde durch den Gurt schmerzvoll abgefangen. Unvermittelt parkte er das Auto in einer Seitenstraße. Leonie schnappte nach Luft vor Erstaunen. Georg begann mit ernster Miene zu sprechen: »Leonie, ich will nicht, dass du so über deine Mutter sprichst, über die Frau, die ich liebe.« Er war sehr zornig.

»Es gibt Werte und Ordnungen, die man besser nicht bricht. Es gibt allgemeingültige Verhaltensregeln, die uns das Zusammenleben ermöglichen und es ist einfach eine Katastrophe, einen Menschen wie eine Ware zu verwenden. Der Mensch hat eine Würde, die ihm von Gott gegeben ist. Wir sollten auch keinen unserer Mitmenschen töten, so wie es in unserem Land tagtäglich hunderte Male durch Abtreibung vorkommt!«

Leonie spürte einen Schmerz, der sie immer weiter hinunterzog.

Georg merkte, dass er eine Wunde berührt hatte. Er legte den Arm um Leonie: »Ich war zu heftig, bitte entschuldige«, sagte er traurig. Und dann spürte er es: Etwas

Neues, Zartes, das von Leonie ausging. Was war es, das sie so verzauberte?«

»Liebe Heike, ich hatte heute eine sinnlose Auseinandersetzung mit meinem Vater. Ich glaube, er ahnt etwas. Ich kann ihn aber nicht ins Vertrauen ziehen, denn ich will dieses Kind nicht. Gerade jetzt könnte ich einen großen Schritt für meine Karriere machen!«, schrieb Leonie später der unbekannten Vertrauten. Von der gegenüberliegenden Wand strahlte sie Leona Lewis von einem grellen, übergroßen Poster an. »Bleeding Love« war damals ihr Lieblingssong gewesen. Marlene und sie waren auf den Betten gehüpft, Bürsten als Mikrophone in den Händen und hatten lautstark den Text mitgesungen. Leonie summte das Lied nach und tippte heftig in die Tasten: »Liebe Heike, was ist richtig, was ist wahr? Was soll ich nur tun?«

»*Bleeding Love!*«

Kapitel 35

»... von der Nacht in Florenz!«

Leonie betrat müde die Küche. Verwundert hielt sie inne, denn ihre Mutter sang lautstark einen alten Schinken mit, der gerade im Radio lief. Leonie lehnte sich an den Türpfosten und sah Inga lächelnd zu, die mit tänzelndem Schritt Tassen, Teller, Messer und andere Utensilien für das Frühstück auf ein Tablett stapelte und sang: »*Und sie träumt jetzt immer öfter von Riccardo und vom Zauber einer Nacht in Florenz!*«

Leonie schmunzelte, denn so hatte sie ihre Mama noch selten gesehen. Als sich Inga beschwingt drehte, ließ sie vor Schreck fast das Tablett fallen. »Guten Morgen, mein Schatz. Hast du gut geschlafen?« Die Mutter gab Leonie einen Kuss auf die Stirn. »Ja, Mama, wunderbar! Ich freue mich auf die gemeinsamen Wochenenden mit euch, die sich durch meine neue Arbeitssituation ergeben.«

»So früh schon österreichischer Pop? Gefällt dir das Lied? Weißt du nicht, dass Stefanie Werger in diesem Lied von einem Seitensprung träumt?« Verschmitzt grinste Leonie ihre Mutter an.

»Ja, du hast recht, es geht um eine gemeinsame Nacht. Aber in Wahrheit ist es ein trauriges Lied. Diese Frau ist alt und einsam geworden. »*und manchmoi friert sie in der Nocht in diesen Augenblicken fühlt sie sich verrot´n*«, zitierte Inga eine Textpassage, während sie das Tablett aufhob und Leonie aufforderte, ihr in den Garten zu folgen.

Mit leuchtenden gelborangen Blüten begrüßten sie Sonnenblumen, Sonnenhüte und Goldruten. Das Rosenbeet an der rechten Seite strahlte ihr in verschiedenen Rottönen entgegen. Dazwischen violetter Lavendel. Der frischgemähte Rasen breitete sich wie ein Teppich vor ihr aus und gab der schier unbändigen Farbenpracht eine wohltuende Ruhe. »Mama! Wie schön! Ich habe ganz vergessen, wie einmalig dieser Anblick ist ...«

Inga lächelte still in sich hinein. Die Frauen begannen gemeinsam den Tisch zu decken. »*Es ist Samstag, da gönnen sich Mama und Papa immer frische Kipferl*«, dachte Leonie und holte in Vorfreude zwei Cappuccinos aus der Küche. Mutter und Tochter nahmen Seite an Seite Platz, mit Blick auf den Garten.

»Ach, ist das schön, dass du heute mit mir frühstückst!«, freute sich Inga: »Ich habe vor kurzem eine Kolumne gelesen, dass sich in unserer Gesellschaft Einsamkeit immer mehr verbreitet. Es kann sich hier um einen anhaltenden inneren Schmerz handeln, der aus Beziehungslosigkeit entsteht. Diesen Schmerz stellt auch Stefanie Werger so treffend in dem Lied, dar: »Ihr Herz hat sich in Falten g´legt, weil er sich von ihr wegbewegt, wenn sie seine Zärtlichkeit am meisten braucht …«

»Ja, aber sie träumt trotzdem von einem Seitensprung. Das kann in deinem katholischen Weltbild doch keinen Platz haben?« Leonie war neugierig geworden.

»Das ist ja gerade das Fatale. Menschen glauben, mit Sexualität ihren Durst nach Liebe, nach Sicherheit und nach einem Zuhause stillen zu können. Doch durch den gedankenlosen Konsum von Sex fallen sie nur noch schneller in Einsamkeit und Verlassenheit zurück. In unserer Gesellschaft ist der Hunger nach Beziehung so groß. Jeder will glücklich sein, aber keiner macht sich die Mühe, genauer hinzuschauen oder darüber nachzudenken«, entwarf Inga ein düsteres Bild.

»Über was sollen wir denn nachdenken?« Leonie musste zugeben, dass das Gehörte logisch klang.

»Wir sollten unseren Blick wieder mehr der wahren Bedeutung von Sexualität zuwenden. Mir gefällt dieses Lied deshalb so gut, weil es eine bestimmte Situation, unter der viele Frauen leiden, in einem Satz auf den Punkt bringt. »*Sie wird net mehr geliebt – sie wird genommen …*«

»*Genommen!*« Als Leonie dieses Wort hörte, krampfte sich ihr Herz schmerzhaft zusammen. In einem Flashback sah sie sich im Zug sitzen und wusste plötzlich genau, was sie nach dem One-Night-Stand so beschämt und so verletzt hatte. Ja, sie war nicht wirklich geliebt worden, sie war nur genommen worden. Leonie hatte Mühe, die Tränen zurückzuhalten. Sie richtete sich auf. Um nicht die Fassung zu verlieren, nahm sie langsam einen Schluck Kaffee.

Inga bemerkte den Stimmungswechsel, konnte sich aber nicht erklären, warum ihre Tochter plötzlich steif wie ein Brett neben ihr saß.

Etwas verunsichert sprach sie weiter: »Dieses *Nehmen* ist das Problem der ganzen Geschichte. Viele sind davon überzeugt, dass es ihnen zusteht, sich das zu nehmen, was sie begehren. Ich nehme mir die Freiheit, leben zu können, wie ich will. Durch Sex kann schnell ein hoher Lustgewinn erzielt werden, weil das Bindungshormon Oxytocin ausgeschüttet wird. Aus diesen kurzfristigen Glücksgefühlen heraus glauben viele Menschen, dass Sexualität an sich glücklich macht. Wenn man Sexualität so lebt, ist das von einem Mal aufs andere ein kurzer Kick, der dann aber auch schnell wieder vorbei ist. Aber wenige merken, dass gerade durch dieses im Grunde selbstsüchtige Nehmen der andere zutiefst verletzt wird!« Leonie hatte unvermittelt den Eindruck, dass ihre Mutter wusste, wovon sie da gerade sprach.

Stille nahm zwischen Mutter und Tochter Platz und die beiden Frauen verloren sich in ihren Erlebnissen. Dann begann Inga von neuem: »Man kann sich Sexualität auf drei Ebenen vorstellen. Bei der ersten Stufe geht es hauptsächlich um den körperlichen Aspekt, da bleiben nach diesem Kick oft beide leer zurück. Bei der zweiten Stufe spielt Zuneigung durchaus eine Rolle, es gibt eine gewisse Verbindung zwischen den Partnern. Bei der dritten Stufe werden Körper, Geist und Seele angesprochen. In dieser Ebene wollen beide, dass es dem anderen gut geht und jeder nimmt den anderen ganz an. Auch mit seiner Fruchtbarkeit. Und das ist eigentlich die Stufe, wo man wirklich schenken und beschenkt werden kann und hier ist Fülle und Erfüllung in tiefem Sinne möglich.« Inga holte tief Luft und versuchte mit einem Lächeln alles Düstere zu vertreiben. »Diese Aufwertung, dieses Upgrade der Sexualität, wäre in unserer Zeit so notwendig, so wichtig! So könnte Sexualität das werden, was sie nach dem Plan Gottes sein soll.«

»*Gebrauchen ...! Hatte das gestern nicht auch Papa erwähnt? Einen Menschen wie eine Ware gebrauchen ...?*« Leonie wollte ihrer Mutter entgegnen, wollte ihr sagen, dass das alles altmodisches Gewäsch sei, dass wir froh sein könnten, so verschiedene Lebenskonzepte leben zu können. Aber etwas in ihrem Inneren hielt sie davon ab. Immer noch hielt sie ihre Kaffeetasse umfasst und blickte in den Garten. Sie merkte nicht, dass ihre Mutter ebenfalls still geworden war.

Beide Frauen genossen das Schweigen. Stille. Frieden. Schließlich wandte sich Leonie ihrer Mutter zu und legte den Kopf auf Ingas Schultern. Sie dachte an Heike, an Omi, Lilly, Angelika, Susanne, Marlene, Julia und an Inga. Sie dachte an all diese wunderbaren Frauen in ihrem Leben. Sie dachte an ihren Vater, Marco und an Andreas. Da war es wieder, dieses zarte Band, das sie gestern ihrem Vater gegenüber gefühlt hatte.

Überrascht spürte Inga den Kopf der erwachsenen Tochter an ihrer Schulter. »*Seit wann war Leonie so weich und anschmiegsam? Alle Bemühung um Distanz und Abgrenzung scheint wie weggeblasen ...Eine neue Sanftheit liegt über dem Mädchen.*« Inga spürte etwas Neues, ganz zart und zerbrechlich noch, aber dennoch so mächtig, dass es jetzt schon die Beziehung zwischen Mutter und Tochter verwandelte.

Kapitel 36

»*Es geht um meinen Körper, um meine Zukunft, um meine Freiheit! Warum? Ich dachte, ich hätte mich schon gegen die Schwangerschaft entschieden, aber es fühlt sich doch nicht richtig an. Mein Verstand kämpft gegen mein Herz!*«

Schon wieder. Wie jeden Morgen war ihr übel und so schlich sie auf die Toilette. Alles schlief noch um diese frühe Stunde. Erschöpft legte sich Leonie zurück in ihr Bett, aber es war unmöglich weiterzuschlafen. Sie zog sich leise an und stieg auf ihr Fahrrad. Verzweifelt begann sie in die Pedale zu treten. Sie fuhr in einem Höllentempo durch die morgendliche Vorstadt Salzburgs und stand schließlich vor dem Haus ihrer Großmutter. Konnte sie die alte Dame so früh überraschen? Zögernd klingelte Leonie an der Tür.

»Guten Morgen, mein Schatz!« Überrascht umarmte die alte Dame ihre Enkelin. Sie zog Leonie so heftig an sich, dass es der Enkelin fast den Atem nahm.

»Ich freue mich, dass du mich heute besuchst! Wie geht es dir?« Trotz der frühen Morgenstunde strahlte die Großmutter.

»Alles gut«, wollte die Enkeltochter typischerweise antworten, aber es rutschte nur ein trauriges »Ich weiß es nicht« heraus. Verblüfft von ihren eigenen Worten, umarmte Leonie die alte Dame noch einmal.

»Ich weiß es nicht, Omi«, sagte sie leise. »In Wirklichkeit ist nichts gut. Ich habe alles, was ich mir wünsche: einen gutbezahlten Job, eine liebe Familie, sehr gute Freunde. Aber trotzdem weiß ich nicht ein noch aus.«

»Ich weiß … Ich habe es schon gespürt.« Mit großem Ernst blickte Gertrud in die traurigen Augen ihrer Enkelin. »Komm, trinken wir einen Kaffee.« Gertrud ging in die Küche voraus.

»Was soll ich nur tun?« Leonie lief ihrer Großmutter nach. »Omi, ich habe ein Problem und ich weiß nicht, wie ich mich entscheiden soll. Mein Verstand sagt ja und mein Herz schreit – nein!«

»*Mein Verstand sagt ja und mein Herz schreit – nein!*« Gertrud wurde in ihre eigene Geschichte zurückkatapultiert:

»*Leere! Nichts als Leere.*« Verzweifelt hatte Gertrud damals den Arzt angestarrt. »Wenn Sie dieses Kind nicht wollen, gebe ich ihnen eine Adresse, wo Sie die Schwangerschaft unterbrechen können.«

Wenige Wochen vor dieser Szene beim Arzt war Gertrud wieder nach Paris zurückgekommen. Allein. Sie hatte ihre kleine Tochter bei den Großeltern zurückgelassen. Jetzt stürzte sie sich mit einer unbeschreiblichen Gier nach Spaß und Glück in ihr wiedergefundenes Singleleben. Sie studierte und arbeitete. Am Abend durchstreifte sie Bars, Tanzlokale und private Partys. Sie hatte angefangen, Männer aufzugabeln. Sie hatte mit ihnen geflirtet und gespielt. Viele Male war sie mit einem Fremden im Bett gelandet.

Und dann war sie wieder schwanger geworden!

»Bitte nehmen Sie doch Platz!«, hatte sie den Arzt sagen hören. Dr. Louis Serpant hatte ihr ein Formular vorgelegt. Sie solle es lesen und dann unterzeichnen. Vor ihr waren Buchstaben, Worte und Sätze auf- und abgeschwommen. Mechanisch und abwesend hatte sie ihre Unterschrift gesetzt, um dann schweigend auf dem kalten Plastiksessel zu verharren. Sie war aufgefordert worden, in das Nebenzimmer zu gehen, sich auszuziehen und sich auf eine Liege zu legen. Sie fühlte sich wie in einem fremden Film, zu dem sie nicht gehörte.

Die leichte Narkose vor dem Eingriff versetzte sie in einem seltsamen Zustand. Sie war woanders und hörte doch die Geräusche der Abtreibung. »*Zu Hause? Warum ist der Stall leer? Weg! Wo sind meine Kätzchen? Mama, ich kann dir mein Kind nicht geben! Was ist das für ein Geräusch? Es hört sich an, als ob etwas zischt! Es wird gerade gereinigt, gerade gesaugt... Mama, wo sind die Kätzchen? Ich hatte sie doch so lieb. Eine Schlange hat sie gefressen! Aber sie waren doch hier drinnen versteckt. Ich musste sie ja beschützen! Wo sind meine zwei Kätzchen? Es wird lauter! Sie kommt wieder!«* Plötzlich war Panik in Gertrud aufgestiegen. Sie wollte aufspringen, wurde aber von vier starken Händen niedergehalten. *»Bitte nehmt mir nicht meine Kätzchen, die Schlange darf sie nicht fressen!«* Dann Dunkelheit! Das rettende Nichts war wieder da.

Nach dem Eingriff war Gertrud aufgewacht und hatte verstört um sich geblickt. *»Es ist vorbei ...«*

Nach der Abtreibung war Gertrud durch die Stadt getaumelt. Überwältigt, emotional dem, was ihr geschehen war, hinterherhinkend. Sie hatte gelacht vor Erleichterung und dann waren ihr plötzlich die Tränen gekommen ... *Die Narkose ...* Die Verdrängung hatte begonnen: *Es hat sich nur einfach mein hormoneller Zustand geändert, das belastet mich.*

Um sich abzulenken, blickte sie intensiv in die Fenster der Cafés im Quartier Latin. Überall voll, Rauch, diskutierende Männer und Frauen, pulsierend vor Leben, Diskussion, lockere Zusammengehörigkeit. Das, was Gertrud wollte. – Und dann sah sie die Frau mit dem schwarzen Haarband, eine herbe Erscheinung, markantes Gesicht und jene lässige Eleganz, die Französinnen an den Tag legten. *»Das ist sie!«* Gertrud wechselt die Perspektive, um ganz sicher zu sein: Ja, das war Simone de Beauvoir, die Ikone der aufstrebenden Frauenbewegung! Gertrud hatte »L'autre sexe« (»Das andere Geschlecht«) inhaliert wie die Luft einer radikalen Freiheit ... Die Entscheidung, ihr Kind nicht zu bekommen, hatte mit dem Buch der Beauvoir zu tun, hing auch damit zusammen. – *»Wie eine Bestätigung, dass die Abtreibung richtig war!«* Gertrud war unsicher, ob sie ins Café gehen sollte, es war *die* Chance, die Philosophin und Gefährtin des großen Jean Paul Sartre kennenzulernen! Aber sie fühlte sich zu schwach, zu schwankend, um dieser Aufregung standzuhalten ...

Immer noch benommen, hatte Gertrud sich in ihr Bett gelegt und war sofort eingeschlafen. Plötzlich standen zwei kleine Mädchen an ihrem Bett. Sie hielten sich an den Händen und lächelten Gertrud mit einer unbeschreiblichen Liebe an. Gertrud war schweißgebadet aus dem Traum aufgeschreckt. Doch das Bild der beiden Mädchen hatte sich mit scharfem Schmerz in ihr Herz gebrannt.

»Mein Herz will das nicht!«, hörte Gertrud und kam aus ihrer Vergangenheit zurück. Vor ihr saß eine weinende Leonie.

»Ich verstehe dich.« Gertrud blickte ihre Enkelin liebevoll an. »Ich habe es noch nie einem Menschen erzählt, denn ich habe mich dafür lange geschämt. Ich war damals in der gleichen Situation und meine Entscheidung war falsch. Ich habe mich gegen das Leben gewandt. Mein Herz war lange Zeit ein Ort der unendlichen Leere.«, immer noch von den alten Bildern gefesselt, versuchte Gertrud ihren Schmerz in Worte zu fassen.

»Aber woher weißt du, dass ich schwanger bin?«, wollte Leonie schockiert wissen.

»Meine Kleine!« Mütterliche Verbundenheit war zwischen Großmutter und Enkelin. »Ich bin deine Großmutter und liebe dich über alles. Natürlich weiß ich es! Wir sind uns innerlich sehr ähnlich.« Gertrud griff nach Leonies Händen. »Durch meine eigenen Fehler, die mir so viel Leid gebracht haben, weiß ich schon seit einiger Zeit, dass es dir nicht gut geht. Aber ich musste warten, bis du zu mir kommst.«

»Ich weiß, es ist oft schwer Entscheidungen zu treffen, wenn Verstand und Herz sich nicht einig sind. Ich musste sehr alt werden, bevor ich lernte, meinen Verstand zu befragen, um dann mein Herz entscheiden zu lassen. Ich habe aus Egoismus und aus meiner Freiheitssehnsucht heraus den großen Fehler gemacht, deine Mutter wegzugeben. Aber das war nicht mein einziger schwerer Irrtum«, begann Leonies Großmutter zu erzählen.

»Damals in Paris hatte ich viele Affären!«

»Du meinst One-Night-Stands?«, warf Leonie aufhorchend ein.

»Ja, ich glaube, ihr nennt das heute so!«, erzählte Gertrud vermeintlich ruhig weiter. Doch Leonie merkte, dass ihre sonst so starke Großmutter unmerklich zitterte. »Ich hatte viele solcher Begegnungen und so passierte das Unvermeidliche: ich wurde wieder schwanger. Enttäuscht durch meine Erfahrung, ließ ich, ohne viel zu überlegen, die Schwangerschaft abbrechen. Ich habe oft von zwei Mädchen geträumt, deshalb glaube ich, dass es zwei Kinder waren. Während der Abtreibung unter leichter Narkose hatte ich den Eindruck, dass mir jemand zwei Kätzchen wegnehmen wollte.«, zu schnell und zu nüchtern erzählte Gertrud aus ihrer Vergangenheit. »Ich machte mir nicht mehr die Mühe darüber nachzudenken oder jemanden zu fragen. Mein Herz war nicht mehr fähig, zu fühlen und so war der Eingriff für mich nicht mehr, als wenn ich zu einem Zahnarzt gehen würde. Dachte ich zumindest… Darüber hinaus lebten viele junge Menschen dieses Leben. In der Großstadt war es nicht ungewöhnlich abzutreiben. Jeder lebte in einem Hype, es ging jedem um sich selbst. Das war der dunkle Hintergrund der 68er …!« Gertruds Blick glitt an Leonie vorbei, als ob sie in diese Zeit zurücksehen könnte.

Lange war es still.

»Leonie, wie du dich jetzt entscheidest, das wird deine Zukunft bestimmen. Entscheide nicht vorschnell und informiere dich über alle Möglichkeiten und Lösungen. Es gibt immer mehrere Wege! Wenn man eine Tür schließt, öffnet sich eine Neue. Aber glaub mir, aufgrund meiner Vergangenheit weiß ich eines bestimmt: wenn man eine Tür durch den Tod schließt, dann kann sich keine Tür zur Liebe öffnen. Ich habe das Portal zu deiner Mutter und zu ihren ungeborenen Schwestern verschlossen und habe sehr lange gebraucht, wieder in das Haus des Lebens gelangen zu können.« Immer fester wurde die vertraute Stimme.

»Bitte, Leonie, entscheide dich für das Leben. Lass nicht zu, dass sich die Geschichte wiederholt. Hab die Kraft und den Mut, Menschen in deiner Umgebung um Hilfe zu bitten. Höre auf dein Herz, höre auf deine innere Stimme! Und der Friede, den du spüren wirst, wird dir zeigen, dass du auf dem richtigen Weg bist.« Liebevoll blickte die Großmutter ihre Enkelin an. Sanft drücken die alten Hände die jungen. »Ich danke Gott jeden Tag, dass er mein Leben, trotz der von mir selbst geschlossenen Türen, doch noch so wunderbar gelingen ließ.« Ruhig beendete Gertrud ihre Geschichte. Plötzlich hatte sie den Eindruck, dass ihr zwei Herzen entgegenschlugen: Leonies Herz schlug aufgeregt, aber mit wachsender Freude … und dann war da noch ein ganz kleines zartes Herz, das Gertrud spürte und sie freute sich über die Verbundenheit mit dem neuen Urenkel, die sie wie eine warme Welle überflutete.

Kapitel 37

»*Ich habe verloren! Wieder hat mich eine Frau zurückgewiesen! Die Liebe ist einfach etwas Unmögliches!*«

Geknickt verließ Andreas den Domplatz und kämpfte um seine Fassung. Er wollte keine Emotionen zeigen. Innerlich spürte er einen Aufruhr und seine Beine wehrten sich weiterzugehen. Er wollte umdrehen. Er wollte einfach nur zu Leonie. Doch seine Erfahrungen, seine Wunden aus der Vergangenheit trieben ihn weg von ihr. Niemanden zu vertrauen, das hatte er früh gelernt und nun wurde es erneut bestätigt.

»Andreas, hörst Du mich?«, fragte Stefan irritiert nach. »Wir besprechen gerade den nächsten Event!« Andreas blickte auf und fand sich in seiner Glaubensgruppe wieder. Die Traurigkeit hatte ihn eingeholt und das, was auf dem Domplatz geschehen war, hatte ihn schon wieder beschäftigt. Er war in einer Zeitspirale gefangen. »*Und täglich grüßt das Murmeltier …*«

»Möchtest du mit mir reden?« Verständnisvoll klopfte Stefan Andreas auf die Schultern, als die Besprechung zu Ende war und alle den Raum verlassen hatten.

»Nein, lass mal. Mir geht es gut!«, versuchte Andreas sich zu befreien.

»Gar nichts ist gut! Ich merke seit geraumer Zeit, dass etwas nicht stimmt. Du bist verschlossen und lachst kaum noch. Und deine Augen sind jetzt nur noch traurig.« Mit einem Nicken bestätigte Stefan seine Gedanken: »Komm, Freund, raus mit der Sprache!«

Andreas hätte sich am liebsten in seine Höhle zurückgezogen. Er wollte seinen Schmerz und seine Enttäuschung nicht teilen. Aber in den Augen seines Freundes erkannte er Mitgefühl und Freundschaft. Da erinnerte er sich an den Augenblick, als er nach dem Bergunfall im Krankenhaus erwacht war und in dieselben Augen geblickt hatte.

Er vertraute Stefan. Sie waren wie Jonathan und David, die Männerfreunde schlechthin in der Bibel.

»Ja, du hast Recht. Gar nichts ist gut«, begann Andreas zögernd: »Du weißt, ich habe mich vor ein paar Monaten in eine junge Frau verliebt. Zuerst hat sie mich im Eingang vom Café *Tomaselli* fast umgeworfen und dann hat sie mich mitten ins Herz getroffen«, erinnerte sich Andreas lächelnd. »Fast so wie Liebe auf den ersten Blick – oder auf den ersten Zusammenstoß.«

»Du meinst die junge Frau, die vielleicht nicht heiraten will?«, wollte Stefan wissen.

»Ja. Leonie«, den Namen mit Zärtlichkeit aussprechend, starrte Andreas traurig an seinem Freund vorbei.

»Ich habe dir letztes Mal von ihr erzählt. Wir trafen uns und kamen uns nahe. Sie ist ein kritischer Geist und da sie mit Gott noch nicht viel Kontakt hatte, hatten wir viel zu reden. Durch diese Gespräche und Diskussionen lernte ich eine Intensität kennen, die ich noch bei keiner Frau gespürt habe. Sie war oft nicht meiner Meinung und trotzdem habe ich mich in sie verliebt. Doch plötzlich änderte sich etwas und sie beendete unsere Geschichte, bevor sie richtig angefangen hatte«, erzählte Andreas.

»Aus heiterem Himmel will sie plötzlich, dass wir nur Freunde bleiben!« Das klang nun fast zornig.

»Ja, und hast du sie zurückgehalten?«, fragte Stefan und als er Andreas´ verstörten Ausdruck sah, schüttelte er ungläubig den Kopf: »Oder hast du sie einfach gehen lassen??«

»Wie? Gehen lassen? Natürlich. Sie will Karriere machen und nach Wien ziehen. Sie will keine Fernbeziehung!« Irritiert starrte Andreas seinen Freund an.

»Noch einmal: Du hast sie wirklich kampflos aufgegeben?«

»Was heißt aufgegeben? Was hätte ich den tun sollen? Sie festhalten? Festbinden?« Andreas blitzte Stefan irritiert an. So hatte er sich das Gespräch nicht vorgestellt.

»*Er war schließlich der Verlassene! Er hatte nichts falsch gemacht!*«

»Weißt du nicht, was in der Bibel steht? Welche Themen haben wir in den letzten Jahren so häufig diskutiert? Den Menschen so zu lieben, wie er ist. Seine Freiheit zu akzeptieren, aber trotzdem für ihn da zu sein. Glaubst du wirklich, es geht Leonie um ihre Karriere? Wir wissen doch, dass der Mensch sich in erster Linie nach Liebe sehnt!« Herausfordernd sah Stefan seinen Freund an.

»Was wünschen sich Frauen von uns? Dass wir bei den ersten Schwierigkeiten abziehen? Wünschen sie sich nicht seit je her Ritter, die ihre eigenen Ängste und Zweifel überwinden? Die um die Angebetete kämpfen? Durchhaltevermögen, Sicherheit, Verständnis! Ich bin davon überzeugt, dass sie sich nichts so sehr wünschen, als dass wir Männer für sie da sind!«, beendete Stefan sein Plädoyer für modernes Rittertum.

Andreas betrachtete seinen schnellen Abgang am Domplatz nun in einem anderen Licht. Nein, er hatte Leonie vor sich gesehen. Wie sie ihn angesehen hatte, ihren Worten zum Trotz. Es war Sehnsucht, gemischt mit einem Funken Hoffnung in ihren Augen gewesen. Er wurde still und ganz allmählich kam etwas in ihm in Gange.

»Weißt du, Andreas, Liebe geschieht. Sie passiert ungefragt. Aber sie muss trotzdem beschützt werden. Wir haben gerade den Epheserbrief gelesen: ›… denn er gibt sein Leben für sie hin!‹ – das, mein Freund, ist unsere Aufgabe! In alten Zeiten sind Ritter für die Herzensdame in Kämpfe gezogen. Frauen wurden besungen und die Gunst einer Frau zu erlangen, war das Höchste! Es gibt eine gewagte Auslegung der Situation im Paradies: Wenn Adam Eva vor Gott entschuldigt und sie in Schutz genommen hätte, dann wären wir vielleicht noch im Garten Eden …«

»Aber was soll ich denn nun machen? Es ist drei Wochen her und ich habe seitdem nichts mehr von ihr gehört.

Sie wird sicher nichts mehr von mir wissen wollen.« Verzweifelt legte Andreas seine Stirn in Falten.

»Hab Mut und rufe sie einfach an! Sei ein Mann und setz dich für eure Liebe ein! Nur so kannst du beweisen, dass dir etwas an ihr liegt!« Brüderlich legte Stefan seinem Freund den Arm um die Schultern und wie auch schon das letzte Mal sprach er auch heute Andreas Hoffnung zu.

»Ich glaube, gerade in unserer Zeit ist es wieder gefragt, ein ritterlicher Mann zu sein oder zu werden. Und eines kann ich dir versprechen, wenn die Geschichte gut ausgeht, hast du für euren Weg ein stabiles, starkes Fundament bauen können.«

Kapitel 38

»Ja, meine Liebe, das Streben nach Glück ist für alle Menschen von großer Bedeutung! Die Suche nach dem Glück ist eine Konstante jedes menschlichen Lebens!« Freudig schloss Angelika ihre kleine Ausführung.

Nach dem ehrlichen und intensiven Gespräch mit Gertrud hatte sich Leonie recht schnell verabschiedet. Gertruds Erzählung hatte Leonie aufgewühlt und ihre Gedanken in eine neue Richtung gelenkt. Aber diskutieren wollte sie nicht über die Entscheidung, die sie treffen musste …

»Damals, in der Nacht, nachdem ich Andreas im Café fast umgerannt hatte, … hab' ich viel nachgedacht. Ganz offen lag meine Zukunft vor mir. Aber, dass ich mich jetzt in einer so prekären Lage befinde und wirklich Rat brauche, hätte ich mir damals nicht gedacht!«

»Hallo?«, Leonie wählte die Nummer ihrer Freundin Angelika. »Bist du zufällig in der Stadt?«

»Ja, komm zu mir ins Beisl. Ich fahre morgen in den Piemont, um Weine zu kaufen und bin gerade dabei meinen Bestand aufzunehmen. Du kannst mir dabei helfen und mir sagen, welchen Barolo ich kaufen soll«, lud Angelika sie gutgelaunt ein.

Nach dem Zählen und Notieren des Weinlagers, saßen beide nun vor Angelikas Bistro nahe der Papageno Statue. Der in morgendliches Licht getauchte Platz vermittelte Leonie ein wohliges Gefühl.

»Ich möchte doch nur glücklich sein …«, dachte Leonie laut nach und sah in die Sonne.

»Ja, die Suche nach dem Glück ist wichtig«, begann ihre Freundin. »Aber du solltest zwischen kurzfristigem und langfristigem Glück und die dafür jeweils nötigen Wünsche unterscheiden.«

»Es gibt Wünsche, die man sich sofort erfüllen will, die aber nicht glücklich machen können und es gibt Wünsche, deren Erfüllung Glück bringt. Der Unterschied ist, dass es sich bei Ersteren oft um ein Verlangen nach Dingen handelt, die von Neigungen, Trieben oder spontanen Wünschen ausgelöst werden. Diese Erfüllung bringt meistens nur ein kurzfristiges Glücksgefühl«, hörte Leonie und ein Lächeln huschte über ihr Gesicht: denn so kannte und liebte sie ihre philosophierende Freundin.

»Die wirklich glückbringenden Wünsche sind diejenigen, über die man lange nachdenkt und die man sich erst nach reiflicher Überlegung erfüllt. Für etwas reif werden, ist in diesem Zusammenhang ein treffender Zugang. Jeder Apfel braucht seine Zeit, jeder Wein braucht, um wirklich exzellent zu werden, eine gewisse Zeit, um zu reifen!«, prostete ihr Angelika augenzwinkernd zu.

»Wenn ich glücklich sein will, brauche ich meine Freiheit und meine Selbstbestimmung. Aber ich merke zugleich, wie ich ständig an Grenzen stoße. Ich kann einfach nicht so leben, wie ich möchte! Wie soll ich da glücklich werden können?« Ratlos schüttelte Leonie ihren Kopf.

»Du hast recht. Im Suchen nach Glück ist Freiheit eine Grundvoraussetzung. Dieses Streben nach Glück ist sogar in der amerikanischen Verfassung verankert und der Staat ist verpflichtet, seine Bürger dabei zu unterstützen. Also muss er den Menschen unter anderem Freiheit, Sicherheit und Bildung gewährleisten, damit diese nach ihrem eigenen Glück streben können. Es ist für eine Gesellschaft wichtig, dass es Regeln gibt und wenn diese Regeln dem inneren Menschen, seiner natürlichen Menschlichkeit entsprechen, dann stehen sie dem persönlichen Glück nicht im Weg, sondern fördern es. Herz und Verstand eines jedes Menschen wissen, dass es gut ist, sich an gesellschaftliche Regeln zu halten. Aber wie gesagt, diese Gesetze müssen der menschlichen Natur entsprechen! Also, man soll Steuern zahlen, aber nicht zu hohe, man soll nicht lügen, nicht stehlen und auch nicht töten!«, führte Angelika einige Beispiele an.

»*Töten!*« Durch Leonies Herz fuhr ein Schmerz. Doch sie nippte an dem guten Wein und versuchte sich nichts anmerken zu lassen.

»Aber, wie weiß ich denn, welche Wünsche mich glücklich machen? Wie weiß ich, ob es sich um ein kurzfristiges oder langfristiges Anliegen handelt?«

»Ich liebe das Wort Glückseligkeit. Es erinnert mich an das Wort Seele, obwohl es nur mit einen e geschrieben wird. Ich glaube, Glückseligkeit hat mehr mit geistigem und seelischem Glück zu tun!«, schwärmte Angelika und streckte ihr Gesicht der Sonne entgegen. »Wie wohl es doch tut, wenn die Sonne auf meine Haut scheint. Dieses warme Gefühl hebt mein Endorphinlevel enorm und lässt die Glückshormone tanzen. Aber ich muss aufpassen. Viele Menschen sehen nur das kurzfristige Glück, und ehe sie sich versehen, verbrennen sie sich! Vielen geht es nur um sich selbst und sie vergessen dabei, was sie persönlich oder die Gesellschaft auf lange Sicht hin froh und glücklich machen könnte.« Ernst geworden blickte Angelika ihre Freundin an. »Wir sollten wieder Glückseligkeit anstreben und nicht nur Happiness und Fun.«

Leonie fühlte sich ertappt. Sie schwieg und trank das Glas mit einem Zug leer. »*Wollte sie auch nur Happiness und kurzfristiges Glück?*« Plötzlich hatte sie es eilig, denn sie wollte noch jemanden zu Rate ziehen. Sie stand auf, küsste Angelika flüchtig und war weg.

Zu Hause angekommen, wählte sie die Nummer von Heike. Nach dem zweiten Klingeln nahm Heike ab. Zum ersten Mal hörte Leonie ihre Stimme, sie war warm und tief: »Heike Schmidt, Grüß Gott.«

Tief atmend antwortete Leonie: »Hallo, hier ist Leonie!«

»Oh, Leonie! Wie freue ich mich dich zu hören!« Es war echt und schuf Vertrauen.

»Heike, darf ich dich etwas fragen? Ist es nicht legitim, wenn ich einfach glücklich sein will und ein Kind in dieses

Glück nicht passt? Bin ich ein schlechter Mensch, wenn ich so denke?«, sprudelte es aus Leonie.

»Meine Liebe, die Suche nach Glück ist im Menschen verankert. Aber was ist für dich denn wirkliches Glück?«

Leonie überlegte: »Geliebt zu werden und auch lieben zu können!«, antwortete sie.

»Ja, da hast du recht. Wenn wir geliebt werden, ist das ein großes Glück. Was glaubst du, macht glücklicher, lieben oder geliebt werden?«

Leonie dachte nach und meinte schließlich: »Geliebt zu werden, wäre meine erste Antwort, aber vielleicht erlangt man Glückseligkeit erst, wenn man jemanden lieben kann.«

»Ich glaube, wir Menschen, im Besonderen wir Frauen, brauchen beide Arten des Liebens. Wir wollen lieben und geliebt werden und das in einer guten Balance. Wen, glaubst du, liebe Leonie, kannst du mit Sicherheit bedingungslos lieben? Und wer kann dich von Anfang an so annehmen, wie du bist und dich ohne Bedingungen, ohne Gründe und ohne Vorbehalte lieben? Gibt es einen Menschen in deinem Leben, der das kann?« Leise tippte Heike an Leonies Herz.

Schützend lagen Leonies Hände auf ihrem Bauch und ein vertrautes Gefühl stieg in ihr auf. »Ja, ich glaube, es gibt so einen Menschen …«

Kapitel 38

»Was willst du?« Ungläubig starrte Marco Ulla an. »Was soll ich bezahlen?«

»Ich will, dass du die Abtreibung bezahlst! Es war ja von dir!« Zornig stand Ulla dem Mann gegenüber.

»Was? Was war von mir?« Marco sah die schönen grünen Augen, aber sie waren kalt.

»Dein Kind! Wir haben seit einem Jahr Sex, ich bin schwanger geworden und habe die Schwangerschaft unterbrochen!«

»Warum hast du mir nichts erzählt? Du kannst das doch nicht allein entscheiden! Und was heißt hier ›unterbrochen‹? Kannst du die Schwangerschaft in einem halben Jahr etwa weiterführen?« Marco war fassungslos.

»Entschuldige mal! Du warst derjenige, der keine feste Beziehung haben wollte. Du bist derjenige, der sein Leben frei und unabhängig leben will. Und ja, wir haben ausgemacht, keiner ist dem anderen gegenüber zu irgendetwas verpflichtet. Wahrscheinlich hast du auch deswegen dieses blonde Gift mit nach Hause genommen, nachdem du sie mit deinen Tanzkünsten verführt hast.«

»Wie kommst du darauf, dass ich jemanden mitgenommen hätte? Hat dir diesen Unsinn wieder eine deiner Freundinnen erzählt?« Entrüstet versuchte Marco seinen Kopf aus der Schlinge zu ziehen, dabei merkte er, dass das Eis unter seinen Füßen immer dünner wurde. »Glaub nicht alles, was man dir auf die Nase bindet.«

»Ich habe dich gesehen. Ich war damals doch nicht bei meinen Eltern und wollte dich im Chaya Fuera überraschen.« Noch jetzt war Ullas Enttäuschung zu hören. »Aber dich trifft nicht allein die Schuld. Ich selbst hab auch auf meiner Freiheit bestanden.«

Dunkelheit. Musik. Tango. Marco und seine Tanzpartnerin waren über die Tanzfläche geschwebt, als ob keine physischen Grenzen existierten. Die Leichtigkeit, mit der sich die beiden gedreht hatten, war atemberaubend. Noch nie hatte Marco eine so überwältigende Einheit verspürt. Leonie. Sie hatte sich an ihn geschmiegt und lag leicht wie eine Feder in seinen Armen. Es war egal, ob er eine schnelle Rechtsdrehung, eine außenseitliche Kehre, Promenaden oder einen Valentino tanzte. Sie war ihm gefolgt. Die Nacht war ebenso berauschend. Trotz des hohen Alkoholkonsums konnte er sich an diese intimen Stunden erinnern. Harmonie und Lust. Als er am Morgen erwachte, war sie weg. Ohne sich zu verabschieden. Ohne ein Wort zu sagen. Er war trotz der erfüllenden Zeit innerlich leer gewesen. Die schweren Gedanken hatte er schnell abgelegt, doch eine gewisse Traurigkeit war geblieben. Nach dieser verheißungsvollen Nacht hatte er sie nie mehr wieder getroffen, obwohl er im Tanzclub immer wieder Ausschau nach Leonie gehalten hatte.

»… Und aus diesem Grund habe ich die Schwangerschaft abgebrochen und bitte dich, den Eingriff zu bezahlen …!«

Marco schreckte hoch. »Warum hast du mir nicht gesagt, dass du ein Kind erwartest. War es überhaupt von mir?«

Angewidert wich Ulla zurück.

»Du kannst mir doch nicht einfach mitteilen, dass du unser Kind getötet hast!« Marco hatte den Eindruck zu ersticken.

»Du kannst ja gar nicht treu sein! Wie sollten wir unter diesen Umständen ein Kind großziehen?« Wut schoss ihm entgegen.

»Ich dachte, ich könnte in einer Beziehung ohne gegenseitige Verpflichtungen und Verantwortung leben. So verliebt wie ich war, dachte ich, alles akzeptieren und hinnehmen zu können. Aber es ging nicht. Ich bin doch konservativer, als ich es mir selbst eingestanden habe. Deinen Freiheitsdrang und deine Schamlosigkeit kann ich nicht mehr ertragen.« Wie ein geknickter Baum, über den ein Sturm hinweggefegt war, stand Ulla vor ihrer verlorenen

Liebe. »Glaub mir, ich kann mir dich nicht als Vater meiner Kinder vorstellen. So bitte ich dich, bezahl einfach und wir belassen es dabei. Jeder kann seiner Wege gehen und niemand ist dem anderen etwas schuldig.«

»Und das Kind?« Marco war verständnislos. Etwas in ihm schmerzte heftig. »Du hättest das nicht machen dürfen. Du kannst nicht einfach abtreiben! Ich bin ja auch Teil dieser Geschichte!« Immer lauter werdend, machte Marco einen Schritt auf Ulla zu und packte sie grob an den Oberarmen. Zwei wütende Augenpaare blitzten sich an.

»Willst du mich jetzt schlagen?«, fragte Ulla heiser.

»Nein! Bitte, entschuldige. Aber es war auch mein Kind.« Resignierend ließ Marco die Arme sinken und setzte sich auf die Parkbank. Im majestätischen Neptunbrunnen des Schönbrunner Parks sprühten die einzelnen Wasserfontänen ihre Figuren in die Lüfte. Die Vögel zwitscherten um die Wette! Die Bäume, die Blumen, alles war in hellen Sonnenschein getaucht. Was für ein Gegensatz zu Marcos Gefühlen!

Alles war schwer und dunkel.

»Wärst du bei mir geblieben, wenn ich es dir erzählt hätte?« Fast schüchtern stellte Ulla die Frage: »Liebst du mich?«

»Was hat das mit der Abtreibung zu tun?«

»Alles, mein Lieber, alles!« Eine unüberwindliche Mauer war zwischen ihnen. Ulla drehte sie sich um und ging.

Marco sackte in sich zusammen. »Es war ja auch mein Kind!« Ein Gefühl des Versagens schlug ihm mit harter Faust ins Gesicht.

Marco war unfähig sich zu bewegen. Er konnte sich nicht erklären, warum ihn dieser Verlust so traf. Seine Gedanken gingen im Kreis: »*Es ist auch mein Kind. Ich habe über diese Themen noch nie nachgedacht. Warum tut es so weh? Es ist ja auch mein Kind. Ich, der immer so locker und leicht durch die Welt geht. Ich, dem sein eigenes Leben das wichtigste ist.*« Plötzlich erinnerte er sich an seine

Mama. Was würde die kleine Italienerin dazu sagen, wenn sie erfahren würde, dass ihr Enkelkind nicht leben durfte? Die Frau, die aus Liebe nach Österreich umgezogen war, die für seinen Vater ihre Heimat verlassen hatte und ihm sechs Söhne geschenkt hatte. Für diese kleine Frau war die Familie ihr Leben. »Selbstbestimmung« war nie das große Thema für sie gewesen und trotzdem war sie ein glücklicher Mensch.

Nun hatte er keine Gelegenheit mehr, sein Kind kennenzulernen und es beschützen zu können.

Ja, so fühlte es sich an, wenn man verloren hatte.

Kapitel 39

»Na, wie geht es dir in dieser aufregenden Stadt?« Susanne umarmte Leonie liebevoll und drückte ihr beschwingt einen Kuss auf die Wange.

»Mir geht es wunderbar!« Lachend versuchte Leonie sich zu befreien. »Mein Job ist herausfordernd, die Leute sind interessant und ich glaube, ich kann etwas für Österreich bewirken. Vielleicht gehe ich sogar einmal in die Politik!« Mit Freude erzählte Leonie ihrer Tante von den letzten Tagen.

Es war Mittwochnachmittag und seit den Gesprächen am Wochenende tobte der Kampf in Leonie. Sie war immer noch hin und her gerissen. Es spitzte sich nun immer mehr auf die drastische Frage zu: Will ich das Kind oder nicht?

Nun saß sie im Kaffee Landtmann ihrer Tante gegenüber und genoss die köstliche Schokotorte. Eines musste sie zugeben: trotz der morgendlichen Übelkeit schmeckte ihr das Essen als Schwangere so viel besser!

»Leonie macht es dir etwas aus, mich zum Stephansdom zu begleiten? Ich treffe einen Freund, Paul. Du weißt schon, den Priester. Er hat nur heute vor der heiligen Messe Zeit und ich muss ihn etwas Wichtiges fragen. Weißt du, ich wünsche mir so sehr ein Kind, aber meine biologische Uhr tickt. Niclas ist dagegen und ich glaube auch nicht, dass unsere Beziehung Zukunft hat. Deshalb überlege ich mir eine alternative Möglichkeit ein Kind zu bekommen. Paul ist, was seinen Glauben betrifft, zwar eher konservativ, aber er hat oft sehr vernünftige Ansichten. Wenn du willst, kannst du gerne zuhören, denn Paul ist ein intelligenter Zeitgenosse und auf sein Urteil vertraue ich. Ich besuche selten eine heilige Messe, aber wenn er sie feiert, höre ich seinen Predigten gerne zu.«

»Welch' Ironie. Meine Tante wünscht sich ein Baby und kann keins bekommen. Ich bekomme ein Kind, das nicht geplant war ...«

»Ja, ich komme mit.« Lächelnd steckte sich Leonie den letzten Bissen der Schokoladentorte in den Mund.

Ins Gespräch vertieft, erreichten Leonie und Susanne den Dom. Als Paul kam, umarmte Susanne ihn. Leonie lächelte in sich hinein. Naja, dieser Paul war ja auch ein wirklich gutaussehender Kerl.

Nun saßen sie in Pauls Büro in der Wollzeile und Susanne begann etwas zögerlich ihren Wunsch darzustellen. Dann wurde sie mutiger und selbstsicherer: »Und deshalb wünsche ich mir auf diesem Weg ein Kind«, sagte sie abschließend.

»Susanne, ich finde dein Vorhaben falsch.« Mit unerwartetem Ernst begann Paul: »Du darfst nicht vergessen, wir reden hier von einem Menschen. Nach deinem Plan willst du dir ein Kind bestellen und gegen den Willen deines Freundes diese ganze Prozedur beginnen. Ganz abgesehen von allem anderen. Hast du dich einmal informiert, wie aufwendig so ein Vorhaben ist? Ich habe gehört, dass die Erfolgsquote gering sei und die Frau dabei viel ertragen müsse. Du würdest dir und dem Kind einen schweren Rucksack aufladen.«

»Ja, aber ich ermögliche einem Menschen ein Leben und ich würde dieses Kind über alles lieben! Ich verstehe dich nicht. Du bist sonst so aufgeschlossen, aber bei diesem Thema plötzlich so konservativ!« Bittere Enttäuschung sprach aus Susanne.

»Spiel jetzt nicht die Beleidigte. Du kennst mich doch und weißt, wie sehr ich mich für das Leben einsetze. Natürlich ist jedes Kind, auch das künstlich Befruchtete, wertvoll und schützenswert. Aber soll man immer alles bekommen, was man will? Soll man sich über alle natürlichen Grenzen hinwegsetzen, nur um sein eigenes vermeintliches Glück zu sichern? Heiligt der Zweck wirklich alle Mittel? Ich verstehe die Welt nicht mehr. Die einen wollen ihre Kinder nicht und töten sie zu Tausenden. Die anderen wollen Kinder – mit oder ohne Partner – und bestellen sie einfach.

Kinder sind doch keine Ware! Wohin soll uns dieser Weg noch führen? Was passiert mit uns, was ist mit unserem Menschenbild geschehen?« Man merkte, wie dieses Thema den Priester angriff.

Über ihm hing ein schlichtes Kreuz an der Wand.

Susanne hatte ihren Freund selten so erlebt. Was war mit diesem überlegten, gelassenen Mann heute los? »OK, ich sehe, ich kann doch nicht mit dir über dieses Thema sprechen.« Enttäuscht sprang sie auf und wandte sich zum Gehen.

Leonie legte ihre Hände schützend über den Bauch. Als Susanne gehen wollte, wurde Leonie von irgendetwas zurückgehalten. »Entschuldigen Sie, hätten Sie für mich noch eine Minute Zeit?« Leonie war selbst überrascht von ihrer Frage.

»Ja, gerne.« Paul stand auf und legte freundschaftlich den Arm um Susannes Schultern. »Komm schon, denk noch einmal darüber nach! Was hast gerade du in unserer Clique immer wieder am lautesten verkündet, wenn wir nicht weiterwussten? Das Leben ist kein Wunschkonzert, sagtest du oft. Es gibt Gegebenheiten und Situationen, die man einfach akzeptieren muss. Je früher man sich damit abfindet, desto schneller kann man das Leben wieder positiv sehen«, lächelte Paul Susanne aufmunternd zu.

Susanne aber wollte diese Weisheiten nicht hören und schloss die Tür lautstark hinter sich ...

Leonie saß schweigend auf ihrem Sessel. Die Situation war ihr überaus unangenehm, aber sie blieb wie angewurzelt sitzen. Während der Priester ihr gegenüber Platz nahm, stiegen Tränen in ihr hoch und der dicke Kloß in ihrem Hals nahm ihr die Luft zum Atmen.

»Ich bin von einem One-Night-Stand schwanger! Meine Karriere könnte jetzt starten und ich bin für dieses Kind noch nicht bereit. Diese Geschichte ist mir zu groß. Ich möchte irgendwann schon einmal eine Familie, einen

Mann und Kinder. Aber jetzt noch nicht. Es ist einfach der falsche Zeitpunkt!« Alles brach aus ihr heraus.

»Wie schön. Sie sind von Gott gesegnet. Ich freue mich für sie!«, strahlte der Priester die Nichte seiner Freundin an.

»Nein, Sie haben mich falsch verstanden. Ich will dieses Kind nicht, es ist nicht der richtige Zeitpunkt!«, versetzte Leonie verzweifelt.

»Glauben Sie mir, es gibt selten den perfekten Zeitpunkt, um ein Kind zu bekommen. Ich verstehe Ihre Sorgen gut, denn in unserer Gesellschaft sind Kinder oft nicht willkommen. Aber Jesus sagte in der Bergpredigt: ›Sorgt euch nicht…! Sorgt euch nicht um morgen, den der morgige Tag wird für sich selbst sorgen.‹ Ein Kind zu bekommen, ist die Schönste, aber auch die schwerste Aufgabe, die euch Frauen gestellt wird und ich kann mir vorstellen, dass Sie das Gefühl haben, unter dieser Anforderung zu zerbrechen. Doch versuchen Sie nicht das ganze Leben auf einmal zu leben. Gehen Sie Schritt für Schritt. Leben Sie immer nur das Heute, erledigen Sie nur die Aufgaben dieses Tages und nicht die von morgen. Bitten Sie Menschen in Ihrer Umgebung um Hilfe, denn ein Kind braucht sowieso ein ganzes Dorf, um sich optimal entwickeln zu können. Übergeben Sie Gott Ihre Sorgen. ›Jesus sorge Du‹, ist mein Leitsatz, den ich viele, viele Male am Tag flüstere oder hinausschreie. Jesus sorge Du …!«

Ununterbrochen flossen Tränen über Leonies Wangen. Traurigkeit, Angst, Verzweiflung und Hilflosigkeit strömten aus ihr heraus. Der Priester reichte ihr ein Taschentuch, das sie mit einem zaghaften Lächeln dankbar annahm.

»Jedes Kind ist ein Geschenk Gottes und er hat Sie dazu auserwählt, Mutter zu sein. Sehen Sie, die gesamte Menschheitsgeschichte ist voll von ungeplanten Kindern. Die Mutter Gottes hat das wohl berühmteste – Jesus! Er war ja auch nicht wirklich geplant. Aber sie hat Ja gesagt. Ja, mir geschehe nach deinem Wort! Und was hat uns dieser

Jesus alles geschenkt? Die Erlösung. Und was schenken uns all diese ungeplanten Kinder? Nehmen Sie dieses Geschenk an und ich verspreche Ihnen, es ist das Beste, das Sie in Ihrem Leben je bekommen werden.« Aufmunternd blickte der Priester Leonie an. Nach einer kleinen Ewigkeit stand er auf und kniete sich vor das Kreuz. Jetzt erst fiel Leonie auf, wie riesig das Holzkreuz an der Wand war. Er begann das »Vaterunser« laut zu beten. Ruhe kam über Leonie. Sie hörte die dunkle und vertraueneinflößende Stimme. Ihre Hände lagen beschützend auf ihrem Bauch. Plötzlich sah Leonie sich am Tisch ihrer Eltern sitzen. Sie war glücklich und sie hielt ihr Baby im Arm. Da wurde ihr bewusst, dass sie das Baby bekommen musste. Jedes Mal, wenn eine unangenehme und angespannte Situation sie zu überrennen drohte, hatte sie ihre Arme und ihre Hände um ihren Bauch gelegt. Instinktiv hatte sie immer schon ihr Kind beschützt. Ihre Mutter hatte immer erklärt, dass weder die Augen noch der Leib lügen könnten und der Körper automatisch reagieren würde. Und so hatten ihre Hände das Kind schon immer beschützt, ohne dass es ihr bewusst gewesen war. Nein, sie würde ihr Baby nicht hergeben, geschweige denn, töten lassen! Nein, sie würde sich nie mehr von ihrem Kind trennen und sie würde dieses Baby in ihre Arme schließen, um es sein Leben lang zu beschützen …

»Dein Wille geschehe!«, hörte sie wie durch einen Nebel und der Satz hallte eindringlich in ihr nach. Sie begann langsam ihr Kind zu streicheln, lächelte in sich hinein und in Gedanken hauchte sie dem Baby zu: »Dein Wille geschehe und ab jetzt gehört mein Bauch dir und ab jetzt wird das geschehen, was für dich gut ist …«

Kapitel 40

»Bei diesen hohen Kosten können wir uns die vier Kinder nicht leisten!« Leonies Schwester saß am runden Holztisch und gestikulierte wild herum. Lilly schimpfte lautstark, was für sie ungewöhnlich war, denn sie war eher eine stille Frau. Im Gegensatz zu ihrer jüngeren Schwester.

Drei Frauengenerationen saßen am Tisch: Gertrud hatte Lilly, Leonie, Inga und Susanne zu Kaffee eingeladen. Sie hatte etwas mitzuteilen und wollte eben beginnen, als Lilly loslegte.

»Ich freue mich über mein Baby, aber wir bräuchten dringend eine größere Wohnung und die können wir uns im Moment nicht leisten. In Salzburg und Umgebung ist es so schwer geworden etwas zu finden. Klaus bietet seinen Kunden Notdienste für ihre technischen Probleme an – die meisten Firmen sind aber in der Stadt, deshalb wäre es unklug weiter weg zu ziehen. Wir sehen einfach keine Alternative, als zu sparen und doch in unseren alten Räumen zu bleiben, obwohl das mit vier kleinen Kindern schwierig werden wird. So was nennt man, glaube ich, alternativlos sein!«, traurig nahm Lilly einen Schluck Kaffee.

Leonie schmunzelte über den unerwarteten Ausbruch ihrer großen Schwester und fühlte sich mit ihr auf eine neue Art tief und innig verbunden.

»Entschuldigt meine Jammerei!« Lilly sah auf den lila-grünen Lavendelstrauß, der den Tisch dominierte und mit seinem Duft alle in den Bann zog. »Aber die finanzielle Seite ist wirklich schwierig. Es ist für junge Familien fast nicht mehr machbar, mehrere Kinder zu bekommen. Und das nächste Problem ist, wenn ich nicht bald zu arbeiten beginne, verliere ich wertvolle Jahre für meine Rente. Die Arbeit als Mutter zählt ja nicht und so sollte ich eigentlich mein Baby so schnell wie möglich in eine Krippe geben, damit ich Sozialabgaben, Pensionsvorsorge und Steuern zahlen kann. Aber ich will das nicht! Ich bin davon überzeugt, dass dieser kleine Mensch ...« Liebevoll streichelte Lilly ihren Bauch, »seine Mama brauchen wird.«

Trotz Lillys Sorgen lächelte Inga in sich hinein: »*Meine Töchter. Was für schöne Frauen sie doch geworden sind. Beide strahlen etwas ganz Besonders aus! Bei Lilly weiß ich, was sie so glückselig macht. In ihrem Leib leben zwei Menschen, schlagen zwei Herzen und leuchten um die Wette... Und Leonie? Woher kommt ihr Leuchten? Meine Jüngste hat sich seit dem letzten Wochenende verändert. Sie wirkt gelassener, freier und glücklicher! Ich bin gespannt, was sie erzählt?*«

Verhalten und schweigsam saß Susanne am Tisch. Warum hatte ihre Mutter gerade diesen Samstag darauf bestanden, dass sie nach Salzburg kommen sollte? Dieses Wochenende hatte sie sich eigentlich über In-vitro-Fertilisation und Samenspende genauer informieren wollen. Sie wollte sich mit einer Freundin, die Frauenärztin war, treffen, um alles Notwendige zu besprechen. Aber wenn sich ihre Mutter etwas in den Kopf gesetzt hatte, war es schwer, andere Wege zu gehen. Aber das Zusammensein mit den Frauen ihrer Familie genoss sie immer und so war sie gestern Abend von Wien nach Grödig gekommen. Sie liebte dieses kleine Haus und sie freute sich trotz allem über die gemeinsame Zeit mit ihrer Mama. Doch jetzt drückte sie eine ihr schon seit längerem vertraute Schwere nieder. Lilly konnte sich ein viertes Kind kaum leisten ... Aber sie selbst, die vermeintlich alles hatte, sollte *kein* Kind bekommen?

Ernst blickte Gertrud in die Runde. Sie nahm einen tiefen Atemzug und begann etwas zögerlich, ihre Neuigkeit zu erzählen, denn sie befürchtete, dass sie zumindest einen Menschen mit dem, was sie vorhatte, verletzen könnte.

»Lilly, ich weiß aus eigener Erfahrung, dass ein Kind eine Aufgabe ist, die einen oft überrumpelt und überfordert.« Mit einem Blick Richtung Leonie stockte die alte

Dame kurz und fuhr dann hastig fort: »Und darum habe ich mich dazu entschlossen, euch zu helfen ... Dieses Haus ist mittlerweile zu groß für mich und darum möchte ich in eine kleinere Wohnung ziehen. Ich möchte dir und Klaus dieses Juwel schenken. Dann hätte nicht nur Lena ein eigenes Zimmer, auch Christoph und Klausi würden ihr kleines Reich bekommen. Wenn ihr den Dachboden ein bisschen renoviert, würde sich ein schönes Büro für dich und deinen Mann ausgehen. Außerdem hätten die Kinder einen wunderbaren Garten und für dich wäre es eine große Erleichterung, nicht mehr mit Sack und Pack auf einen Spielplatz gehen zu müssen. Du könntest im Haus arbeiten, während die Kinder im Garten spielen!« Gertrud blickte verschmitzt in die verdutzen Gesichter. »Na, was hältst du davon, Lilly?«

Susannes Gesicht hatte sich verhärtet.

»Wie? Wie meinst du das?«, stotterte Lilly. »Du kannst uns doch nicht dein Haus schenken. Wenn, dann sollten es deine Töchter bekommen!« Verblüfft sah sie von ihrer Großmutter zu ihrer Tante. »Und doch nicht wir!«

»Ja, du hast recht! Susanne wäre die eigentliche Erbin. Aber ihr braucht dieses Haus sehr dringend. Ich glaube, man muss mehr nach Gegebenheiten entscheiden und nicht danach, wer das größere Recht hat.« Verwundert über Lillys Einstellung sah Gertrud ihrer Enkelin und ihrer Tochter in die Augen.

Susanne hatte es die Sprache verschlagen, wie Blei lag es auf ihr.

»Omi, ich finde es wirklich ganz, ganz lieb von dir, uns dein Haus schenken zu wollen. Aber wenn ich eines gelernt habe, dann das, dass die Liebe geordnet werden muss! Und in dieser Ordnung, liebe Omi, sind deine Töchter vor mir gereiht. Von Herzen danke ich dir für dein Angebot und ich werde auf jeden Fall mit Klaus darüber reden.« Lilly stach mit der Gabel ein kleines Stück Torte ab, dachte nach und legte den Kuchen wieder auf den Teller zurück. Man sah es ihr an, wie sie angestrengt überlegte, doch dann nickte sie und begann von neuem: »Ja, wenn wir natürlich ein paar Jahre hier wohnen könnten, wäre das eine große Hilfe!« Entschlossen blickte Lilly in die Gesichter der anderen Frauen.

Gertrud war sichtlich enttäuscht, dass ihr Geschenk nicht angenommen wurde. Aber da legte ihr Inga den Arm um die Schulter. »Mama, sie hat recht. Deine Enkelin ist eine sehr kluge Frau. Sie soll zuerst mit ihrem Mann sprechen und wenn er es auch will, dann sollen sie die nächsten zehn Jahre dieses Häuschen bewohnen. Aber es bleibt auf jeden Fall in deinem Besitz. Du hilfst ihnen damit sehr, gibst aber deine Rechte nicht aus der Hand. Schau, Gesetze, Bedingungen und auch Lebenssituationen können sich ändern. Man weiß nie, welche Überraschungen das Leben noch bringen wird.« Inga drückte ihre Mutter fest an sich.

»Ja, das Leben bringt viele nicht geplante Überraschungen«, meldete sich Leonie leise zu Wort.

Fragend wandten sich vier Augenpaare der jungen Frau zu.

Leonie holte Luft und begann hastig: »Ich bekomme ein Baby! Ich bin von einem One-Night-Stand schwanger, wollte das Kind abtreiben, habe es mir aber anders überlegt und werde das Baby behalten …!«

Kapitel 41

»*Ich hab' dich lieb, so lieb, ich will nur, dass du´s weißt.*«

Diese Grönemeyer-Lied summte Leonie in der letzten Zeit immer wieder und manchmal sang sie lautstark den Refrain mit: »*Ich hab' dich so lieb, so lieb!*«

Wo waren die letzten Monate geblieben?

Es war kurz vor Weihnachten und sie war in der 25. Woche. Wie sehr hatte sich ihre Einstellung zum Leben geändert! Sie sah alles in anderen Farben, war jetzt auf anderen, glücklicheren Wegen. Als ob ein Glücks-Turbo in ihr gestartet worden war. Zwar kamen manchmal Sorgen in ihr hoch, aber sie zerstreuten sich, wenn sie an ihr Mädchen dachte. Dass es ein Mädchen war, davon war sie überzeugt.

Mit einem Schmunzeln im Gesicht dachte sie an den Nachmittagskaffee bei ihrer Großmutter zurück, als sie den vier Frauen ihre Schwangerschaft gestanden hatte. Das verdutzte Gesicht ihrer Mutter! Verwunderung, Fragen, Erschrecken, aber auch Freude hatten sich in dem vertrauten Antlitz gespiegelt. Leonie hatte die Luft angehalten, weil sie nicht sicher war, wie ihre Mutter reagieren würde. Doch die Freude hatte schnell die Überhand gewonnen.

»Mein Schatz, ich freue mich!!! Wirklich, ich freue mich von ganzem Herzen!« Inga hatte Leonie an sich gedrückt und zu weinen begonnen. Alle waren erstaunt gewesen, über diesen Ausbruch. «Wolltest du wirklich abtreiben?«, wollte Inga wissen: »Was hat dich davon abgehalten?«

»Ach Mama, ich weiß es eigentlich nicht. Ich glaube, es waren die vielen Gespräche mit euch. Mit dir, mit Omi, Lilly, mit meinen Freundinnen, mit Papa, mit einer Beraterin und dann auch noch mit einem Priester. Das hat meine Sichtweise geändert. Jeder von euch hatte mir einen anderen Aspekt eröffnet. Papa sprach vom Wert des Lebens, Omi erzählte mir ihre Geschichte. Heike Schmidt, mit der ich viel gechattet hatte, bat mich immer wieder, mir Zeit zu lassen, um eine Entscheidung treffen zu können, die mir

Frieden schenkt. Du hast mir erzählt, dass der Körper nicht lügen kann und dann, glaube ich –, haben meine eigenen Hände mich überzeugt. Als der Priester bei unserem zufälligen Gespräch das »Vaterunser« betete, merkte ich, dass sich meine Hände immer um meinen Bauch legten, um das Baby zu beschützen ... Ich erkannte, dass ich dieses Kind nicht hergeben kann. Es ist einfach ein Teil von mir ...«

Ich hab' dich lieb, so lieb!«

»Ja, du bist ein Teil von mir. Du bist mein Baby.« Leonie lächelte in sich hinein und genoss die heiße Schokolade in einem charmanten Wiener Kaffeehaus. In den letzten Monaten hatte sie viel Arbeit mit dem Leihmutterschaftsprojekt gehabt. Und je mehr sie sich damit beschäftigte, umso problematischer erschien ihr dieses Lobbying und die gezielte Meinungsmache ... Allein der Gedanke, ihr Kind nach der Geburt hergeben zu müssen, war nun völlig unvorstellbar und tat ihr unendlich weh.

Leonie erinnerte sich an damals, als sie im Salzburger Café gesessen hatte. Wie lange war das schon her? Die vergangene Zeit fühlte sich wie eine Ewigkeit an. Wie ein anderes Leben. Sie zahlte und freute sich auf einen gemütlichen Abend in ihrem kleinen Zimmer. Abends ausgehen war nicht mehr möglich, denn sie war nach einem arbeitsreichen Tag hundemüde. Gedankenverloren schob sie den schweren dunkelroten Vorhang vor der Ausgangstüre zur Seite, machte einen Schritt noch vorne und stieß mit einem Mann zusammen. Sie blickte auf und sah in die Augen, die ihr so viel bedeutet hatten.

»Hallo«, auch Andreas wusste nicht mehr zu sagen. Sie standen im Eingang und waren wie versteinert.

»He, macht doch einmal Platz. Wir möchten gerne ins Warme!«, drängte eine Gruppe von Jugendlichen an den beiden vorbei.

»Wie geht es dir?«, brach Andreas die Stille.

»Mir geht es gut«, lächelte Leonie und streichelte automatisch ihren Bauch. In dem Moment spürte sie zarte

Bewegungen ihres Kindes, die ihr ein Strahlen ins Gesicht zauberten.

Da erkannte Andreas, was los war: »Du bekommst ein Kind?« Er starrte auf ihre kleine, fast nicht wahrnehmbare Wölbung unter ihrem Mantel und die Farbe wich aus seinem Gesicht.

Leonie schwieg. Sie vermisste Andreas immer noch und oft fragte sie sich, was gewesen wäre, wenn sie nicht einfach gegangen wäre. Und nun stand er vor ihr ...

»Ja, Ende März werde ich nicht mehr Zeit haben, ins Café zu gehen«, versuchte sie einen Scherz.

»*Darum hat sie Schluss gemacht?*« Viele Fragen stiegen in Andreas auf, aber er erinnerte sich an die Worte seines Freundes und so nahm er sich zusammen und begann von neuem*:*

»Hast du Zeit? Lass uns etwas zusammen trinken«, schlug Andreas vor.

Sie fanden einen kleinen Tisch und kaum saßen sie, begann Andreas etwas verständnislos: »Also, das war der wahre Grund, warum du Schluss gemacht hast?! Du hast dich in der Zeit, als wir uns getroffen haben, in einen anderen verliebt... Du wirkst glücklich!«

»*Was soll ich jetzt sagen? Soll ich lügen? Nein, auf so einen Kindergarten habe ich keine Lust.*« »Nein, leider war die Geschichte etwas anders. Ich hatte, unmittelbar, bevor wir uns näher kennenlernten, einen völlig verrückten One-Night-Stand und wurde schwanger. Zuerst wollte ich abtreiben und da ich wusste, dass du vehement gegen Abtreibung bist, musste ich Schluss machen. Eigentlich war es egal, wie ich mich entscheide, denn jede Entscheidung wäre in Bezug auf dich falsch gewesen. Abtreibung genauso wie ein Kind aus einer anderen Beziehung ... Darum habe ich es beendet, bevor wir uns noch mehr ineinander verliebt hätten.« Leonie war ernst geworden. »Darum habe ich auch all deine Anrufe weggedrückt und all deine SMS gelöscht!«

»Was? Du dachtest wirklich, ich wäre einfach gegangen?«

»Ja, natürlich, was denn sonst?«

Schweigen – Andreas kämpfte mit sich: »Kennst du die Geschichte von Josef?«

»Nein, welcher Josef?«

»Der heilige Josef, der Ziehvater von Jesus. In der Bibel ist er immer im Hintergrund. Für mich aber war er schon immer eine der stärksten, kraftvollsten Gestalten der Bibel. Er hatte dieses fremde Kind angenommen und Maria mit dem Baby beschützt und vor allen Gefahren verteidigt. Zwar hatte der Engel am Anfang noch einmal ein ernstes Wort mit ihm gesprochen, aber danach war Josef treu zu Mutter und dem geheimnisvollen Kind gestanden. Ich liebe diese Gestalt des Vaters. Er war nicht so feig wie viele Männer in unserer Gesellschaft, die einfach gehen. Er ist geblieben ...«

Leonies Augen füllten sich mit Tränen. »*Da ist ein Mann, der zu mir gestanden wäre. Da ist jemand, der sich getraut hätte. Wie sehr habe ich mich getäuscht! Ich wollte ihn beschützen, anstatt mich von ihm beschützen zu lassen.*«

»Josef zeigt gerade uns Männern, was richtig ist und wie zu handeln wäre. Ich hatte mich in dich verliebt und es gab keinen Tag, an dem ich nicht an dich gedacht habe ...« Sehnsucht sprach aus jedem seiner Worte.

»Deine Einstellung und dein ritterliches Verhalten ehren dich. Auch ich hatte mich in dich verliebt.« Leonies Gedanken rasten um die Wette. Sie schwieg in dem Wissen, dass sie die Richtung vorgeben wollte: »Ich bin darüber traurig, wie es gelaufen ist, aber das ist jetzt einige Monate her und ich habe mich mit meiner Situation abgefunden. Ich werde mich ganz auf mein Kind konzentrieren und versuchen, meine Arbeit fortzusetzen.« Leonie umfasste seine Hände: »Für eine Freundschaft wäre ich dankbar ...«

»*Freundschaft?*« Andreas wollte etwas entgegnen, aber da fiel ihm der Rat von Stefan ein. »*Kämpfen! Du musst um sie kämpfen!*«

»OK, wenn du willst, dann werden wir Freunde.« Leichtigkeit wurde zwischen ihnen spürbar.

»Freundschaft! Ich bin dabei!«

Kapitel 42

Leonie verstand ihre Mutter nicht, die eine künstliche Befruchtung ablehnte. Wahrscheinlich wieder einmal aus Glaubensgründen. Es war doch verständlich, dass sich Tante Susanne ihr eigenes Baby wünschte. Gerade jetzt erlebte sie, wie die kaum spürbaren Bewegungen ihres Kindes sie beglückten. Sie wusste noch nicht, wie ihr Alltag in einigen Monaten aussehen würde, aber ihre Freude wuchs von Tag zu Tag. Am Beginn ihrer Schwangerschaft, während sie Zukunftsängste gefangen hielten, hatte sie sich dieses Glück nicht vorstellen können.

Leonie lächelte ihrem Spiegelbild entgegen. Auf diesen Tag hatte sie sich schon lange gefreut. Sie und ihre Mama würden heute einen Kinderwagen kaufen.

Leonie hatte oft über ihre Tante nachgedacht, denn sie liebte Susanne und hie und da kam ihr der Gedanke, dass Susanne als Mutter besser zu ihr passen würde. Aber so erfolgreich Susanne im Berufsleben war, so desaströs verlief ihr privates Leben. Immer wieder neu verliebt, immer wieder hoffnungsvoll, immer wieder am Boden zerstört. Leonie konnte verstehen, dass Susanne nun zumindest durch ein Kind Stabilität wollte.

Leonies Eltern liebten es, in schicken kleinen Hotels zu übernachten. Nun trafen sich Leonie, ihre Mutter und ihr Vater in einem Wiener Hotel zum Frühstück. »Na, meine Kleine, endlich sieht man, dass du ein Baby bekommst! – Wie geht es meinem Enkelkind?« Georg umarmte seine Tochter.

»Wunderbar, Papa! Die Kleine wächst und macht sich immer mehr bemerkbar.«

»Wie kommst du darauf, dass es ein Mädchen ist? Hast du es dir sagen lassen?« Georg beobachtete Leonie, die eine knackige Kaisersemmel mit Butter bestrich, eine Schinkenscheibe drauflegte und mit frischem Kren bestreute. Sie biss genussvoll in die Semmel und es krachte leise.

»Nein, niemand hat mir etwas erzählt. Ich würde sagen: Weibliche Intuition!«, lachte sie und nahm einen Schluck Earl Grey.

»Da widersprichst du aber der neuen Genderideologie … Die sagt ja, dass es keine Mädchen oder Buben gibt, sondern, dass wir nur durch unsere Kultur dazu gemacht werden.« Georg nahm sich seinerseits ein Kipferl.

»Findest du denn Gleichberechtigung nicht wichtig? Weißt du nicht, dass es immer noch viel zu wenige Frauen in den Vorstandsebenen gibt?« Leonie freute sich auf eine spannende Diskussion mit ihrem Vater und startete gekonnt mit einem populären Argument. »Ich glaube, dass wir schon ein bisschen Gendern brauchen, um die Gleichbehandlung zwischen den Geschlechtern voranzutreiben.«

»Gegen Gleichberechtigung habe ich nichts, aber Gleichbehandlung von Ungleichem ist einfach ein Stuss. Wir sind nicht gleich. Du bist so anders! Du kannst zum Beispiel ein Kind bekommen, ich nicht. Außerdem bist du viel hübscher!«

»Wir beide sind wirklich verschieden. Aber wie ist es mit den sexuellen Übergriffen? Mit Missbrauch? Da muss ja endlich aufgeräumt werden!« Leonie fuhr mit starkem Tobak auf.

»Missbrauch ist wirklich eine furchtbare Sache. Denn wenn einem Menschen so etwas passiert, dann wird er in seiner Identität bis auf die Grundfeste erschüttert. Aber Gendern wird uns bei diesem Thema nicht helfen können!« Inga starrte an den beiden vorbei: »Vom ersten Augenblick an sucht der Mensch nach seiner Identität… Doch durch diese Genderideologie werden unsere Jungen und Mädchen zusätzlich verunsichert. Sie werden verwirrt. Gerade in der Pubertät sind sie sehr labil und heute vielen abstrusen Moden ausgesetzt.« Ingas Stimme klang wie aus weiter Ferne, als ob sich ihr etwas aus der Vergangenheit aufdrängte.

»Von dieser blöden Schreibweise, von der ganzen Verweiblichung unserer Sprache ganz zu schweigen!« Georg nahm den eiskalten Hauch wahr und versuchte zu entschärfen: »Ich kann es schon gar nicht mehr hören. Bürgermeisterinnen und Bürgermeister, Polizistinnen und Polizisten. Habt ihr schon einmal gehört, dass einer gesagt hätte, Verbrecherinnen und Verbrecher? Bei negativen Bezeichnungen wird komischerweise nicht gegendert.« Typisch Georg, mit einem Witz wollte er die Stimmung entschärfen.

Doch Inga fuhr fort: »Und was mich wirklich traurig macht, ist, dass niemand erkennt, dass uns die Sexualität von Gott geschenkt wurde. Der körperliche Ausdruck der Liebe zwischen Mann und Frau sollte nicht verfälscht oder aus Egoismus gelebt werden ...« Inga merkte plötzlich, dass sie zu ernst geworden war und Leonie überforderte: »Jedenfalls, wenn Sexualität richtig gelebt würde, könnte sie sich in erfüllende Schönheit entfalten. Aber wie gesagt, dazu brauchen wir Mann und Frau ...«

Leonie unterbrach sie: »Mama, ich glaube wir brechen auf. Wir brauchen einen Kinderwagen, einen Autositz und Baby-Erstausstattung.« Ihre Mama schwang zu gerne diese weltanschauliche Keule und Leonie wollte sich den Tag nicht verderben lassen.

Mit großem Spaß durchstöberten Mutter und Tochter Kindergeschäfte. Sie fanden einen sportlichen, graumelierten Kinderwagen. Inga musste Leonie davon überzeugen, nicht den rosafarbenen zu wählen. Fast magnetisch wurde Leonie von der Farbe rosa angezogen.

»Weißt du, dass du heute ganz gegen Gender agierst?«, stellte ihre Mutter grinsend fest. »Wenn ich dich heute allein einkaufen geschickt hätte, dann wärst du mit einem Berg von rosa Sachen nach Hause gekommen. Und dann die Überraschung: ein Junge ...«, scherzte Inga, während sie weißen Stoffwindeln, weiße Babybodys und Strampelhosen in Größe 50 einpackte. Wie klein alles war!

»Mama, jetzt habe ich wirklich Hunger! Mir schmeckt alles und das ist eine herrliche Begleiterscheinung meiner Schwangerschaft. Alles ist köstlich!«, lachte Leonie und vertiefte sich in die Speisekarte des italienischen Restaurants, in dem sie gelandet waren.

Sie bestellten Fenchelsalat mit Orangen als Vorspeise und Pasta. Leonie wollte auch gleich die Nachspeise ordern, aber Inga hielt sie zurück. »Lass uns nachher noch in ein Caféhaus gehen. Papa ist mit seinem Museumsbesuch bald fertig und so könnten wir uns im Sacher treffen! Das liegt ja nahe der Albertina«, organisierte Inga den weiteren Verlauf des Nachmittags.

Plötzlich stutzte Leonie. Sie erschrak so heftig, dass ihr ein Stück Fenchel im Hals steckenblieb, was ihr einen heftigen Hustenanfall bescherte. »*Marco!*« Er bediente gerade den Nebentisch. Leonie schnappte nach Luft, hörte die Stimme ihrer Mutter, nahm aber nicht wahr, was sie sagte. »*Marco!*« Mit tänzelnden Schritten huschte er zwischen den Tischen umher. »*Hoffentlich kommt er nicht an unseren Tisch!*«, dachte Leonie immer panischer werdend. Zu spät. Marco drehte sich um und ihre Augen trafen sich.

Nach einem kurzen Schreckensmoment breitete sich ein strahlendes Lächeln auf seinem Gesicht aus. Langsam wandte er sich ihrem Tisch zu. Leonie staunte über sich selbst: Gerade hatte sie noch nach Luft und Fassung gerungen, jetzt merkte sie, dass sich der erste Schrecken in Freude verwandelte. Sie mochte Marco.

»Wir brauchen das Geheimnis der Anziehung von Mann und Frau …!«, hörte Leonie ihre Mutter wieder.

Kapitel 43

»Es tuat so weh, wenn ma verliert, wenn an die Kraft zerrissen wird.« Sein Herz verkrampfte sich. Marco war von dem Schmerz, den der Tod seines ungeborenen Kindes ausgelöst hatte, nicht losgekommen. Warum hatte ihm Ulla das angetan? Warum die Abtreibung? Er war so verzweifelt: Er hatte vieles versucht, um diesem elenden Gefühl zu entkommen. Er war wie gewohnt zur Arbeit gegangen, hatte am Abend seine Tanzstunden gehalten, war nachts mit Freunden losgezogen. Aber immer wieder hatte ihn diese Verlassenheit eingeholt, immer wieder hatte er das Gefühl gehabt, etwas Wertvolles für immer verloren zu haben…

Am besten hatte er Distanz zu seiner Verzweiflung aufbauen können, wenn er mit seiner Trainingspartnerin für die Meisterschaft im ›Tango Argentino‹ trainierte. Die Tangofiguren hatten Konzentration und Einfühlungsvermögen gefordert. Gerade »el Ocho«, die Acht, bedurfte höchster Aufmerksamkeit. Sie war eine der schönsten Figuren, denn durch ihre akzentuierte Beckenbewegung ist der Ocho die wohl erotischste Schrittfolge. Marco musste seine Partnerin so führen, dass sie den Ablauf Schritt-Drehen-Schritt-Drehen mit Hingabe und Leichtigkeit tanzen konnte. Alles lag in seinen Armen. Die Drehung. Die Bewegung. Die Frau. Dabei war es ihm nicht möglich gewesen, irgendwelche Probleme zu wälzen. Wie der Tanz gelang, hing ausschließlich von ihm ab. Seine Partnerin sollte sich nur vollkommen fallenlassen können. Erst dann strahlte dieser Tanz jene Schönheit und Erotik aus, die ihn so faszinierend machten. Dem Mann musste es gelingen, ein Spannungsfeld zwischen sich und seiner Partnerin aufzubauen, dass die Frau wiederum mit ihrer Lockung verstärkte.

Und dann ging er müde nach Hause. Er überquerte die Kreuzung mit Hilfe von Ampelweibchen und schmunzelte über die neuen Signalanlagen. Diese Gendergeschichten…!

All diese Lobbyisten hatten sicher noch nie einen Tango Argentino getanzt, wo das erotische Prickeln zwischen Mann und Frau zentral war.

Seine Trauer hatte ihn immer wieder eingeholt. Marcos Mutter war sein Gemütszustand schon aufgefallen, aber er hatte sich nicht getraut, ihr die Wahrheit zu gestehen. Dass ihr Enkelkind nicht leben durfte, würde ihr das Herz brechen. Heute hatte er endlich beschlossen, sie in dem Restaurant, in dem sie als Köchin aushalf, zu besuchen. Ihre »Pasta all arrabbiata« war die beste in ganz Österreich.

»Hallo, Mamma son tanto felice, perche ritorno da te«, sang er lauthals ihr Lieblingslied und parodierte Pavarotti, während er durch den Hintereingang die Küche des Lokals betrat.

»Na, mein Sohn, was machst du denn hier? Hast du etwa Hunger?«, begrüßte ihn seine Mutter. Auf ihrem Gesicht konnte man die Freude ablesen. »Da musst du dich aber leider ein bisschen gedulden. Luigi ist krank geworden und so musste ich heute auch noch servieren«, erklärte Elenora und schenkte ihren verschiedenen Pastasaucen, die alle gleichzeitig in kleinen Pfannen vor sich hin köchelten, wieder ihre ganze Aufmerksamkeit. Marco nahm am kleinen Küchentisch Platz. Wenn er seine Mutter um diese Uhrzeit besuchte, dann kochte sie ihm immer seine Lieblingspasta mit Tomaten, Oliven und Rucola. Danach saßen sie oft stundenlang allein im Restaurant, plauderten und tranken italienische Rotweine. Aber heute schien das Chaos ausgebrochen zu sein. Der Lokalbesitzer, der auch für den Service zuständig war, schien völlig überfordert.

Belustigt beobachtete Marco die Szene und erinnerte sich an die Zeit, in der er ein nettes Taschengeld in den verschiedenen Lokalen dazuverdient hatte. Aber schon während des Wirtschaftsstudiums hatte er entschieden, sich mit Geld und Veranlagungen zu beschäftigen. Jetzt war er ein gutverdienender Fondsmanager. Dadurch konnte er den luxuriösen Lebensstil, seine teure Wohnung und auch die vielen Reisen finanzieren. Und bei Frauen spielte er gerne den großzügigen Verführer … Und was hatte er jetzt davon? Einsamkeit, Verlassenheit und Trauer.

»Hallo, mein Sohn, könntest du uns helfen?« Seine Mutter sah ihn auffordernd an: Sie hielt ihm zwei Vorspeiseteller mit Antipasti unter die Nase. »Das gehört auf Tisch fünf, rechts neben der Tür. Hilf uns eine halbe Stunde, dann koch ich dir etwas. Ok? Tisch fünf, bitte sehr!« Und schon befand er sich, mit zwei Tellern in der Hand, auf dem Weg in Richtung Restaurant. »*Das ist wieder typisch Mama. Ich hoffe, es sieht mich keiner meiner Freunde oder Kollegen*«, dachte er, als er den gut gefüllten Raum betrat. Stimmengewirr schlug ihm entgegen und er erinnerte sich an die Zeit als 18-Jähriger. Damals hatte ihm diese Arbeit großen Spaß gemacht. Hier geschah Leben. Bei Essen und Wein entstand Gemeinschaft und Freude. Das tat ihm gut. Er tänzelte zwischen den Tischen hindurch, nahm Bestellungen auf, scherzte und lachte mit den Gästen.

Und dann sah er sie. Sie saß im linken Teil des Lokals und starrte ihn ungläubig an. Im ersten Moment hatte er sie nicht erkannt, doch plötzlich erschien der bekannte Film vor ihm. Dunkelheit. Fuerta. Tango. Leonie. Sein Gesicht erhellte sich und er musste Leonie anlächeln. Die Anziehung war sofort wieder da. Mit langsamen Schritten ging Marco auf Leonie zu. Er konnte nicht anders.

Marco schlüpfte in seine Verführerrolle: »Hallo, hübsche Frau …« Die Frau neben Leonie sah verdutzt von einem zum anderen.

»Oh, entschuldigen Sie, gnädige Frau. Sie müssen die Schwester sein«, charmant wandte sich Marco an Inga und deutete einen Handkuss an. »Ich bin Marco, ein enger Freund dieser jungen Dame hier.«

»Grüß Gott.« Inga lachte und entzog dem jungen Mann ihre Hand. »Freut mich, Sie kennenzulernen und danke für das Kompliment. Ich bin Leonies Mutter.«

»*Oh Gott, bitte hilf mir. Ich wollte diesen Mann nie wieder sehen und dann treffe ich ihn, gerade jetzt, wo ich sichtlich schwanger bin – von ihm ...*« Leonie merkte, wie das Baby unter ihrem Herzen heftig strampelte.

»Hallo!« Verlegen begrüßte Leonie den Mann. Doch Marco zog sie hoch und umarmte sie. In diesem Moment spürte er die kleine Wölbung und er sah verwundert auf Leonies Bauch. Er konnte nicht anders, er musste seine Hand drauflegen.

»*Hallo, Mamma, son tanto felice, perche ritorno da te*«, das Lied von Pavarotti kam ihm wieder in den Sinn. »Mama, ich kehre zurück zu dir!« Da spürte er eine zarte Bewegung unter seiner Hand. Doch Leonie machte sich aus der Umarmung frei, griff nach ihrem Schal und lief aus dem Lokal.

Kapitel 44

»Wie konntest du Marco nur die Handynummer geben?« Leonie stürmte ins Wohnzimmer. »Er hat mich diese Woche dreimal angerufen! Ich wusste nicht, wie ich ihn abwimmeln sollte!«

»Ich habe ihm deine Nummer nicht gegeben!« Inga war über den Angriff überrascht.

Leonie zögerte: »Aber von wo hat er dann meine Nummer?« Plötzlich wich die Kraft aus Leonies Körper und sie sank neben ihrer Oma, die zu Besuch war, auf den Sessel. »Ich wollte diesen Mann nie mehr wiedersehen ...«

»Aber warum ist es für dich so schlimm, wenn dieser junge Mann mit dir Kontakt aufnehmen will?« Inga hakte trotzdem nach. »Er ist überaus sympathisch und sieht auch sehr gut aus.«

»Ich will ihn einfach nicht sehen. Punkt. Aus!« Erzürnt sprang Leonie auf.

»Ist er der Vater deines Kindes?« Leonie zuckte heftig zusammen. Typisch Gertrud, immer ganz direkt. Leonie wollte widersprechen, doch der Kloß in ihrem Hals ließ die Worte ersticken.

Inga holte ein Gedeck aus dem Wohnzimmerschrank, legte ihrer Tochter ein Stück Gugelhupf auf den Teller und brachte Cappuccino. Stille und bedrücktes Schweigen. Leonie fasste sich.

»Ja, Omi, er ist der Vater. Der biologische Vater und ich will nicht, dass er weiß, dass es sein Kind ist. Es war ein One-Night-Stand! Da war nur Sex ... Wir haben uns nicht einmal richtig gekannt! Keine Verpflichtung! Keine Liebe ...«

Gertrud war bleich geworden und lang vergessene Erinnerungen kamen hoch. Immer wieder hatte Inga damals nachgebohrt. »Mama, sag mir endlich, wer mein Vater ist! Seit 15 Jahren schuldest du mir die Antwort. Ich will, nein, ich muss es wissen! Du hast mich weggegeben und

15 Jahre konnte ich nicht bei dir sein und 15 Jahre wusste ich nicht, wer mein Vater ist! Ich habe das Recht darauf …!« Voll Zorn hatte der Teenager der Mutter all das entgegengeschleudert.

»*Aber, was bringt es dir? Was ist, wenn er kein guter Mensch gewesen ist? Was, wenn ich dir erzähle, dass er sich nicht in geringster Weise um uns gekümmert hat? Was, wenn ich dir erzähle, dass er nichts von dir wissen wollte?*« Gertrud war unsicher gewesen.

»Inga, ich wollte dich doch nur beschützen.«, Gertrud hatte damals das gesagt, was sie selbst 15 Jahre lang geglaubt hatte. In Wirklichkeit, das wurde ihr jetzt bewusst, war es die Reaktion auf eine tiefe Verletzung. Pierre hatte sie damals verlassen und deshalb hatte sie ihm den gleichen Schmerz zufügen wollen… Sie wollte ihm, als er es sich anders überlegt hatte, sein Kind nicht mehr gönnen. Diese Gedanken hatten Gertrud schon geraume Zeit verfolgt und als ob die Wahrheit an die Oberfläche drängen würde, wurde ihr jetzt vieles klar. Wie Schuppen fiel es ihr von den Augen. »*Habe ich durch mein Verhalten mehr verloren als gewonnen? Habe ich durch die Geheimhaltung des Vaters Inga geschadet?*«

»Weißt du, mein Mädchen, ich wollte dich wirklich beschützen. Dein Vater hat es nicht gut mit uns gemeint und die Zeiten waren schwierig. Für uns alle war es damals das Höchste, ein freies und selbstbestimmtes Leben zu führen…!« Gertrud versuchte sich Zeit zu verschaffen. Durch die erneute Schwangerschaft und die Liebe des Mannes, den sie geheiratet hatte, war ihr viel bewusst geworden. Sie würde mit Pierre für immer verbunden sein. Nicht nur durch ihr gemeinsames Kind, sondern auch durch die Stunden, in denen sie sich geliebt hatten. Sie hatte das immer beiseitegeschoben, aber durch Alfreds treue Liebe, wurde ihr immer klarer, dass Liebe so viel mehr war, als kurze Momente des Glücks. Dennoch, auch die körperliche Liebe, auch bloße Sexualität, verbindet Menschen.

»Wie sagte es Antoine de Saint-Exupéry im »kleinen Prinzen«: »Du bist zeitlebens für das verantwortlich, was du dir vertraut gemacht hast. Pierre wird immer ein Teil von Ingas Leben sein ...«

Gertrud fand sich in der Gegenwart und am Kaffeetisch wieder. »Leonie, ich weiß, wovon du sprichst! Ich war in einer ähnlichen Situation, nur wollte der Vater deiner Mutter zunächst nichts von uns wissen. Ich war gekränkt, verletzt und böse. Ich hatte damals entschieden, ihn aus meinem Leben und aus dem Leben deiner Mutter auszuschließen. Ich wollte auf keinen Fall, dass er Kontakt zu seiner Tochter aufbauen konnte. Die Konsequenzen waren mir nicht annähernd bewusst. Damit habe ich viele Menschen verletzt. Pierre, meine Eltern, mich selbst und natürlich deine Mutter. Ich habe dadurch Inga das Leben sehr schwer gemacht!« Gertrud vermied es, in Richtung ihrer Tochter zu blicken. »Erst durch die Liebe zu Alfred wurde mir bewusst, dass ich immer auch mit Pierre verbunden sein würde. Ich habe Pierre geliebt, aber als es aus war, dachte ich, dass mich nichts mehr an ihn bindet. Diesen Irrtum habe ich fünfzehn Jahre lang geglaubt. Und so habe ich meiner Tochter fünfzehn Jahre lang ihren Vater gestohlen. Fünfzehn Jahre, in denen sie ihn so notwendig gebraucht hätte. Fünfzehn Jahre, in denen wir alle viel verloren haben.« Gertrud wurde still und dann meinte sie Richtung Leonie: »Aber bei dir könnte es jetzt anders sein ...«

»Ich spreche hier von einem One-Night-Stand!« Leonie war genervt: »Ihr beide habt keine Ahnung, wie sehr ich mich danach geschämt habe. Ich hatte getrunken, war aufgewühlt und dieses innige Tanzen, diese Männlichkeit ... das alles hatte mich überfordert! Ich bin mit einem Unbekannten ins Bett gegangen. Ich will nicht, dass er in mein Leben tritt. Ich will es nicht! Ist das so schwer zu begreifen?«

»Bitte, Schatz!«, begann Inga fast flehentlich, »glaub' mir, es ist für dich und für dein Kind essenziell, diesen

Mann in euer Leben einzuladen. Ich selbst habe so lange nach meiner Identität gesucht, ich habe so gelitten und das Gefühl gehabt, ich würde eine Hälfte von mir nicht kennen.

»Kannst du dich an ein Gespräch erinnern, in dem ich dir die wichtigste Lektion aus meinem Leben schilderte?«, richtete sich nun die Großmutter an Leonie. »Nur die Liebe zählt…! Vor allem jene Liebe, die das Wohl des anderen im Blick hat!«

»Ja, es geht um das Wohl des anderen«, schaltete sich Inga ein. »Und wenn du an dein Kind denkst, wirst du erkennen, dass Marco ein Teil eures Lebens sein muss…«

»Nein, das will ich nicht und ich werde eine andere Lösung finden!«, dachte Leonie trotzig, während sie ihre Hände schützend um ihren Bauch legte.

Kapitel 45

»Weißt du, alle glauben, mir sagen zu müssen, was ich zu tun hätte! Nur weil ich schwanger bin, habe ich doch mein Gehirn nicht abgegeben!« Mühsam kletterte Leonie in Angelikas Bar auf den Barhocker. Ihr kleines Bäuchlein machte sich bemerkbar.

Da wurde die Tür aufgestoßen. Ein kalter Luftzug wehte herein ... und Lilly stand im Türrahmen, leichenblass. »Was ist denn passiert?« Angelika lief zu ihr und auch Leonie war sofort zur Stelle.

Lilly atmete schwer und hielt ihren übergroßen Bauch. Bis zum Geburtstermin waren es noch drei Wochen.

»Es ist so glatt und ich bin vor dem Lokal hingefallen!« Lilly zitterte. »Ich konnte mich nicht abfangen und bin mit voller Wucht nach hinten gefallen. Ich hoffe, dem Baby ist nichts passiert. Als ich aufprallte, hat mich ein heftiger Schmerz durchzuckt!«

»Und wie geht es dir jetzt?«

»Jetzt geht es wieder ... – Ich hoffe, der Schmerz kam nur von der Wucht des Sturzes. Hast du einen Schluck Wasser für mich?« In Lillys Gesicht spiegelten sich Angst und Verwirrung. »Vielleicht mit einem Schuss Kräuterlikör, damit das Zittern aufhört.«

»Du kannst doch jetzt keinen Likör trinken!« Angelika konnte es nicht glauben.

»Geht es dir auch so, dass alle immer besser wissen, was für dich das Richtige ist?« Lilly versuchte zu lächeln.

»Ja«, schmunzelte Leonie: »Sie behandeln mich, als ob ich meinen Verstand verloren hätte! Bring mir auch einen kleinen Likör, bitte.«

»Ok, dann gibts Chili-Schokolikör, alkoholfrei!«, grinste Angelika und servierte zwei winzige Gläser, mit dunkler süßer Flüssigkeit.

Als Lilly gekostet hatte, bekam sie wieder etwas Farbe. »Alles ok! Das war nur der Schreck«, sie lehnte sich im Sessel zurück und schloss die Augen. Ihre Hände lagen schützend um ihren Bauch. Leonie lächelte, denn diese Geste war ihr vertraut.

»Habe ich dir schon erzählt, dass Mama und Oma immer zu wissen glauben, was für mich und das Baby das Beste ist?« Gespielt entrüstet nahm Leonie den Faden wieder auf.

»Was? Es gibt ein Thema, bei dem die beiden sich einmal einig sind?« Ungläubig schüttelte Lilly den Kopf.

»Sie wollten mir erklären, dass ich dem Vater meines Kindes erzählen sollte, dass ich von ihm ein Kind bekomme. Weißt du, ich soll mich beruflich ja für ein positives Bild von Leihmutterschaft einsetzen, da ist weder der leibliche Vater noch die leibliche Mutter von Bedeutung. Warum sollte dann ausgerechnet ich, jenen Mann, mit dem ich nur einmal Sex hatte, in mein Leben lassen?« Jetzt klang sie wieder empört.

»Wie, du willst dem Vater nichts erzählen? Du möchtest das Kind allein großziehen? Du möchtest keine Hilfe von ihm?«, wollte Angelika in zweifelndem Ton wissen.

»Ja, natürlich! Ich kenne ihn ja kaum.«

»Willst du, dass dein Kind glücklich wird?«, fragte Lilly. »Wenn ja, dann bleibt dir nichts anderes übrig, als ihn an eurem Leben teilhaben zu lassen.«

»Mein Kind wird auch mit mir allein glücklich!« Leonie traute ihren Ohren nicht. »Wir haben euch alle an unserer Seite. Unsere Familie ist groß genug, dass dieses kleine Wesen glücklich werden kann!« Etwas zu laut verteidigte Leonie ihre Meinung.

»Das größte Geschenk, das wir unseren Kindern machen können, ist, dass sie geliebt werden. Im Idealfall von Mutter *und* Vater«, antwortete Lilly sanft, aber sehr sicher.

Es wurde still.

»Macht es nicht so pathetisch, dieses Kind ist einfach passiert. Ich freue mich jetzt darüber, aber ich sehe nicht ein, dass es auch unbedingt einen Vater haben muss. Warum mischt Ihr euch alle ein?«

Plötzlich bemerkte Leonie Lillys schmerzverzerrtes Gesicht. Sie wirkte panisch.

»Was ist los?« Leonie kniete sich neben ihre Schwester.

»Bitte hol Klaus!«, Lillys Stimme klang fremd: «Durch den Sturz muss mir die Fruchtblase geplatzt sein!«

Angelika sprang auf: »Ich hole die Rettung!«

»Nein, ruft zuerst Klaus an. Wir brauchen jetzt den Vater!« Immer wieder krümmte sich Lilly zusammen.

Lillys Mann war schnell da.

»Ich bin gestürzt und jetzt kommt das Baby viel zu früh!«, schluchzte Lilly.

Klaus umarmte seine Frau zärtlich: »Liebling, das ist unser viertes Kind. Das Baby hat es ein bisschen eiliger als die anderen.« Mit leiser Stimme redete Klaus auf Lilly ein, die trotz der heftigen Schmerzen in seinen Armen ruhiger wurde.

Mit Blaulicht erreichte die Rettung den kleinen Platz und Lilly wurde mit äußerster Vorsicht abtransportiert.

Wortlos beobachteten Leonie und Angelika die Szene. Angelika legte Leonie schützend den Arm um die Schultern.

»Ich glaube wirklich, wenn ein Mann seine Frau und sein Kind schützt, dann ist er ein richtiger Mann«, lächelte Angelika dem Rettungsauto nach. »Klaus macht das wirklich gut.« Und dann flüsterte Angelika Leonie zu: »Du wirst sehen, morgen werden wir uns über einen neuen, kleinen Erdenbürger freuen.«

»Findest du, ich sollte Marco von dem Kind erzählen?« Leonie schaute dem verschwunden Rettungsauto nach. Glaubst du wirklich, dass das für mein Kind wichtig ist?«

»Ja. Deine Schwester hat uns gerade drastisch vor Augen geführt, wer in der Not für sie die größte Unterstützung ist. Väter sind wichtig und wenn es nur irgendwie möglich ist, sollen wir sie von den Kindern nicht fernhalten – und von uns selbst auch nicht.«

Leonie, dachte an Lilly und Klaus und streichelte ihren Babybauch. »Ja, vielleicht ...«

Kapitel 46

»*Leonora, Lena, Lilly, Leonie. Vier Mädchen, vier Namen, vier »L«! Liebe und Leben! Wir vier sind für die Liebe geschaffen! Wir sind für das Leben geschaffen!*« Leonie hatte durch das Fenster der Frühgeburtenstation, die kleine Leonora, die im Brutkasten schlief, das erste Mal sehen können. »*Da lieben sich Mann und Frau und daraus entsteht so ein Wunder!*«

Nun spazierte Leonie vom Salzburger Landeskrankenhaus über den Mönchsberg. Sie passierte das Museum der Moderne und gelangte auf den idyllischen Wanderweg Richtung Burg Hohensalzburg. Hier waren sie und Andreas oft spaziert. Die Bilder, die in ihr auftauchten, machten sie froh. Aber auch ein bisschen traurig ... Hier oben hatten sie wunderbare Stunden erlebt, aber auch heftig diskutiert. Auch Abtreibung war so ein Streitthema gewesen. Und jetzt schlenderte sie, mit einem Baby unter dem Herzen, auf dem schneebedeckten Weg. Wie sehr war sie damals in Andreas verliebt gewesen und wie schnell hatte sich alles verändert!

In Gedanken versunken übersah Leonie eine eisige Stelle, rutschte aus und stolperte gewaltsam vorwärts. In letzter Sekunde konnte sie sich an einem Ast festhalten und einen Sturz verhindern.

»*Puh, fast wie Lilly*«, dachte sie und setzte sich zittrig auf einen Stein. Der Schreck steckte ihr in allen Gliedern.

Da riss sie der Ton des Handys aus ihrer Schockstarre.

»Kann es sein, dass ich eine wunderschöne Frau, allein und verlassen am Wegrand sitzen sehe?« Überrascht vernahm Leonie Andreas' Stimme. Wie ein Jäger spähte sie in den Wald. Doch sie konnte niemanden entdecken.

»Nein, meine Liebe, so einfach findest du mich nicht«, flüsterte Andreas. Leonie schmunzelte und wandte sich um. Zwischen den Bäumen tauchte Andreas überraschend auf. Er musste gerade durch den Wald gejoggt sein.

»Dich schickt der Himmel!« Leonie atmete erleichtert auf. »Ich hatte schon Bedenken, wie ich wieder von diesem Berg herunterkommen sollte …?«

»Was machst du denn so früh auf diesem Weg?« Besorgt sah Andreas in ihr bleiches Gesicht.

»Durch einen Sturz hat bei meiner Schwester gestern die Geburt zu früh eingesetzt. Die kleine Leonora hatte es eilig. Ich wollte mich so schnell wie möglich überzeugen, dass alles in Ordnung ist. Aber ich konnte nur das Baby sehen, meine Schwester nicht. Und dann wollte ich über den Mönchsberg zurück nach Hause. Und jetzt wäre ich fast selbst gestürzt …«

»Hast du nicht aufgepasst? Es ist hier ziemlich eisig!«

Leonie wirkte abwesend und verträumt: »Ich habe mich an unsere Spaziergänge hier oben erinnert. Wie verliebt ich war und, dass ich durch den One-Night-Stand alles kaputtgemacht habe.«

»Ein One-Night-Stand ist natürlich nicht so klug, aber andererseits, du bekommst ein Kind und das ist immer ein Wunder, eigentlich gleichgültig, wie es zustande gekommen ist.« Lächelnd sah Andreas auf die Wölbung unter Leonies Winterjacke. Der Pelzkragen umschmeichelte ihr zartes, immer noch blasses Gesicht. Sie wirkte wie aus Porzellan. Sie gefiel ihm so sehr!

»Ja, aber wir beide haben uns verloren!« Erneut wurde Leonie der Verlust bewusst. Dann lenkte sie ab. »Weißt du, meine Familie bedrängt mich, Marco, den Vater des Kindes, in mein Leben zu lassen! Ich will das aber nicht!«

Beschützend legte Andreas seinen Arm um Leonies Schultern und beruhigte sie: »Weißt du, dass Gott, bei jedem, der ihn liebt, alles zum Guten führt? Römer 8.28.«

»Römer 8.28?«, fragte Leonie leicht spöttisch nach, obwohl ihr klar war, dass Andreas oft aus der Bibel zitierte.

»Du weißt es doch!« Lachend zog er sie an sich.

»Aber im Ernst, sieh dich an! Du strahlst, bist wunderschön und wirkst glücklich. Gott hat alles zum Besseren gewendet!«

»Du hast recht, dieses Kind erfüllt mich mit Glück und auch meine Zuversicht wächst. Das hätte ich mir vor einigen Monaten nicht vorstellen können. Aber es ist mein Kind und irgendwie fällt es mir schwer, diesen Schürzenjäger in mein Leben zu lassen.« Langsam wanderten die beiden auf abschüssigem Weg dahin.

»Deine Bereitschaft ist deine Grenze«, begann Andreas zu philosophieren.

»Woher ist das jetzt wieder?«

»Aus dem Buch ›Fionn‹, einer irischen Sagensammlung. Ein alter Dichter, der an einem Fluss die Überfahrt für Reisende durchführt, gab seinem Gehilfen diese Weisheit weiter. Denn für den Gehilfen war seine mangelnde Bereitschaft eben seine enge Grenze!«, wiederholte Andreas.

»Und was hat das mit mir zu tun?« Leonie blieb stehen.

»Du bist ein Kind Gottes und er wird alles, was passiert, zum Guten wenden. Demnach bist du Gott ähnlich und deshalb auch zur bedingungslosen Liebe fähig. Durch das Ja zu deinem Kind hast du das bewiesen. Wenn du den Vater in euer Leben lässt, erklärst du dich bereit, neue Wege zu gehen. Du beweist damit eine Menge Mut. Deine Bereitschaft öffnet deine Grenzen. Wenn dein Kind seinen leiblichen Vater kennenlernen darf, ist es einfach das Richtige. Und letztlich wird es für alle gut sein!« Andreas führte sie den steilen Weg hinunter, bis sie sicher in der Stadt angekommen waren.

Den ganzen Weg über habe ich mich keine Sekunde gefürchtet. Andreas hat mich gefahrlos geführt. Er hat mich festgehalten und sicher ans Ziel gebracht. Wie lange habe ich dieses Gefühl der Sicherheit nicht mehr gespürt!« Dankbar umarmte Leonie Andreas und flüsterte ihm zu: »Es ist so schade, dass es mit uns nicht geklappt hat …!«

Kapitel 47

»Du wirst Vater!«, hatte Leonie Marco am Vorabend telefonisch mitgeteilt. »Keine Verpflichtungen, ich schaff das allein!«, war alles, was er gehört hatte.

Leonie hatte die unbekannte Nummer auf ihrem Handy zurückgerufen und natürlich war es Marco gewesen.

»Woher hast du meine Nummer?«

»Nach unserer gemeinsamen Nacht bist du zwar einfach abgehauen, aber eine Visitenkarte hattest du zurückgelassen. Ob absichtlich oder nicht, weiß ich nicht. Jedenfalls habe ich sie aufgehoben …«

Nun saß er an seinem Schreibtisch mit Blick über die Stadt. Wie eine mächtige Welle, schnell und gewaltig, waren Leonies Worte über ihn hinweggerollt. Seine Gefühle wirbelten durcheinander: Trauer, Schrecken, Überforderung, Freude.

Er wurde Vater! Er konnte es nicht glauben. Fragen über Fragen. Er versuchte seine Mutter anzurufen. Doch dann erinnerte er sich an Ullas Vorwurf: »Du fragst bei jeder Gelegenheit deine Mama! Werde endlich erwachsen! Werde endlich ein Mann!« Er legte hastig auf. Er war durcheinander. »*Mein erstes Kind durfte nicht leben und jetzt soll ich doch Vater werden? Und das alles innerhalb so kurzer Zeit …*«

Es wurde ihm zu eng in seinem Büro. Marco entschuldigte sich und verließ das imposante Gebäude der Investmentfirma. Als er ins Freie trat, schlug ihm eisiger Wind entgegen. Nicht nur sein Herz fröstelte. Habsburgergasse, Richtung Graben. Wenige Touristen, die trotz der frostigen Temperaturen die Stadt besichtigten. Er fand sich vor dem Stephansdom wieder. Einige Fremde drängten in den Dom und rissen ihn mit. Im dunklen, fremden Kirchenraum zog es ihn nach vorne, wo gerade eine heilige Messe gefeiert wurde. Die laute, angenehme Stimme des Priesters hallte durch den Raum. Marco setzte sich in eine der vorderen Bänke.

»Jesus wurde für uns leibhaftiger Mensch. Das haben wir vor kurzem an Weihnachten gefeiert. Gott ist als Kind, als Neugeborenes auf die Welt gekommen. Völlig schutzlos! Völlig angewiesen auf die Fürsorge von Maria und Josef!« Der Priester machte eine Pause, bevor er leiser fortfuhr: »In einigen Wochen gedenken wir seines schmerzvollen und grausamen Todes. Auch hier scheint es, dass er schutzlos ausgeliefert war. Niemand stand ihm zur Seite. Judas verriet ihn, Petrus verleugnete ihn und die Jünger versteckten sich.« Der Priester hielt nochmals inne. Stille – man konnte die Verlassenheit spüren. Nun fuhr er, mit einer freudvolleren Stimme fort »Aber nicht ganz! Maria, seine Mutter, Maria Magdalena und Johannes waren bei ihm geblieben. Sie hatten unter dem Kreuz ausgeharrt. Sie blieben ihrer Liebe zu Jesus treu!« Schreckliche und schöne Bilder entstanden durch die melodiöse Stimme des Priesters. Bewegt hörte er dieser fantastischen Geschichte zu.

»Und dann der Tod – Jesus stirbt am Kreuz – alles aus – Schluss – Vorhang zu!«

»Tod! Ja, mein Kind ist tot.« Immer wieder durchzuckte Marco das blanke Entsetzen.

»Doch das Geschehen ist nicht zu Ende. Nein, jetzt geht's erst los. Jetzt kommt das Morgenrot!« Mit lauter Stimme begann der Priester von neuem. »Jesus hat in seinem Leben viele Wunder vollbracht, er hat viele kluge Sätze gesagt, Dämonen ausgetrieben, er hat viele Menschen bewegt, angesprochen und geheilt! – Aber, das Wichtigste ist: Er ist für uns gestorben und nach drei Tagen auferstanden. Er hat den Tod besiegt und damit das Tor zum ewigen Leben geöffnet. Es ist die großartigste Liebesgeschichte der Welt!«, endete der Pfarrer.

»Mein Kind musste sterben, mein anderes Kind darf leben. Liegt alles in Menschenhand? Ist das richtig, dass ein Leben vom Wohlwollen anderer abhängt? Dieser Jesus war Gott und wurde einfach umgebracht? Mein Kind auch! Hat das miteinander zu tun?« Ein Zischen drang an sein

Ohr, böse und eindringlich. Eine Schlange in der Kirche? – Wahrscheinlich die Lautsprecheranlage … Die Messe war zu Ende. Marco blieb sitzen.

»Kann ich Ihnen helfen?«, erkundigte sich der Priester, der plötzlich vor ihm stand. »Was heißt hier großartigste Liebesgeschichte der Welt? Er ist tot. Aus, vorbei. Rien ne va plus.« Marco war verblüfft! Der Mann hatte sich ungefragt an seine Seite gesetzt. »Ich habe ein Kind verloren, es wurde abgetrieben.« Von Ekel gepackt, schleuderte Marco dem Priester die Worte entgegen.

»Und gestern erfuhr ich, dass ich doch Vater werde, von einer anderen Frau. Und Sie sprechen vom Tod, der in der großartigsten Liebesgeschichte der Welt endet!?« Verzweifelt wollte Marco aufstehen. »Der Tod ist der Tod und hat bestimmt nichts mit Liebe zu tun.«

»Wissen Sie, für mich gibt es so etwas wie »drei Leben.« Das Leben des ungeborenen Kindes, das Leben, das wir beide gerade hier auf dieser Welt leben und das Leben im Himmelreich«, begann der Priester mit begütigender Stimme. Marco setzte sich wieder. »Jesus ist für uns gestorben, um den Tod zu besiegen. Der Grund war, dass er die Schuld der Menschheit auf sich genommen hat, dafür gestorben ist und die Menschen durch seine Auferstehung frei gemacht hat. Dadurch können wir das ewige Leben im Himmel erlangen«, erklärte der Priester.

Marco wusste, dass seine Mutter an den Himmel glaubte, aber er hatte sich nie damit auseinandergesetzt. Nun berührte ihn das zum ersten Mal persönlich. Er hakte nach: »Jesus ist gestorben, um weiterzuleben? Und wir werden nach unserem Tod auch weiterleben?« Ungläubig sah der junge Mann sein Gegenüber an. Durch die Fenster im Altarraum fielen einzelne Sonnenstrahlen und erhellten den Raum mit warmem Licht.

»Heißt das, dass ich vielleicht mein getötetes Kind im Himmel wiedersehen könnte?« Marco sprach den unerhörten Gedanken zögernd, aber mit wachsender Hoffnung aus.

»Ja, Sie werden Ihr Kind wiedersehen!«, antwortete der Priester.

»Vor einigen Wochen erzählte mir meine Freundin, dass sie unser Kind abgetrieben hat und jetzt erfahre ich, dass ich durch einen One-Night-Stand Vater werde. Dann höre ich zufällig Ihre Predigt über den Tod und die großartigste Liebesgeschichte der Welt. Sie sagen, dass ich mein Kind vielleicht doch noch kennenlernen könnte und dass mit dem Tod nicht alles vorbei sei«, fasste Marco seine Überforderung zusammen. »Das ist ziemlich heftig!« In der Zwischenzeit wurde der Altar immer mehr vom Sonnenlicht überflutet.

»Die übermächtige Liebe, die Gott zu jedem Menschen hat, macht uns alle zu etwas ganz Besonderem. Jedes Kind ist ein Kind Gottes, sein Geschöpf und er wird es nie aus den Augen verlieren. Es ist ein großes Unrecht, den kleinen Menschen das Leben hier auf Erden zu verweigern und wir werden das noch bitter bereuen. Aber Gott wird seine unschuldigen Kinder auf geheimnisvolle Weise zu sich führen …«

»Erhebe dich!«, forderte der Priester Marco auf.

»Ich meinte nicht körperlich,« der Priester schmunzelte Marco an als dieser aufstand. »Erhebe dich zu deiner Kraft. Die edelste Aufgabe von dir wäre, dein Kind zu schützen. Wenn du Verantwortung übernimmst, erfüllst du sie …«

»*Erhebe Dich!*« Diese Worte vor sich hersagend, hastete Marco zwei Tage später zu dem vereinbarten Treffpunkt mit Leonie. Als er an einem Blumengeschäft vorbeiging, kaufte er kurzerhand alle roten Rosen. Der riesige Strauß fühlte sich wie ein mächtiger Schutzschild an. Ein Schutzschild, mit dem er sein Kind begleiten, behüten und beschützen wollte. Er spürte unerwartete Kraft in sich wachsen.

Wortlos übergab er Leonie den Blumenstrauß. Er lächelte und sah verlegen auf Leonies Babybauch. »Du darfst das Kind begrüßen«, sagte sie. Als er die Mitte ihres Leibes berührte, verspürte er eine leichte Bewegung unter seiner Hand. Freude und Dankbarkeit überkamen ihn.

»Danke, dass du unser Kind leben lässt!« Er blickte in das Gesicht der hübschen Frau und fühlte sich glücklich wie lange nicht.

Kapitel 48

Leise und behutsam betrat Leonie das Krankenzimmer. Sie sah die schlafende Mutter und wollte unauffällig wieder verschwinden. Doch Lilly schlug die Augen auf und lächelte sie matt an. Leonie erschrak, als sie das bleiche Gesicht sah. Da entdeckte sie unmittelbar neben Lilly, fast unsichtbar, ein kleines Bündel. Wie ein leichter Schmetterling schwirrte Freude im Zimmer herum. Sie zog die weiße Stoffwindel sachte zur Seite. Ein winziges Babygesicht kam hervor, das im Schlaf die ganze Schönheit der Welt zeigte. Welch ein Wunder!

Leonie beugte sich über den Säugling und küsste sanft Leonoras Wange. »Schwesterherz ...«, flüsterte sie heiser vor Rührung. »... Du hast ein kleines Wunder geboren.«

»Es ist jedes Mal überwältigend, ein Kind auf die Welt zu bringen«, lächelte Lilly und legte sich wieder auf das Kopfkissen zurück. Sie hatte Schmerzen.

»War es so schlimm?« Je näher Leonies eigener Geburtstermin rückte, umso banger wurde ihr.

Lilly war nicht sicher, wie sie diese Frage beantworten sollte. Einerseits wollte sie Leonie nicht beunruhigen, andererseits wusste sie, dass sich ihre Schwester noch mehr Sorgen machen würde, wenn sie schwieg.

»Ganz ehrlich«, begann die Ältere zaghaft: »Man kann sich gar nicht vorstellen, dass sich etwas so Schmerzhaftes in etwas so unglaublich Schönes und Einzigartiges verwandeln kann.«

»Diese Geburt war für mich die schwierigste, denn sie begann durch den Sturz, obwohl weder das Kind noch ich dazu bereit waren. Die Wehen kamen so schnell und heftig hintereinander, dass mir fast keine Zeit zu atmen blieb. Aber bitte, sieh sie dir an! Ist sie nicht jeden Einsatz wert? Ist dieses Kind nicht das größte Geschenk Gottes?«, voller Freude strahlte Lilly ihre kleine Tochter an. »Sind wir Frauen nicht gesegnet?«

»Ja!«, bestätigte Leonie, die sich darüber freute, dass Lilly schon wieder philosophieren konnte. »Wir haben eine Leonora, eine Lena, eine Lilly und eine Leonie! Weißt du, dass diese vier »L« auch für Leben und Liebe stehen könnten?«

Lilly versuchte die richtige Position in ihrem Bett zu finden und verzog schmerzhaft das Gesicht. »Kannst du dir vorstellen, so ein Baby einer fremden Person zu überlassen?«, fing Lilly mit einem neuen Thema an: »Um so schnell wie möglich wieder arbeiten zu gehen? Ich weiß schon, dass es heute als Ideal gilt, ein Kind so nebenbei zu haben, aber ob uns das wirklich entspricht, ist eine andere Frage.«

Hingerissen hielt Leonie die kleine Leonora in ihren Armen. »Nein, ich könnte diesen Goldschatz auch nicht in fremde Hände geben. Ich würde sie gar nicht mehr loslassen wollen. Aber warum denkst du gerade jetzt darüber nach? Das ist ja jetzt noch gar nicht relevant?«

Lilly zeigte auf ein schlichtes Holzkreuz. »In der Nacht nach der Geburt war ich allein im Zimmer. Leonora musste ja im Brutkasten sein. Ich fühlte mich sehr einsam ohne mein Baby. Und so lag ich da und konnte nur dieses Kreuz betrachten. Es klingt vielleicht seltsam, aber plötzlich fühlte ich mich dem Leiden Jesu nahe.« Lilly war von diesem Gedanken noch ganz gefangen.

»Ich habe den Eindruck«, Lilly drehte sich zur Seite und fuhr leise fort, »dass durch die heftigen Schmerzen und durch diese langen Stunden der Geburt, meine Liebe zu diesem kleinen Menschen tiefer geworden ist. Vielleicht hat Jesus uns genau das zeigen wollen. Er hat aus reiner Liebe unendliche Schmerzen ertragen. Vielleicht können wir mehr lieben, wenn wir durch Schmerzen gegangen sind.« Lillys Stimme war auf einmal kraftvoll. »Wahrscheinlich sind Mütter deshalb zu solch großer Liebe fähig!«

In dem Moment fing Leonora an zu schreien. Überrascht über die Lautstärke, überreichte Leonie der Mutter ihr Kind.

Mit sicherem Griff nahm Lilly die Kleine und legte sie gekonnt an ihre Brust. Augenblicklich war es ruhig und friedlich.

»Ja, die Kleine weiß schon, was sie will«, schmunzelte Lilly. »Dieser kleine Mensch weiß genau, was für ihn gut und richtig ist. Bei all meinen Kindern konnte ich das beobachten. Als ob sie einen inneren Kompass hätten!«

»Also, du glaubst, es ist falsch, Kinder früh von der Mutter zu trennen? Ich möchte schon so bald wie möglich wieder arbeiten gehen.« Leonie war verunsichert und das Bild ihrer stillenden Schwester berührte sie.

»Natürlich ist es möglich!«, erwiderte Lilly: »Aber sinnvoll? Niemand kann unsere Kinder so lieben, wie wir und wenn wir das auch ganz konkret tun, indem wir ihnen viel Zeit und Zuwendung schenken, ist das das beste Rüstzeug, das wir ihnen mitgeben können.«

Kapitel 49

Leonie traute ihren Augen nicht. Andreas und Marco grinsten sie an. Sie standen in der Tür und wollten offensichtlich auf ihre Babyparty! Vorwurfsvoll warf sie ihrer Mutter einen Seitenblick zu. Inga zuckte mit den Schultern und wies auf Marlene und Julia. Ihre Freundinnen strahlten, so dass Leonie sofort klar war, wem sie dieses Zusammentreffen zu verdanken hatte.

Vor einer Stunde war Andreas an der Pferdeschwemme am Kapitelplatz vorbeispaziert und hatte sich darauf gefreut, heute auf Leonies Babyparty der Überraschungsgast zu sein. Vor drei Tagen hatte er Julia, die sich als Leonies Freundin vorgestellt hatte, in einem Restaurant kennengelernt. Sie hatten bis tief in die Nacht geredet und Julia hatte Andreas viel von Leonie erzählt. Dass sie ihre Freundin noch selten so glücklich erlebt hatte, wie in der Zeit mit Andreas, und auch, wie niedergeschlagen Leonie nach dem Ende der Beziehung gewesen war.

Julia und Andreas hatten sich gut verstanden und am Ende des Abends hatte sie ihn als Überraschungsgast zu Leonies Party eingeladen. Julia hatte lange überlegt, ob sie es wagen sollte, war dann aber doch ihrem inneren Impuls gefolgt.

In Gedanken versunken, hatte Andreas den Mann nicht gesehen, der, wie er, mit einem eingepackten bunten Etwas, direkt auf ihn zugekommen war.

»Entschuldigen Sie, können Sie mir sagen, wie ich zum Papagenoplatz komme?«, wurde er von ihm angesprochen.

»Wollen Sie auch auf eine Babyparty?«, wollte Andreas wissen und zeigte auf das Paket mit dem Babypapier.

»Ja, zu Leonie«, hatte der Mann geantwortet.

»Dann gehen wir gemeinsam hin!«

»Ich bin gerade erst jetzt aus Wien gekommen und eine Art Überraschungsgast. Leonie hatte mir gestern von dieser Party erzählt …«, meinte Marco lachend.

»*Na bravo, da wird sich Leonie freuen! Gleich zwei Männer als Überraschungsgast*«, dachte Andreas schmunzelnd.

»Marco.« – »Andreas«, stellten sich die Männer vor und schüttelten sich kräftig die Hände.

»Ich möchte den Weg über den Domplatz nehmen. Ist das ok für dich?«

»Ja, gerne«, folgte Marco dem Ortskundigen in die Franziskanergasse.

»Ist das eine schöne Figur!« Marco zeigte auf eine große Statue, während sie den hell erleuchteten Domplatz betraten. »Das ist Maria!«, sagte Andreas. Marco sah verwundert auf die Statue: »Ach, die Engel sind ja gar nicht bei der Statue montiert, die sind ja an der Domfassade befestigt! Das sieht wie eine Krönung aus!«, rief er erfreut aus. Überwältigt blieb Marco stehen.

»Ja, das ist auch die Krönung der Muttergottes«, erklärte Andreas.

»Irgendwie sind ja alle Frauen Königinnen …! Da komme ich extra aus Wien, um Leonie diesen kleinen Elefanten zu bringen.« Lächelnd hob Marco das blaue Stofftier hoch und versuchte mit den schnellen Schritten seines Begleiters mitzuhalten.

»Für mich ist das eine neue Erfahrung. Beim Tanzen bin eigentlich ich immer der Umworbene. Ich tanze gut und die meisten Frauen werden gerne geführt und gehalten. Bei Leonie war es etwas anderes. Sie hatte es mir vom ersten Augenblick angetan«, gab Marco leiser werdend zu.

»Leonie ist wirklich eine besondere Frau. Sie hat in der letzten Zeit einiges mitgemacht, aber sie hat sich richtig entschieden!« Die beiden traten auf den Mozartplatz.

»Was glaubst du, ist in Wirklichkeit die Macht der Frauen? Warum führen wir uns oft so dumm auf, wenn es um sie geht? Ich verstehe mich selbst nicht, dass ich drei Stunden mit dem Zug fahre, nur um Leonie einige Augenblicke zu sehen«, dachte Marco laut nach.

Andreas merkte, dass sich Eifersucht in ihm zu regen begann »Tja, die Macht, oder besser gesagt, diese Stärke, die ihnen innewohnt, wird für uns Männer wohl ein Geheimnis bleiben! Vielleicht ist es ihre Sicht der Dinge, vielleicht weil sie oft anders denken, reden und fühlen. Vielleicht ist es auch ihre Schönheit. Sie sind und bleiben geheimnisvoll und wir Männer wollen dieses Rätsel unbedingt lösen. Wir lieben es ja, Limits zu überschreiten und die Damenwelt fordert uns dazu heraus«, versuchte Andreas Antwort auf die ewige Frage zu finden.

»Ich besuche deshalb den Dom und den Platz mit der Mariensäule so gerne, weil mich die Muttergottes immer an eine Königin erinnert. Frauen haben etwas Königliches an sich. Vielleicht ist es ihre Art zu lieben.« Andreas wunderte sich über das eigenartige Gespräch. »Vielleicht ist es auch die Möglichkeit, Mutter zu werden. Wir Männer müssen schon viel auf die Beine stellen, um so etwas Großartiges wie ein neues Menschenleben auf den Weg zu bringen …«

»Um ehrlich zu sein, habe ich erst vor kurzem erfahren, dass ich Vater werde. Diese Möglichkeit Kinder zu bekommen, muss wirklich mit der Macht und Anziehung der Frauen zu tun haben. Jedenfalls möchte ich mit Leonie unbedingt zusammen sein, denn sie bekommt mein Kind!«, gestand Marco mit einem gewissen Stolz.

Andreas zuckte zusammen. »*Das ist der Vater von Leonies Kind!*«

»Ja, das kann es sein. Ich finde schwangere Frauen auch immer besonders und Leonie ist wirklich wunderschön«, bestätigte Andreas.

Sie hatten das Lokal fast erreicht, als Marco fragte: »Darf ich fragen, in welcher Beziehung du zu Leonie stehst?«

»*Dieser Mann ist der Vater! Er hat mehr Anrecht auf Leonie. Ich habe mich gefreut, als sie mir Klausi damals als ihren Neffen vorgestellt hat, doch jetzt hat sie wirklich ein anderer zur Mutter gemacht!*« Etwas legte sich wie

Blei auf Andreas und er wollte gar nicht mehr in das Lokal hineingehen. Aber Marco schob ihn in den Raum und so antwortete Andreas: »Ich bin ein Freund. Ich bin nur ein guter Freund.«

Kapitel 50

Es war ein seltsamer Abend. Leonies Babyparty war in eine Diskussion über Wahrheit gekippt. Marco und Julia verteidigten den Standpunkt, dass es keine objektive Wahrheit gäbe, sondern, dass jeder seine eigene Wahrheit finden müsse. Marlene und Andreas hingegen gingen davon aus, dass es feststehende Wahrheiten gäbe. Es war skurril. Statt auf das neue Leben anzustoßen, saßen sich die Kontrahenten fast wie bei einer Fernsehdebatte gegenüber und tauschten ihre Argumente aus.

Leonie war fasziniert, aber auch ein bisschen belustigt. Sie nippte an ihrem Apfelsaft und wunderte sich, was der Alkohol bei ihren Gästen so hervorholte.

»Ich glaube, der heutige Mensch ist intelligent genug, um zu wissen, was für ihn richtig ist. Die Kirche hat mit ihrem Wahrheitsanspruch die Menschheit immer schon unterdrückt und manipuliert«, holte Marco zu einem Rundumschlag aus.

»Wieso regt dich der Wahrheitsanspruch der Kirche so auf, wenn es für dich sowieso nicht relevant ist?«, konterte Andreas. »Und glaubst du nicht, dass wir heute auch manipuliert werden? So subtil, dass es uns gar nicht mehr auffällt? Alle Medien verkünden das Gleiche und wir schwimmen im Hauptstrom der veröffentlichten Meinung dahin und glauben, dass wir wahnsinnig autonome und kritisch denkende Menschen seien!«

»Du meinst also, das, was jeder für sich als Wahrheit erkennt, sei etwas anderes als eine objektive Wahrheit? Aber gibt es die überhaupt?«, hakte Julia nach.

Marlene überlegte laut: »Na ja, hinter dem Gebot ›Du sollst nicht töten‹, steckt ja der Satz, dass das Leben eines jeden Menschen unendlich wertvoll und unantastbar ist … Die 10 Gebote, die wir oft als hart empfinden, sind im Grunde genommen ein Schutz für diese wahren Sätze, auf denen unser Leben und unsere Gesellschaft aufgebaut sein sollte.«

»Willst du damit sagen, dass sich auch unsere Rechtsprechung auf diese ganz allgemeinen Wahrheiten stützen sollte? Und dass dann alles besser laufen würde?«, warf Leonie ein.

»Aber jeder Mensch ist doch einzigartig und betrachtet seine Ansichten als seine persönliche und subjektive Wahrheit. Darum hat auch jeder seinen individuellen Weg. Ich liebe es, eigenständig und frei zu sein. Ich will mich nicht binden, nicht wirklich festlegen, weder gedanklich noch in meinem Leben. Ich will mir immer alle Möglichkeiten offenhalten«, wandte Marco ein.

Ohne dass sie es einordnen konnte, bedrückten Marcos Freiheitsvorstellungen Leonie.

»Für mich gibt es schon ein paar Punkte, die nicht verhandelbar sind. Beispielsweise das Lebensrecht«, ergriff Marlene wieder das Wort. »Ich musste das bitter lernen, weil ich ja selber eine Abtreibung hatte, an der ich bis heute leide. Und ich bin immer wieder schockiert, wenn ich Studienkolleginnen so leichtfertig sagen höre – wenn ich schwanger bin, treibe ich eben ab! Aber da geht es um ein Kind, um ein Leben, das ich nicht antasten darf!«, man merkte, wie das Thema Marlene emotional mitnahm. »Es ist so vieles verwirrt heute und viele glauben vielleicht wirklich, dass sie sich selbst und dem ungeborenen Kind etwas ersparen, wenn sie abtreiben …Und das ist total abstrus! Bei Abtreibung wird ein Mensch getötet. Das heißt, man handelt hier gegen die allerzentralste Wahrheit: Dass das Leben eines jeden Menschen unantastbar und schützenswert ist.«

Andreas und Marco waren von der Heftigkeit, mit der die junge Frau gesprochen hatte, sichtlich betroffen.

»Du hast so recht, Marlene, dem ist nichts hinzuzufügen! Und es ist wunderbar, dass du aus deiner schmerzvollen Erfahrung diese Lehre gezogen hast. Ich wünsche dir so sehr, dass diese Wunde in dir von Jesus geheilt werden kann. Wenn du magst, können wir darüber sprechen, welche Wege da möglich sind.« Andreas sprach jetzt behutsam. Man konnte sich gut vorstellen, wie er als Arzt mit seinen Patienten umging.

Leonie merkte, wie sympathisch ihr dieser klare und zugleich sanfte und einfühlsame Andreas war, der sich auf dieser seltsamen Babyparty zeigte.

Marco war schwer getroffen und zugleich hilflos. Marlene hatte seine eigene Wunde berührt. Eine Wunde, die blutete, aber die er nicht zeigen konnte. Deswegen griff er an: »Ah, der Herr Doktor kann das alles auffangen!«, höhnte er in Richtung Andreas. »Das ist für mich alles zu einfach und zu sehr über einen Kamm geschert. Ich nehme mir die Freiheit, in jeder einzelnen Situation individuell zu entscheiden! Das ist die Art Freiheit, die ich leben will! Und diese Freiheit ist mir wichtiger als irgendein Wahrheitsanspruch!«

Marco umkreiste den Tisch und umarmte Leonie. »Ich freue mich aber, dass du unser Baby bekommst. Das war eine richtige, freie Entscheidung von dir!«

Wieder einmal wusste Leonie nicht, wie ihr geschah. Alles in ihr fühlte sich zu Andreas hingezogen und dennoch ließ sie sich gerade wieder von Marco überrumpeln. Und so setzte sie ihm keinen Widerstand entgegen, als er signalisierte, dass er mit ihr nach Hause gehen wollte.

»Meine Lieben, ich bin müde und meine Füße schmerzen. Ich gehe heim!« Ganz selbstverständlich nahm sie Marcos Hand und verließ mit ihm das Lokal.

Kapitel 51

Seit dem Wochenende war der Kontakt zu Marco abgebrochen. Sie waren damals nach Haus gekommen und Leonie war vor Erschöpfung gleich auf dem Sofa eingeschlafen. Als Marco und sie gemeinsam gefrühstückt hatten, hatte er dann von seinem ersten Kind, dass nicht leben durfte, erzählt. Dann war er weggefahren. Seitdem hatte sie nichts mehr von ihm gehört. Was seltsam war. Schließlich hatte sie in zwei Wochen den Geburtstermin. Irgendwie hatte sie gehofft, dass der Vater ihres Kindes bei der Geburt dabei sein könne. Und auch die Hoffnung auf eine Beziehung mit Marco war noch nicht ganz erloschen. Sie hatte Marco angerufen, aber vergeblich. Kein Rückruf. Keine SMS. Keine WhatsApp. Sie verspürte den Drang, mit jemanden zu reden. Gedankenverloren wählte sie die Nummer ihrer Mutter. Doch auf einmal kamen Zweifel! »*Soll ich überhaupt darüber reden? Eigentlich geht es niemanden etwas an.*« Leonie war verzagt und so klang es etwas weinerlich, als sie sich meldete.

»Was ist los, Leonie?«, fragte Inga. »Hast du Wehen? Geht die Geburt schon los!«

»Nein, nein! Keine Sorge! Ich wollte einfach mit dir sprechen. Ich hätte einige Fragen zur Geburt …« Leonie holte nervös Luft: »… und auch zu Männern.«

Ingas breites Grinsen war durch das Telefon spürbar. »Wenn das so ist, dann komme ich in die Stadt und wir treffen uns in einer halben Stunde im Kaffee am Alten Markt. Ist das für dich ok?«

»Ja, Mama. Ich freue mich.«

Leonie schlüpfte in ihre dunkelblaue Hose und warf sich den grauen Pulli über. Als sie gerade ihre Jacke anziehen wollte, spürte sie einen scharfen Schmerz in ihrem Unterleib. Sie erstarrte. Ängstlich hielt sie ihren Bauch umschlungen und sank der Wand entlang auf den Boden. Sie schloss die Augen und versuchte ruhig ein- und auszuatmen. Nach einigen Sekunden war alles vorbei. Erschrocken blieb sie auf dem Boden hocken. »*Was war das? Eine Wehe?*« Vielleicht hatte sie sich nur unglücklich bewegt und dabei etwas verrissen. Jedenfalls schien jetzt alles gut zu sein und so beschloss sie, doch in die Stadt zu gehen.

Die frische Märzluft tat ihr wohl. Alles schien wieder in Ordnung und so marschierte sie freudig Richtung Altstadt. Sie spazierte an der Salzach entlang, überquerte die vierspurige Straße und schlenderte durch die noch ruhige Getreidegasse. In den Sommermonaten war hier fast kein Durchkommen, denn die Gasse quoll über vor Touristen aus der ganzen Welt. Es war Frühling geworden. Tatsächlich war es angenehm warm. Am Alten Markt standen bereits einige Cafétische im Freien und Leonie freute sich über einen Platz an der Sonne. Seit sie schwanger war, war der Hunger ihr treuer Begleiter und so bestellte sie Cappuccino und die berühmten Nusskipferl. Verträumt genoss Leonie diese Köstlichkeit. Welch wunderschöne Stadt doch Salzburg war!

»Guten Morgen, mein Schatz!« Mit einem Kuss weckte Inga ihre Tochter aus ihrer Versunkenheit.

»Hallo, Mama! Ist es nicht wunderbar?«

»Ja, vor allem bei einem so guten Frühstück«, lächelte Inga. Die Sonne tauchte den Platz in strahlendes Licht.

»Ein wunderbarer Tag. Der heilige Josef hat diese Sonne aber auch verdient!«

»Wie kommst du jetzt auf den heiligen Josef, Mama?«

»Heute ist sein Gedenktag. Der 19. März.«

Leonie erinnerte sich, dass sie vor ziemlich genau einem Jahr ebenfalls in diesem Kaffeehaus gesessen hatte. Seither hatte sich so Mancherlei getan. Sie erwartete ein Kind, das war sicher. Alles andere war noch unklar. Mit welchem Mann sie leben würde, wie ihre Zukunft aussehen würde …

»Mama, ich möchte so gerne wissen …,«, begann Leonie unsicher: »Wie weiß ich, welcher Mann der Richtige für mich ist und welcher der richtige Vater für mein Kind sein könnte?«, sprach sie aus, was in ihrem Kopf seit Tagen wie ein Karussell kreiste.

»*Der wahrhaft Liebende will die Einheit im Geist und auch im Glauben!* Diesen Satz von Gertrud von le Fort habe ich vor kurzem gelesen und ich finde ihn treffend. Wenn du mich fragst, wer der Richtige sei, dann glaube ich: derjenige, mit dem du dich innerlich am meisten verbunden fühlst.« Inga schmunzelte, wohlwissend, dass diese Antwort nicht unbedingt ganz in Leonies Sinne war.

»Mama, kannst du mir nicht eine ganz normale Antwort geben?« Leonie schüttelte den Kopf.

»*Im Geist und im Glauben*, was soll das denn heißen?«

»Wen liebst du? Marco oder Andreas?«

»Ich weiß es nicht. Ich fühle mich zu Marco immer wieder hingezogen. Doch sein Freiheitsdrang und seine immer wieder betonte Selbständigkeit verheißen eigentlich nichts Gutes. Anderseits ist er der Vater meines Kindes. Ich hatte kurzzeitig einen guten Eindruck, aber jetzt meldet er sich schon seit zwei Wochen nicht mehr. Vielleicht war es ihm schon jetzt zu eng!« Leonies Augen waren nass geworden.

»Und Andreas …? Weißt du, dass ich ihn hier, in diesem Café, das erste Mal getroffen und beinahe umgerannt habe? Ich stolperte buchstäblich in seine Arme…« Leonie machte eine kleine Pause: »und in seine Augen! Mit Andreas war es einfach immer schön.« Leonie erinnerte sich an den Moment, als er sie das erste Mal umarmt hatte und wie sie damals gedacht hatte: »*Hier wollte ich schon immer sein!*« Wehmütig blickte sie hinauf zur Festung Hohensalzburg. »*War es dort oben, wo ich mich so mit Andreas verbunden fühlte?*« Leonies Blick verlor sich in der weißblauen Weite des Himmels. »Wenn ich nicht den One-Night-Stand gehabt hätte, wäre ich jetzt sicher mit ihm zusammen. Wie war das nochmal mit deinem Zitat von vorhin?«

»*Der wahrhaft Liebende will die Einheit im Geist und auch im Glauben!*«

»Ach, Mama. Im Geiste ist es auf jeden Fall Andreas, nur, ich bin nicht gläubig!« Es war seltsam, dass Leonie erstmal die Empfindung hatte, etwas zu vermissen. Es war fast wie ein Bedauern.

»Die echte Liebe, Leonie, ist kein Vertrag. Liebe ist, sich an den anderen verschenken zu wollen. Wenn du Mama bist, wirst du das ganz selbstverständlich tun. Deine Liebe zu deinem Kind wird so sein, dass du immer für dieses kleine Wesen da bist! Liebe ist immer zuerst ein Du und dann erst ein Ich.«

»Aber Mutterliebe kann man doch nicht mit der Liebe zu einem Mann vergleichen!?«

»Nein, es ist natürlich nicht dasselbe, aber doch das Gleiche. Bei beiden geht es um den Einsatz für den anderen! Das Wollen, dass es dem anderen gut geht. Der einzige Unterschied ist, dass es für Eltern selbstverständlich ist, das Wohl der Kinder im Auge zu haben, da sie abhängig und schutzbedürftig sind. Wenn sich aber zwei erwachsene Menschen treffen, dann begegnen sich zwei eigenständige Personen und da wird die ganze Sache um vieles schwieriger. Jeder will seinen eigenen Weg gehen, will sich selbst finden und das alles, bevor er auf den anderen zugeht.« Inga dachte kurz nach und fuhr fort: »Und das ist auch gut so. Aber darum ist die Liebe zwischen Mann und Frau auch oft so schwer, denn sie unterscheiden sich in vielem! In ihren Körpern, in ihren Emotionen und in ihren Geschichten! Auch ihre Ziele können unterschiedlich sein. Deshalb gefällt mir ja dieser Satz von Gertrud von le Fort so gut, denn wenn beide diese Einheit im Geiste suchen, dann entsteht daraus eine gute, sichere Basis! Ein solides Fundament. Du weißt, dein Papa und ich beten oft miteinander und das hat uns durch viele schwierige Zeiten getragen. In der Einheit im Geist und im Glauben findet man gerade als Paar einen festen Halt.«

»Grüß Gott!«

Leonie und Inga hoben gleichzeitig die Köpfe und blickten in zwei blaugraue strahlende Augen.

»Andreas? Hallo! Komm setzt dich zu uns!« Voller Freude sprang Leonie auf, um Andreas an ihren Tisch einzuladen. Plötzlich sackte sie zusammen. Derselbe heftige Schmerz wie am Morgen durchzuckte sie und kalter Schweiß brach auf ihrer Stirn aus. Leonie rang nach Luft.

Inga wollte ihrer Tochter helfen, aber Andreas war schneller und umfasste Leonie mit starkem, sicherem Griff. Er wartete, bis Leonie wieder durchatmen konnte.

»Das sieht nach einer Wehe aus. Andreas, könntest du sie in die Klinik bringen?« Wie selbstverständlich übernahm Inga die Führung. Leonie hielt sich am Arm von Andreas fest und schaffte es noch, ihrer Mutter dankbar zuzulächeln.

Kapitel 52

Andreas hielt Leonie fest. Die Schmerzen klangen langsam ab.

»In welchem Abstand kommen die Wehen?«, wollte Inga wissen.

»Vor einer Stunde hatte ich die erste!« Leonie wurde ruhiger und so ließ Andreas sie los. »Ich muss meine Hebamme anrufen; den Akupunkturtermin brauch ich wohl nicht mehr…«

»Ich fahre in die Wohnung und hole deine Sachen!«, bestimmte Inga: »Zwei Wehen innerhalb einer Stunde, da haben wir wahrscheinlich noch genügend Zeit. Aber Andreas, könntest du Leonie trotzdem gleich in die Klinik bringen?«

Andreas nickte und mit einem Lächeln bot er Leonie seinen Arm an: »Glaubst du, du kannst mit mir zur Tiefgarage gehen?«

Leonie wunderte sich über die Stille, die jetzt wieder in ihrem Körper war. »Ja, kann ich! Vielleicht sind einige Schritte sogar gut.« Sie ergriff Andreas´ Arm und hakte sich unter.

»Ich komme in die Klinik nach.« Inga bezahlte und umarmte ihre Tochter.

»Ich bin so froh, dass du da bist!« Langsam gingen Andreas und Leonie über das alte Kopfsteinpflaster. »Gerade bin ich im Café gesessen, habe zur Burg hinaufgeschaut und habe an unser Treffen dort oben gedacht.« Leonie blieb kurz stehen und atmete tief durch. »Kannst du dich noch erinnern? Wie wohl habe ich mich in deinen Armen gefühlt! Damals hatte ich das Gefühl, dass ich nach Hause gekommen bin …«, so ehrlich wollte Leonie gar nicht sein, aber in der jetzigen Situation ließ sie alle Bedenken fahren. Andreas sagte nichts, aber er war glücklich. »Jetzt bekomme ich ein Kind von einem Mann, der mir versichert hat, für das Baby da zu sein. Aber er hat sich jetzt schon zwei Wochen nicht gemeldet! Ich hätte mir gewünscht, dass der

Vater bei der Geburt dabei ist! Oder, dass er zumindest danach das Baby begrüßt …!«

»Weißt du, was es wird?«

»Ich wollte es mir nicht sagen lassen, aber ich bin davon überzeugt, dass es ein Mädchen ist. Das wäre auch gut, denn ein Sohn bräuchte den Vater wohl noch viel mehr!«

»Also, ich glaube, ein Mädchen sollte schon auch einen Vater haben! Aber jetzt bringen wir das Baby einmal auf die Welt!« Aufmunternd drückte Andreas Leonie kurz an sich. »Ich bin stolz auf dich! Du hast ja zu diesem Menschen gesagt …«

Die beiden erreichten den Eingang zur Garage. Man musste einige Meter ins Innere des Mönchsberges gehen, um zu den Parkplätzen zu gelangen. Den muffigen Geruch in der Nase, den die Felswände ausströmten, gingen sie schweigend weiter. Umsichtig half Andreas Leonie in das Auto und fuhr zügig Richtung Klinikum.

Leonie starrte geistesabwesend aus dem Fenster. Es war ein Gefühl der Ruhe vor dem Sturm. Sie fühlte sich wie herausgenommen aus ihrem Leben. Ergriffen von einer Macht, die sie nicht steuern konnte. Und doch war sie ruhig und voll Vertrauen. Andreas gab ihr Sicherheit.

In der Klinik angekommen, erwartete sie Gerlinde, ihre Hebamme. Sie empfing Leonie mit einer herzlichen Umarmung. »Dein Baby scheint es aber eilig zu haben! Komm, wir schauen uns alles einmal in Ruhe an. Der Vater kann euch inzwischen bei der Verwaltung anmelden!« Andreas schaute Leonie so hilflos an, so dass sie lächeln musste. Ja, es wäre schön, wenn er der Vater wäre …

Die Hebamme führte Leonie in ein kleines Zimmer. Gerlinde stellte fest, dass der Muttermund etwas geöffnet war und das Baby richtig lag. Die Herzschläge waren laut und regelmäßig zu hören. »In einigen Stunden wirst du dein Baby im Arm halten können!«, strahlte die Hebamme die junge Mutter an.

Genau als Andreas zurückkam, überfiel Leonie wieder eine Wehe. Die heftige Schmerzattacke raubte ihr die Luft.

Die Hebamme stützte Leonie mit beiden Armen, während sie den Wehenschreiber beobachtete und unmerklich den Kopf schüttelte. Als die Wehe vorbei war, sank Leonie in die Polster zurück. Gerlinde wischte ihre schweißnasse Stirn ab: »Also, meine Liebe, das ist schon sehr heftig. Wenn du willst, kannst du noch ein bisschen in den Gängen spazieren gehen, aber ich werde den Kreißsaal schon einmal für euch herrichten.«

Andreas fühlte sich völlig aufgesogen von dem, was hier passierte. Überfordert, aber auch hineingenommen in die herrliche Dynamik des Lebens.

Als Gerlinde den Raum verließ, nahm Andreas Leonies Hand. »Soll ich bei dir bleiben oder willst du, dass ich gehe?«

Doch statt einer Antwort baute sich die nächste Wehe auf. Wie in einem tosenden Meer brachen plötzlich die Wellen kurz hintereinander über Leonie her. Andreas drückte den Notknopf. Eine Schwester erschien und kurz darauf Gerlinde. Leonie wurde im Eiltempo in den Kreißsaal gebracht. Leonie hielt Andreas' Hand und drückte sie mit einer Kraft, die er der zierlichen Frau nie zugetraut hätte. Eine Wehe jagte die andere. Kaum Zeit zur Entspannung.

Leonie war der Situation völlig ausgeliefert. »*Atmen, tief atmen!*«, dachte sie. Jetzt wusste sie, was es bedeutete »in der Not zu sein«. Die Schmerzen trieben sie vor sich her. Völlige Verzweiflung und totale Erleichterung, wenn der Schmerz kurz Pause machte. Sie hörte jemanden schreien und wusste nicht, dass sie es war.

Irgendwann traf ihre Ärztin ein und untersuchte Leonie: »Oh, Sie sind schon so weit! Der Muttermund ist offen, der Gebärmutterhals verstrichen und das Baby liegt richtig. Bei der nächsten Wehe – bitte pressen!!«

»Komm. Ich halte dich. Wir schaffen das gemeinsam«, flüsterte Andreas. »Du hast gesagt, du fühlst dich bei mir zu Hause. Ich gehe mit dir da durch!«

Ein Meer von Schmerzen ... Sie presste und presste, doch es schien sich nichts zu bewegen. Das Baby hatte den Kopf gedreht und dadurch war es schwierig, ihn durch den engen Geburtskanal zu schieben. Die Geburt dauerte und dauerte. Ärztin und Hebamme arbeiteten gegen die Panik an, die überhandzunehmen drohte. Irgendwann entschloss sich die Ärztin zu einem Dammschnitt, um Leonie Erleichterung zu verschaffen und die Geburt zu beschleunigen.

Plötzlich, als ob eine Melone durch ihren Körper gepresst würde, steigerte sich der Schmerz ins Unermessliche – um dann plötzlich jäh abzufallen. Sie spürte, wie das Baby herausglitt. Eine erlösende Dunkelheit umfing sie.

Kapitel 53

»Du kommst sofort hier her und es ist mir egal, wie es dir dabei geht!« Aufgebracht hatte Andreas in sein Handy gebrüllt: »Leonie bekommt in den nächsten Stunden das Kind und du hast die verdammte Pflicht, hier zu erscheinen!« Andreas hatte sich in einem kleinen Raum, in dem Putzutensilien gelagert wurden, versteckt, um Marco unbemerkt anrufen zu können. »Wenn du jetzt in den Zug steigst, wirst du noch rechtzeitig hier sein können. Leonie war mutig genug, einen neuen Anfang zu starten! Sie hat ja zu eurem Kind gesagt …!«

Eine Woche war es her, dass Marco Andreas angerufen hatte und ihm sein Herz ausgeschüttet hatte. Er hatte Andreas von seiner ausweglosen Situation erzählt. Marco hatte einfach nicht gewusst, wohin er sich wenden sollte. Da war ihm irgendwie Andreas in den Sinn gekommen.

Marco hatte seiner Mama von dem Kind erzählt. Sie hatte sich so gefreut. Dann aber war sie plötzlich bleich geworden. Als würde sie etwas in Schock versetzen: Vom Vater her gäbe es eine Erbkrankheit! Chorea Huntington! Veitstanz! Seit dieser Nachricht hatte Marco sich gefühlt, als würde er auf einem Vulkan tanzen. Er hatte im Internet recherchiert, Artikel gelesen und Videos über den Verlauf der Krankheit gesehen. Verstörend. Im Falle einer Erkrankung: Katastrophe und völlige Perspektivlosigkeit. Sein Leben wurde in den Grundfesten erschüttert. Nach einer qualvollen Woche hatte sich Marco an Andreas erinnert, der von Gott und vom Sinn des Lebens gesprochen hatte. Er wollte ihm ins Gesicht brüllen, dass es keinen Gott geben könne. Wie könnte es sonst sein, dass ihm das eine Kind durch Abtreibung genommen wurde, und er dem anderen möglicherweise durch eine Erbkrankheit einen frühen Tod bringen würde. Zu Beginn des Gesprächs hatte er Andreas alles Mögliche entgegengeschleudert: »Begreifst du, dass es keinen gütigen Gott geben kann?! Wenn es überhaupt einen Gott gibt, dann muss es ein sadistischer sein. Der am Leid der Menschen Freude hat!« Marco hatte seine Anklage mit ungeheurer Emotion ins Handy geschrien.

Andreas war von Marcos Anruf überrumpelt gewesen. Am Weg zur Abendmesse war er während des Gesprächs vor der Kirche stehengeblieben und hatte am Kirchturm von St. Blasius emporgesehen.

»Marco, ich bin gerade zur Messe unterwegs. Ich rufe dich in einer Stunde zurück. Dann können wir in Ruhe darüber reden.«

»Nein, passt schon. Nicht nötig.« Schnell und abrupt hatte Marco aufgelegt.

In der Stille des dunklen Kirchenraums hatte Andreas versucht, Marcos Verhalten zu verstehen. Es war ihm aber nicht möglich, im letzten Gespräch, das sie auf der Babyparty geführt hatten, einen Anhaltspunkt zu finden. Schließlich versuchte er der Messe zu folgen. In der Predigt hatte der Priester vom »anderen Anfang« erzählt. Von Maria und dass durch ihr »Ja« Heilung in die Welt gekommen war. »*Durch Jesus! Heilung?*«

Nach der Messe hatte Andreas versucht, Marco zu erreichen, aber er hatte nicht abgehoben. Andreas war dann in ein Pub gegangen, um seine Freunde zu treffen. Dass sein Handy geläutet hatte, war in dem Lärm untergegangen.

Um Mitternacht hatte er gutgelaunt das Lokal verlassen und die zwei Anrufe in Abwesenheit gesehen.

Er wählte Marcos Nummer: »Bitte entschuldige, dass ich dich so angepöbelt habe«, fing Marco unvermittelt das Gespräch an.

»Du wirst deine Gründe haben«, ermutigte Andreas den anderen. »Ich spaziere gerade durch das stille Salzburg und habe die ganze Nacht Zeit für dich. Erzähl!«, hatte er Marco aufgefordert.

Und so hatte Marco Andreas seine Geschichte erzählt, angefangen bei seiner Familie: der Vater Österreicher, die Mutter Italienerin. Wie sie sich ein Leben in Wien aufgebaut hatten und dass seine Mutter eine großartige Köchin war. Er hatte von seinen Brüdern erzählt, mit denen er eigentlich einen guten Kontakt hatte, aber zur Zeit nicht reden konnte, weil er seiner ganzen Familie das Schweigen übelnahm. Andreas war unterdessen durch die leere Getreidegasse Richtung Süden spaziert, am Dom und der Mozartstatue vorbei. Als er auf den Papagenoplatz eingetroffen war, hatte er im Dunkeln die Figur des schmiedeeisernen Vogelfängers gesehen. Von einem Lichtkegel beleuchtet, hatte diese zarte Figur den ganzen Ort eingenommen. Andreas hatte aufmerksam zugehört, wie Marco schilderte, dass sein Vater über Jahre an einer schlimmen Erbkrankheit gelitten hatte und noch jung daran gestorben war. Und dass seine Mutter ihn erst vor wenigen Tagen über dieses schwere Erbe informiert hatte …

Andreas hatte sich auf den Brunnenrand gesetzt und zu Papageno aufgeschaut. Jetzt verstand er: Marco schien nach dieser Schreckensnachricht unter Schock zu stehen. »Weißt du, bei meinen Recherchen zu dieser Krankheit fand ich heraus, dass in der Zeit des Nationalsozialismus, Menschen, die am Veitstanz litten, zwangssterilisiert wurden. Und nun werde ich Vater und bin vielleicht für das Leid meines Kindes verantwortlich. Vielleicht war der Tod meines ersten Kindes tatsächlich besser, als so eine schwere Last weiterzugeben …«

Schweigend hatte Andreas zugehört und plötzlich waren ihm die Worte der Predigt in den Sinn gekommen. »Ich glaube nicht, dass der Tod einem möglichen Leid vorzuziehen ist. Ich glaube eher, dass es immer einen neuen Anfang geben kann. In der Geschichte gibt es tausende Beispiele dafür und in jedem Menschenleben sind Schicksalsschläge zu finden. Vielleicht geht es darum, trotz schwieriger Verhältnisse immer wieder neu zu beginnen. Medizinisch ist die Frage, ob du diese Krankheit überhaupt in dir trägst und, ob du sie weitervererbt hast? Du solltest dich untersuchen lassen!«

Eine Zeitlang hatten die beiden Männer täglich miteinander gesprochen. Einige Male war es Andreas gelungen, Marco aufzurichten, doch manchmal konnte er gar nichts tun und fühlte sich ebenfalls hilflos. In dieser Zeit lernten sie einander schätzen.

Beim Telefonat aus der Klinik hatte Andreas einen scharfen Ton angeschlagen.

»Leonie war mutig genug, zu eurem Kind ja zu sagen und da wirst auch du den Mut finden, hier zu erscheinen!«, forderte Andreas Marco auf. In gemäßigterem Ton fuhr er fort: »Ich hab' dir in unseren vielen Telefonaten vom Glauben erzählt und von der Bibel … Was hat dich da am meisten beeindruckt?«, wollte Andreas wissen.

Marco war überrascht über die Frage. »Die Geschichte von Maria.«

»Genau. Leonie ist auch eine starke Frau. Sie hat sich für das Kind entschieden. Sie wird es beschützen und du musst ihr zur Seite stehen.« Andreas war bewusst, dass er damit gegen seine eigenen Absichten sprach, dennoch musste er es tun: »Lass dich nicht entmutigen! Komm jetzt … und zwar schnell. Vergiss nicht, dieses Kind bedeutet einen Anfang!« Ohne auf eine Antwort zu warten, legte Andreas auf und klopfte an die Tür des Zimmers, in das Leonie mit der Hebamme verschwunden war.

Kapitel 54

Erschöpft und müde kroch sie die steile, nicht enden wollende Bergwiese hoch. All die Alpenblumen, die um sie herum in kräftigem Blau, Rosa und Weiß blühten, nahm sie nur schemenhaft wahr. Das bedrohliche Zischen, vor dem sie floh, dauerte an. Sie versuchte, ihren Kopf langsam Richtung Himmel zu heben, doch die letzten Kraftreserven schwanden. Mit eisernem Willen schaffte sie Meter um Meter. Endlich erschien das ersehnte Plateau. Auf ihm ragte ein mächtiger Baum empor. In seinem Schatten stand ein kleines Marterl, ein Bildstock, der eine Darstellung Mariens zeigte. Der starke Stamm forderte sie auf, sich an ihm hochzuziehen. Mühsam kam sie auf ihre Beine. Sie lehnte sich an den Riesen. Die schroffe Oberfläche strahlte Wärme aus. Sie spürte die Unebenheiten der Rinde in ihrem Rücken und die spitzen Ausbuchtungen schmerzten sie. Ängstlich blickte sie auf ihren Weg zurück. Sie spürte die Gefahr immer noch. Der Halt, den ihr der mächtige Baum bot, ließ sie aufatmen und ruhiger werden. Langsam glitt sie am Stamm hinab und kam auf der weichen Mooswiese zum Sitzen. Sie hob den Kopf und sah die alten Äste, die ein gigantisches Blätterdach hielten. Durch die knorrigen Zweige blitzten Sonnenstrahlen und verzauberten jedes Blatt. Diese eindrucksvolle Szenerie nahm ihr schier den Atem. Im Blätterdach sah sie eine Frauengestalt mit einem Kind auf dem Arm. Sie schloss die Augen. Langsam wurde es dunkel und bleierne Müdigkeit überkam sie. Trotz der Schmerzen in ihrem Rücken lehnte sie sich stärker an den Baumriesen und sie spürte so etwas wie Glück. Dieser Impuls schien nicht vom Baum, sondern von der edlen Dame auszugehen. Ein Piepsen, das rasch näherkam, irritierte sie. Sie versuchte die Augen zu öffnen. Weißes, kaltes Licht durchdrang ihren Kopf und ein Schmerz, von ihrem Rücken ausgehend, sammelte sich brennend in ihrem Unterleib. Sie stöhnte und im Reflex schlossen sich ihre Lider.

Das Piepsen an ihrer Seite wurde immer lauter. Langsam versuchte sie, erneut die Augen zu öffnen. Zwei ängstliche Gesichter beugten sich über Leonie.

Weißes, kaltes Licht! Wo war sie? Was war passiert? Leonie wollte in die sanfte Dunkelheit zurückschwimmen, aber eine weiche Stimme hielt sie zurück.

»Da ist sie ja wieder. Herzlich willkommen!«

»Guten Morgen und herzlichen Glückwunsch! Sie sind seit gestern Mama!«, um dann ernster fortzufahren: »Durch einen plötzlichen Blutsturz gab es leider Probleme. Aber jetzt ist alles in Ordnung und Ihr Herzrhythmus ist wieder fast normal. Nur Ihr Kreislauf wird noch einige Zeit brauchen. Sie müssen daher die nächsten Tage im Bett bleiben.« Die Krankenschwester brachte die Lehne des Bettes langsam in Sitzposition. Nun war das gesamte Zimmer in Leonies Blickfeld.

Die junge Mutter sah zwei Männer vor sich sitzen. Einer hielt ein weißes Bündel im Arm. Allmählich kam die Erinnerung zurück. Die Schmerzen der Geburt und Andreas, der ihr den Rücken hielt. Nach und nach wurden die Bilder schärfer, sie erinnerte sich an den ungeheuren Schmerz, das Herausgleiten des Kindes und die erlösende Dunkelheit.

»Meine Tochter?«, fragte Leonie schwach. Sie wandte ihren Kopf in Richtung der Krankenschwester, ohne die beiden Männer aus den Augen zu lassen.

»Herzlichen Glückwunsch, es ist ein prächtiger Junge!« Schwester Anja wandte sich den Männern zu und nahm das Baby auf den Arm.

Aufgeregt versuchte Leonie sich aufzurichten, aber matt sank sie wieder zurück. Ohne Umschweife legte ihr die Schwester das Baby in den Arm.

Zwei große dunkle Augen blickten Leonie an. Sie erreichten direkt ihr Herz. Leonie hatte noch nie so etwas Schönes gesehen…

Sie brachte ihr Gesicht ganz nahe an das Köpfchen des Babys: »Hallo, mein Kleiner!« Sie lächelte und begriff, was sie so heftig durchströmte. Es war Liebe! »Hallo, mein Kleiner. Auf dich habe ich immer schon gewartet.« Sie konnte nur schauen und staunen: »Aber wie soll ich dich nun nennen? Ich habe keinen Namen für dich …«

»Leon.« Leise, um die besondere Stimmung nicht zu zerstören, machte sich nun Marco bemerkbar.

»Andreas und ich hatten diese Idee! Dieser kleine Kerl ist ein starker Junge. Er hat etwas von einem Löwen!« Marco grinste breit: »Aber vor allem kann er wie ein Löwe brüllen!«

Kurz war Leonie wieder in ihrem Narkosetraum, der so real gewesen war. Sie spürte die raue Rinde im Rücken, aber jetzt hielt sie ihr Baby im Arm. Sie blickte hinauf in das grüne Blätterdach. Sie war vor einem Zischen geflohen, aber dieses Zischen hatte plötzlich aufgehört! Leonie sah, wie die Frau der Schlange den Kopf zertrat … »Mein kleiner Löwe, du hast mich von Anfang an erschüttert. Du hast mich verändert. Ich werde dich immer halten, ich werde dich immer beschützen. Siehst du den mächtigen Baum? So wie er werde ich dir Halt und Wurzeln geben. Mit ihrer Hilfe«, Leonie zeigte auf die Frau, »Mit ihrer Hilfe werde ich alles versuchen, damit dein Stamm stark und widerstandsfähig wird …!« Leonie spürte das Kind an ihrer Seite, sicher gehalten von ihren Armen. Sie wusste, diese Arme würden ihr Kind immer beschützen.

Kapitel 55

»Marco verlässt uns. Aber warum?« Leonie spürte die Verwirrung, die das letzte Gespräch mit Marco in ihr ausgelöst hatte. Wie so oft, wenn sie Rat und Hilfe suchte, wandte sie sich an ihre Großmutter.

»Ich gehe weg. Ich werde nach Italien ziehen, denn ich möchte meine väterlichen Wurzeln kennenlernen.« Gelassen hatte Marco Leonie sein Vorhaben erzählt. Währenddessen hatte er Leon auf den Knien geschaukelt.

»Das halte ich für eine brillante Idee. Zu wissen, woher man stammt, ist ein wesentlicher Punkt im Leben eines jeden Menschen. Wenn man seine Wurzeln kennt, ist es einfacher, glücklich zu werden. Wann fährst du und wie lange bleibst du?« Leonie hatte für Leon das Fläschchen und alles, was er für den Ausflug mit seinem Vater benötigte, zusammengepackt und war durch die kleine Wohnung in der Gstättengasse gehuscht.

»Wahrscheinlich zwei bis drei Jahre«, um dem Gesagten nicht zu viel Gewicht zu geben, hatte Marco etwas verhalten geantwortet. Er hatte mit Leon weitergespielt und das Baby hatte das wilde Schaukeln mit lautem Quietschen honoriert.

Marco hob seinen Kopf: »Ich weiß, dass ich einen Sohn habe. Ich weiß auch, dass ich dem kleinen Kerl gegenüber als Vater Verantwortung habe!« Marco hatte Leon einen Kuss auf das Köpfchen gedrückt. »Aber in mir steckt eine Krankheit und dieses Wissen kostet mich meine ganze Kraft.« Bei dem Gespräch hatte Leonie gespürt, dass Marco auch noch einen anderen Schmerz in sich trug, den er aber nicht ausdrücken konnte.

»Aber du kannst uns doch nicht allein lassen! Dein Sohn liebt dich und obwohl wir beide nicht zusammen sind, können wir doch gemeinsam gute Eltern sein. Schau, wir haben es in den letzten Wochen so gut hinbekommen. Fahr nach Italien, besuch deine Verwandten und finde deine Wurzeln.

Aber nicht so lange. Nach zwei Jahren würde Leon dich nicht mehr kennen und er braucht dich doch!« Nun klang bei Leonie doch so etwas wie Verzagtheit durch: »Kann das Leben nicht endlich einmal einfacher sein …!«

»Nein! Kann es nicht!«

»Omi, er geht nach Italien und er wird mich und Leon verlassen!« Aufgebracht stürmte Leonie in die Wohnung ihrer Großmutter.

»Wer?«, wollte Gertrud wissen.

»Marco! Vorhin hat er mir erzählt, dass er seine italienische Verwandtschaft kennenlernen möchte und seine Wurzeln finden will.« Leonie verdrehte die Augen und hastete an ihrer Großmutter vorbei. Sie bemerkte nicht, dass Gertrud ihr langsam und mit schweren Schritten folgte. »Zwei bis drei Jahre will er wegbleiben, um sich selbst zu finden. So ein Blödsinn!«, schimpfte die Enkeltochter.

Mit einer seltsamen Schwere setzte sich Gertrud an den Tisch.

»Du liebst ihn ja gar nicht. Warum regst du dich denn so auf?«, Gertruds Augen wirkten heute müde.

»Ja, was hat das damit zu tun? Er ist trotz allem ein Vater. Da kann man doch nicht einfach verschwinden?!«

»Glaubst du, er geht nur aus dem Grund, den er dir gegenüber formuliert hat?« Gertruds Stimme wurde immer leiser, was Leonie zunehmend irritierte.

»Ich kenne zumindest keinen anderen Grund.«

»Aber du liebst doch Andreas!« Gertrud sagte es voll Überzeugung. »Lass Marco gehen, denn ich glaube, er weiß, was er tut …« Es schien Gertrud Mühe zu bereiten ihre Hände auf den Tisch zu legen. »Schau, deine Mutter kennt ihren Vater nicht und leidet immer noch daran! Ich habe es damals versäumt, Kontakt zu ihm zu halten. Aber du warst so tapfer und hast Marco in euer Leben gelassen …«, immer langsamer und stockender kamen die Worte.

Leonie stutzte und spürte eine heftige Beunruhigung in sich aufsteigen. Was war mit ihrer Großmutter los?

»Weißt du, die Ehe ist die Kür zwischen Mann und Frau. Andreas und du, ihr könntet diese Kür laufen. Ihr liebt euch! Ich weiß aus Erfahrung, dass die Ehe eigentlich ein Unding ist, denn Mann und Frau sind so unterschiedlich.« Gertrud unterbrach kurz, rang nach Luft, fuhr dann aber fort: »ihr könntet in Liebe und in Respekt miteinander leben.« Es fiel ihr immer schwerer weiterzusprechen.

»Vertrau einer alten Frau, heirate Andreas und bau mit ihm eine Familie auf!« Gertrud stotterte und plötzlich verzog sich ihr Gesicht in eine schreckliche Grimasse! Ihr Körper erstarrte und kippte wie ein schwerer Sack auf den Tisch.

Leonie zog ihre Großmutter auf den Boden und hielt sie in ihren Armen fest. »Omi«, flüsterte sie verzweifelt. Die Gesichtszüge der alten Frau schienen auf einer Seite wie gelähmt und die Mundwinkel hingen erschreckend weit nach unten. Hastig und voll Panik tippte Leonie die Nummer der Notrufzentrale ein.

Der Notarzt bat die Großmutter um ein Lächeln, doch ihr Gesicht blieb starr. Sie konnte nicht reagieren. Er nickte den beiden Sanitätern zu, die die Trage ausklappten, um die Großmutter für den Abtransport vorzubereiten.

»Es sieht nach einem Schlaganfall aus«, stellte der Notarzt fest. »Wenn Sie wollen, können Sie Ihre Großmutter gerne ins Krankenhaus begleiten.«

Leonie hielt die Hand ihrer Großmutter und flüsterte ihr immer wieder zu: »Omi, bitte bleib bei uns!«

Ein leichter, kaum fühlbarer Druck der alten Hand gab eine schwache Antwort.

Kapitel 56

Die Nacht war schon weit fortgeschritten. Nur schwache Lichter brannten in der Demenzstation des Altenheims. Einzig im Zimmer Gertruds hatte Schwester Laura die Beleuchtung hell eingeschaltet, denn die alte Dame war in ihrer Angst vor der Schlange nicht zu beruhigen gewesen ... Jener Schlange, die Gertrud selbst auf jeden Brief an ihre Enkelin Leonie gezeichnet hatte.

»Was ist mit ihrer Enkelin? Wo lebt sie jetzt?«, fragte Schwester Laura, die neu auf der Demenzstation war und noch nichts über die Familienverhältnisse Gertruds wusste.

»... meine Enkelin ..., flüsterte Gertrud heiser, »meine Enkelin durfte gar nicht zur Welt kommen.« Voller Unruhe lief Gertrud jetzt im Raum hin und her.

Abgehackt und mit langen Pausen kam das Folgende: »Wissen Sie, ich habe in meiner Jugend in Paris gelebt ... Und damals die sexuelle Revolution mit Leib und Seele mitgetragen. Ich war zweimal schwanger – und hatte zwei Abtreibungen. Selbstverwirklichung und Autonomie waren damals das Höchste ... Kinder hätten da gestört.« Wie ein wankender Staatsanwalt schritt Gertrud bei dieser Selbstanklage jetzt vor Laura auf und ab.

»Ich habe meine beiden Töchter umgebracht ...! Es ging um mich, nur um mich ...« Zitternd blieb Gertrud vor Laura stehen und sah sie nun böse und voller Abwehr an.

Plötzlich brach die alte Dame zusammen. Blass kauerte sie auf dem Linoleumboden. »Ich habe sie alle umgebracht ... Leonie konnte nicht leben, weil ihre Mutter nicht leben durfte ... Durch die Abtreibung haben so viele Menschen nicht leben dürfen ...« Das war schon mehr gestammelt als gesprochen. Laura hatte Mühe, noch etwas zu verstehen. Sie nahm Gertrud in den Arm und spürte, wie die alte Frau zu schluchzen begann. Lange saßen sie so auf dem Boden.

Irgendwann gelang es Laura, die immer noch leise weinende Frau ins Bett zu bringen. Langsam beruhigte sich

Gertrud, ihr Blick wurde klarer: »Wissen Sie, ich konnte diesen ungeheuren Schmerz wegen der Abtreibungen nie überwinden. Deshalb habe ich mir in diesen Briefen eine Familie ausgedacht. Seit vielen Jahren denke ich darüber nach, was alles hätte sein können … So viel Schuld und so viel Schmerz …!« Gertrud war erschöpft. Irgendwann schlief sie ein.

Kapitel 57

Sechs Uhr. Stille. Schwester Laura war auf ihrem morgendlichen Kontrollgang. Immer wieder faszinierten und berührten sie die Gesichter der alten Leute. Jedes erzählte eine Geschichte. Am Ende des Ganges war das Zimmer von Gertrud. Laura hatte das Gefühl, dass die Zeit der alten Dame sich dem Ende zuneigte. Selten nur hatte dieser Instinkt sie betrogen.

So schrieb sie Pater Josef, einem befreundeten Priester, eine Nachricht: »Lieber Josef, bitte komm so schnell wie möglich ins Pflegeheim Salzburg, Demenzstation.«

Als sie das Zimmer betrat, fand Laura sich bestätigt. Die Patientin wälzte sich unruhig in ihrem Bett und atmete schwer. Als Laura ihre Hände nahm, schlug Gertrud plötzlich um sich. Die Schwester drückte den Notfallknopf. Der diensthabende Arzt verabreichte Gertrud ein Beruhigungsmittel, das aber nicht zu wirken schien. Gertrud wehrte sich, fing an zu kreischen und zu schreien. »Geh weg! Friss meine Kinder nicht! Geh weg!«, war das Einzige, was die Schwester und der Arzt verstanden.

Und dann stand plötzlich eine offenkundig hochschwangere junge Frau in der Tür, überblickte kurz das Geschehen, hastete ans Bett, legte der alten Dame ihre Arme um die Schultern und flüsterte ihr etwas ins Ohr. Augenblicklich beruhigte sich Gertrud und lehnte den Kopf an die Brust der gerade Erschienenen.

»Bitte entschuldigen Sie, wer sind Sie?«, fragte Schwester Laura die junge Frau.

»Leonie ist mein Name, ich bin ihre Enkelin«, sagte die junge Frau und schaukelte Gertrud. Die alte Dame schien sich zu beruhigen, doch immer wieder stöhnte sie auf: »Die Schlange soll weg … Sie will meine Kinder!«

»Hab' keine Angst, Omi. Du bist sicher! Die Schlange hat keine Macht mehr über dich. Deine Kinder sind sicher!«

Erklärend wandte sich Leonie an Laura: »Meine Großmutter hatte vor drei Jahren einen Schlaganfall und ist seitdem völlig verwirrt. Sie erkennt uns nicht mehr. In der Nacht, wenn sie ihre Briefe schreibt, kommen alte Erinnerungen in ihr hoch. Doch wenn ich sie besuche, bin ich für sie trotzdem eine Fremde.« Leonie gab der nun ruhig gewordenen, schlafenden Frau einen zärtlichen Kuss.

»Die letzten drei Jahre habe ich meine Großmutter oft besucht und jedes Mal, wirklich jedes Mal, lag wieder ein neuer Brief für mich bereit, den sie in der Nacht geschrieben hatte.« Leonie deutete auf die Briefe, die auf dem Schreibtisch lagen. »Diese Briefe sind ein großartiges Vermächtnis! Bei jedem Besuch konnte ich etwas anderes daraus mitnehmen.«

Plötzlich erinnerte sich Schwester Laura an ihre SMS an den Priester: »Darf ich Sie etwas fragen? Vielleicht wäre es gut, wenn Ihre Großmutter die Krankensalbung empfängt. Das heißt auch, dass sie mit dem lieben Gott reinen Tisch machen könnte. Jeder hat so seine Baustellen, wo er Vergebung braucht … Es kommt gleich ein befreundeter Priester vorbei …«

Leonie nickte schweigend: »Sie haben schon recht, ich bin ja auch heute mitten in der Nacht aufgewacht, weil ich plötzlich wusste, dass Omi mich braucht. Ich habe das Gefühl, dass Sie bald aufbricht in die Ewigkeit … Sie war die liebste Großmutter, die man sich vorstellen kann. Sie war diejenige, die mich ermutigte, meinem Sohn das Leben zu schenken, als ich überlegte, ihn abzutreiben. Leon ist jetzt schon vier Jahre alt …« Leonies Blick blieb am schlichten Holzkreuz über dem Bett hängen: »Lieber Jesus, sei meiner Omi nahe, nimm du sie jetzt in die Arme und stärke sie auf dem letzten Weg. Ich vertraue sie dir an, ich übergebe sie dir«, betete die Enkelin leise.

»Darf ich eintreten?«

Leonie war erleichtert, dass der Priester schon da war.

Pater Josef packte seinen kleinen Koffer aus und warf sich eine Stola über. Gertud schien den Priester plötzlich wahrzunehmen und winkte ihn mit einem kraftlosen Handzeichen zu sich. Er setzte sich auf ihr Bett und beugte sein Ohr ganz nahe zum Mund der alten Frau hinunter. Leonie und Sr. Laura zogen sich in eine Ecke des Zimmers zurück. Einige Minuten dauerte das leise, angestrengte Sprechen Gertruds mit dem Priester. Am Ende weinte sie, endlos und doch, als würden die Tränen ihr Herz reinigen. Der Priester betete nun seinerseits mit großer Intensität und schlug das Kreuzzeichen über die Liegende. Dann drückte er Gertrud, die nun wieder in ihren Nebel zurücksank, beide Hände und sagte mit einem frohen Lächeln zu Leonie und Sr. Laura: »Jetzt ist alles gut!« Nun legte er ein kleines Fläschchen mit Weihwasser, ein braunes Büchlein und eine silberne Dose auf Gertruds Bett. Der Priester begann eine Bibelstelle vorzulesen: »Ist einer von euch krank? Dann rufe er die Ältesten der Gemeinde zu sich: sie sollen Gebete über ihn sprechen und ihn im Namen des Herrn mit Öl salben.« Danach legte er die Hand auf den Scheitel der Großmutter, salbte der alten Dame die Stirn und die Innenseite der beiden Handflächen. Leonie nahm den Wohlgeruch wahr, der sich durch das Krankenöl im Raum verbreitete. Etwas Neues war plötzlich da ... Friede, aber auch Aufbruch. Der Priester hielt seine Hand über Gertruds Kopf und betete einen Ablass. Dann war es still.

»Leonie.« Mit einer fast nicht hörbaren Stimme flüsterte Gertrud plötzlich den Namen ihrer Enkelin. »Leonie, du lebst?« Gertruds Gesicht leuchtete. Auch Leonie strahlte:

»Ja, Omi, ich bin da!« Es war das erste Mal seit drei Jahren, dass ihre Großmutter sie erkannte.

Leonie umarmte die Großmutter: »Ich muss dir etwas Wichtiges sagen. Ich bekomme wieder ein Baby! Andreas und ich haben geheiratet und jetzt bekommt Leon ein Geschwisterchen.« Leonie sah das zarte Lächeln auf dem Gesicht ihrer Großmutter. »Danke, dass ich durch dich so viel lernen durfte. Du hast mir dein Leid erzählt und ich konnte durch deine Erfahrungen die richtigen Entscheidungen treffen!«

»Leonie, du lebst?«, wiederholte die alte Dame mit schwacher, aber froher Stimme. »Bist du der Schlange entkommen?«

Plötzlich sank Gertrud kraftlos zurück.

»Leonie …« Es war nur mehr ein leises Stöhnen.

Dann Stille.

Schwester Laura trat ans Bett und nickte Leonie zu. Leonie verstand. Ihre Omi war gegangen. Sie drückte ihrer Großmutter die Augen zu und unter Tränen flüsterte sie: »Omi, du hast den Weg zum Leben gefunden.«

Während durch das Fenster die Morgenröte hereinleuchtete, richtete sich Leonie auf. Sie erinnerte sich an die letzte Frage der Großmutter. Und laut, wie nach einem Sieg, rief sie:

»Omi, wir haben der Schlange den Kopf zertreten! Wir leben!«

Die Autorin

Maria Schober ist verheiratet und Mutter von fünf Söhnen. Sie war Abteilungs- und Marketingleiterin im elterlichen Unternehmen und engagiert sich seit vielen Jahren im Lebensschutz.

EBENFALLS IM BERNARDUS-VERLAG ERSCHIENEN

JUSTINA VAN MANEN

Genug geschwiegen!

Schwierigen Abtreibungsfragen selbstsicher begegnen

264 Seiten, 15,00 EUR
ISBN: 978-3-8107-0361-3

Genug geschwiegen! ist ein einmaliges Hilfsmittel für all die Menschen in der Lebensschutzbewegung, die lernen wollen, wie sie mit Abtreibungsbefürwortern kompetent und einfühlsam über Abtreibungen diskutieren können. Jedes Argument wird anhand einfacher Konversationsbeispiele erklärt und wurde bereits hunderte Male von Pro-Life-Aktivisten bei Straßeneinsätzen getestet. Dieses Buch enthält viele apologetische Hilfen und jede einzelne hat bereits erfolgreich Herzen und Köpfe verändert. Genug geschwiegen! ist vollgepackt mit Zeugnissen von geretteten Leben und überzeugten Mitmenschen aus dem echten Leben, und bietet Antworten auf jede Frage, die man zum Thema Abtreibung hören könnte!